村上春樹　物語の力

浅利文子
Asari Fumiko

翰林書房

村上春樹　物語の力◎目次

序章

1　はじめに

村上春樹は、一九七九年のデビューから三十年余り、日本語で書くことにアイデンティティを置き、[*1]現代に生きる人々の物語を紡ぐことに自らのオリジナリティを見出すべく書き続けている。

本書のねらいは、『風の歌を聴け』（一九七九）[*2]で、自己と和解し世界と和解することに救済を求めて書き始めた[*3]村上春樹が、現代日本に生きる人々にいかなる物語を見出し、いかなる物語を語り続けているか、「僕」を主人公とする物語の一到達点と認められる『ねじまき鳥クロニクル』（一九九二〜一九九五）[*4]までの長編小説の系譜をたどり、物語のあり方とその深化の過程について考察することである。

論考を進めるに際しては、次の二点を重要な観点としている。第一は、村上作品にしばしば描かれる、意識と身体の齟齬・乖離に注目し、生の喪失に悩む主人公たちが自己存在の根拠を身体、あるいは身体感覚に求める意味について考察することである。第二は、主人公が異界と往還する際の通路《チャネル》として、睡眠・夢・セックスが度々描かれることに注目し、異界との往還を描く物語が、意識と身体を統合する、すなわち生の回復と救済に到達すべく、いかなる機能を果たしているか考察することである。

2　村上春樹の物語

村上春樹は、職業作家として立つことを決意して書き始めた『羊をめぐる冒険』（一九八二）[*5]以降、人間の生の本源に根ざす、もうひとつの現実としてあり得べき物語を書き継いできた。それは、個として生きることを運命づけられた現代人が、自己をとりまく世界と、あるいは自らの生と相渉ろうとするとき、その内界に体験するドラマである。村上は、人々の日常の生から生み出され、その生を日々跡付けてゆく内界の物語に生の実相を見出し、それをもうひとつの現実として描き出すことを自ら任じている。それが、『羊をめぐる冒険』から、『世界の終りとハードボイルド・ワンダーランド』（一九八五）[*6]、『ノルウェイの森』（一九八七）[*7]、『ダンス・ダンス・ダンス』（一九八八）[*8]、『ねじまき鳥クロニクル』、『海辺のカフカ』（二〇〇二）[*9]、そして『１Ｑ８４』（二〇〇九〜二〇一〇）[*10]に至る長編小説の系譜[*11]である。

これらの作品において、村上はほぼ一貫して、主人公が日常的時空から異界へ赴き、内的冒険を経て帰還を遂げる物語、あるいは異界への往還を包含する物語を書き続けてきた。それは、システムに取り込まれ自己を見失った現代人が、個として生きる可能性を追求し、失われた生の本源を求めて過去に遡及する内的冒険の物語である。

村上春樹の主人公は、生きる過程で多くのものを失いつつある者たちである。『世界の終りとハードボイルド・ワンダーランド』の「私」は、自身の「消滅」を目前にして、「様々なものごとや人々や感情を私は失くしつづけてきたようだった」「しかしもう一度私が私の人生をやりなおせるとしても、私はやはり同じような人生を辿るだろうという気がした。何故ならそれが——その失いつづける人生が——私自身だからだ。私には私自身になる以外に道はないのだ」と考える。[*12]『海辺のカフカ』の大島は、「僕らはみんな、いろんな大事なものをうしないつづける」「大事な機会や可能性や、取りかえしのつかない感情。それが生きることのひとつの意味だ」と田村カフカに言う。[*13]

この田村カフカのように、生の喪失を自覚して旅立つ者もいれば、『ねじまき鳥クロニクル』の岡田亨のように、自らが失われつつある存在であることにほとんど気づかないまま日常生活を送っている者もいる。しかし村上作品の主人公たちは、ある時、失踪した友人やガール・フレンド、恋人や妻、母親、そして見失った自分自身の生き方を取り戻すため、旅に出ることを決意する。あるいは、旅に出ることを余儀なくされる。行き先の知れない探索の旅は困難を極める。失踪した友人や妻は容易に発見できない。前に向かってやみくもに突き進まねばならない時があるかと思えば、事態が打開するまでじっと待ち続けねばならない日々もある。それは、いつ戻れるか、無事に戻れるか、まったく保証のない旅路である。

しかし、こうした旅の途上で、主人公には予想外の手がかりや新たな友人がもたらされ、新たな自己を形成するきっかけが与えられる。かつて現実世界に生きる気力を失い、疎外感と無気力に苛まれていた主人公は、眠りや夢やセックスなどの無意識への通路《チャネル》を通じ、境界領域に位置する媒介者《メディエーター》[*14]の助けを借りて自らの内界に向かう。やがて彼らは、自らの深奥に他者とつながる可能性が秘められていたことに気づき、新たな自己を見出して、次第に生の感触を回復し、帰還への道を辿り始める。

あるいは、現実への帰還を決意する。

こうした結末は、つねに希望に満ち溢れているとは限らないが、主人公の帰還には、単にもと居た場所に戻るという以上の意味が認められることは確かである。なぜなら、主人公の経験する内的冒険にはつねに大きな危険と困難が伴っているが、現実へ帰還するためには、さらに大きな困難を乗り越える勇気と努力が要求されるからである。こうして主人公は、旅に出て始めて、生の実感と生きる意欲を取り戻すためには、社会的しがらみを脱ぎ捨ててゼロに戻り、自己の本源へ遡る旅が必要だったことに気づかされるのである。

しかし、村上の物語では、主人公が帰還を果たす結末に「大団円」は描かれない。『1973年のピンボール』[*15]の25には、最終章は単なるエピローグであって「大団円」ではないと述べられている。

> ピンボールの唸りは僕の生活からぴたりと消えた。そして行き場のない思いも消えた。もちろんそれで「アーサー王と円卓の騎士」のように「大団円」がくるわけではない。それはずっと先のことだ。馬が疲弊し、剣が折れ、鎧が錆びた時、僕はねこじゃらしが茂った草原に横になり、静かに風の歌を聴こう。そして貯水池の底なり養鶏場の冷凍倉庫なり、どこでもいい、僕の辿るべき道を辿ろう。
>
> 僕にとってこのエピローグは雨ざらしの物干場のようにごくささやかなものでしかない。
>
> （『村上春樹全作品1979～1989①』講談社 一九九〇年五月 二四九頁）

村上は、物語の結末から完結性を拭い去り、いつ続編が書き継がれても構わないオープン・エンドの可能性を保持したまま、含みの残る結末を読者の前に置いておく。そうして、決着のつかないまま残されていた問題がしかるべき発酵を遂げてある形を取ったとき、作者はそれを端緒として、新たな物語を立ち上げてゆく。こうした手法の背景には、主人公が物語を生きることによって、時々刻々失われてゆく生を繰り返し繰り返し回収し、新たな自己を築いてゆこうとする切実な営みが息づいているのである。

たとえば、一九七八年を舞台とする『羊をめぐる冒険』は、現実を見失った「僕」が「昔」(一九五〇〜六〇年代)に遡り、「昔」を象徴する「鼠」を過去に葬り去ることによって、現在に生きる自己を取り戻す物語である。この結末を受けて書き継がれた、一九八三年を舞台とする『ダンス・ダンス・ダンス』では、高度資本主義社会において喪失感と疎外感に苛まれる「僕」が、再度現実を取り戻そうと苦闘するうち、自らの内から込み上げる憎悪と暴力に直面するという思いがけない結末を迎える。『羊をめぐる冒険』と『ダンス・ダンス・ダンス』の間に執筆された『世界の終りとハードボイルド・ワンダーランド』の「私」は、意識の核に「世界の終り」という名の思考回路を埋め込まれ、意識の「消滅」に追い込まれる。一方、「世界の終り」の「僕」は、過去を忘却し壁に囲われた「世界の終り」が自分の作りだした世界であることに気付き、「ダニー・ボーイ」のメロディーを思い出したことを契機として、過去の記憶と時間の流れを取り戻し、街に留まったまま壁を内側から崩壊させ、生を回復するために「世界の終り」に留まる決意をする。また、『ノルウェイの森』の三十七歳になったワタナベ・トオルは、一九六八年から七一年の青春の記憶を回想し、手記を綴ることによって――『羊をめぐる冒険』の「僕」が「鼠」を過去に葬ったように――ようやく直子の記憶を過去に葬ることができた。

そして、一九八四年を舞台とする『ねじまき鳥クロニクル』は、一九八三年を舞台とした『ダンス・ダンス・ダンス』を受け継ぎ、主人公・岡田亨が失踪した妻を追ううち、戦後日本の源流たる日中戦争という歴史の渦に巻き込まれ、憎悪と暴力の渦巻く戦前・戦中・戦後の日本を生き抜いた人々と出会い、彼らの経験した生を追体験することによって、ようやく失われた自己を回復しようとする。また、『海辺のカフカ』の田村カフカは、戦時下に記憶と言葉を失ったナカタに我知らず助けられながら、幼時に克服すべきであったエディプス・コンプレックスの物語を十五歳にして体験し、ようやく現実に生きる自己を回復するきっかけをつかむ。さらに、同じ一九八四年を舞台とする『1Q84』では、システムに取り込まれた青豆と天吾が個としての生き方を求め手を携えて「1Q84」という異界から脱出する姿が描かれている。

こうして作品間の関連をたどりながら簡略なアウトラインを描いてみると、『ノルウェイの森』の直子が、「今肩の力を抜いたら、私バラバラになっちゃうのよ」「一度力を抜いたらもうもとには戻れないのよ」と訴えたように、生の喪失にさらされる主人公たちが、失われつつある自己の根拠を求めて幾たびも幾たびも過去への遡行を繰り返し、そうすることで現実に生きる力を得ようと懸命に努める姿が浮かびあがってくるのである。

3　物語をめぐる論議

本書では、村上春樹の物語を、自己との和解・世界との和解に救済を求める主人公が、痛切な内的体験を通じて生の現実を回復してゆく過程の総体と考えている。村上文学が物語世界の構築を目指し続けていることはすでに周知の通りであるが、ここに、村上の物語をめぐって従来展開されてきた論議の概要と、村上自身の物語に対する姿勢の一端を記しておきたい。

蓮實重彦は、『小説から遠く離れて』（一九八九）[17]において、村上春樹の『羊をめぐる冒険』、村上龍の『コインロッカー・ベイビーズ』、丸谷才一の『裏声で歌へ君が代』、井上ひさしの『吉里吉里人』がみな「宝探し」の「教訓的物語」を志向し、一様に単一の物語構造に捉われていると批判した。同じ一九八九年に、柄谷行人も「『羊をめぐる冒険』や『世界の終りとハードボイルド・ワンダーランド』が」「ピンボールの末裔である」コンピュータ・ゲームやSFに復活したのと同様、「『神話や礼儀』に近いロマンス（物語）」を復活させたと断じている。[18]近年では、大塚英志が蓮實重彦・柄谷行人の主張を援用して、「グローバルスタンダード化した物語を採用した」村上春樹と宮崎駿が「汎世界化し得た」のは、二人の作品には「物語の構造」しか存在しないからだと論じている。大塚は、『羊をめぐる冒険』と『ねじまき鳥クロニクル』の二作品をジョゼフ・キャンベル『千の顔を持つ英雄』[19]に展開された「出立・イニシエーション・帰還」からなる「単一神話」あるいは「原質神話」と照合し、村上文学全体が「単一神話論」によって構成されていると論断している。[20]この三論者に共通するのは、近代小説の宿命的限界を突破するための方法として、村上が「物語構造」をあまりにも安易に利用しているという指摘であり、それが「汎世界化し得た」要因であるにせよ、村上文学は結局「物語構造」に還元され得るものでしかないという批判である。

これに対し、山根由美恵は、「村上文学が、日本に限らず同時代の世界の読者の支持を得ているのは、テクストの持つ《寓意性》が、国境という枠を越える何かを持つことを意味するだろう。村上春樹の文学、その「物語」の認識システムを探ることは、現代文学の可能性を探ることに繋がると私は考えている」[*21]と述べて、村上文学の独自性をむしろ「『物語』の認識システム」に見出し、村上文学が世界的読者を獲得し得た要因が《寓意性》すなわち神話性にあることを肯定的に捉えている。

さて、村上春樹自身は、『海辺のカフカ』刊行直前のインタビュー[*22]において、「神話という元型回路が我々の中にもともとセットされていて、僕らはときどきその元型回路を通して同時的にものごとのビジョンを理解する」ために、「フィクションは、ある場合には神話のフィールドにぽっと収まってしまうことにな」り、「物語が本来的な物語としての機能を果たせば果たすほど」「どんどん神話に近くな」ると述べ、自身の作品が「物語構造」をとっていることを全面的に肯定している。

これに続けて村上は、「自分の中にある元型」を分析するのではなく、それを「石みたいに呑み込んで」「何も考えないで」「物語を書いている」と述べている。『THE GEORGIA REVIEW』二〇〇五年秋号に掲載されたインタビュー[*23]においても、村上は「フィクションを書く」ことを「目覚めながら見ている夢」に例えて、「もし悪夢を見れば、あなたは悲鳴を上げて目覚めます。でも書いているときはそうはいきません。目覚めながら見ている夢の中では、我々はその悪夢を、そのまま耐えなくてはなりません。ストーリー・ラインは自立したものであり、我々には勝手にそれを変更することはできないからです。我々はその夢が進行するままを、眺め続けなければなりません。つまりその暗黒（無意識）の中で自分がどこに向かって導かれていくのか、僕自身にもわからないのです」（括弧内筆者）と述べている。すなわち、村上は大塚英志の指摘したごとく「物語構造」の設計図をもとに、ある結末に到達しようと意図して書いているのではなく、全身を物語に浸しきって、無意識にひそむ「元型」から受けとるビジョンをもとに「ゼロから物語を立ちあげてい」くという、自動筆記を髣髴させる創作姿勢を示しているのである。

特に本書では、村上の物語における媒介者《メディエーター》とその機能に注目している。柘植光彦も指摘しているとおり[*24]、作品世界に多数の媒介者《メディエーター》を登場させ、媒介者《メディエーター》によって主人公を内界への旅に誘う物語を紡ぎ続けている村上春樹は、彼自身が読者を現実から物語という異界に誘導する「シャーマン」であると言えるかもしれない。

こうした村上の物語のあり方を心理学的側面からもっともよく理解したのは、ユング派の臨床心理学者・河合隼雄であった。村上としては異例なことに、河合とは一九九四年以降、数回にわたって対談を行い、対談集『村上春樹、河合隼雄に会いにいく』（一九九六）等[*25]を刊行している。河合隼雄は、『ダンス・ダンス・ダンス』に触れて、人は「深い意識」のレベルで「自分は生きてるんだ」と分かったとき「救われる」もので、そうした働きをもたらすのが物語であると述べ、『ねじまき鳥クロニクル』には、意識の深いところへ行くと「他人と私」も存在というレベルにおいて「全部つながってくる」意識の深層の世界が描かれていると述べて、主人公が内界に生きることに生の実相を見出そうとする村上文学を積極的に評価したのである。*26

4　物語を生きる身体

村上作品の主人公たちが、生の実感を取り戻すために命がけの旅に出かけるのは、彼らが自己存在の根拠となるべき身体感覚を決定的に欠落させているからである。たとえば、『羊をめぐる冒険』の「僕」は、北海道へ「冒険」に向かう直前、「耳のガール・フレンド」と次のような会話を交わしている。


「どうかしたの?」と彼女が訊ねた。

「変な言い方かもしれないけれど、今が今だとはどうしても思えないんだ。僕が僕だというのも、どうもしっくり来ない。それから、ここがここだというのもさ。いつもそうなんだ。ずっとあとになって、やっとそれが結びつくんだ。この十年間、ずっとそうだった」

(中略)

僕は彼女のシャツのボタンを全部はずし、手のひらを乳房の下に置いてそのまま彼女の体を眺めた。

「まるで生きてるみたいでしょ」と彼女が言った。

「君のこと?」

「うん。私の体と、私自身よ」
「そうだね」と僕は言った。「たしかに生きてるみたいだ」
（『村上春樹全作品1979〜1989②』講談社 一九九〇年七月 一八二頁）

現在この時空に自分が存在しているという自明のことが実感できず、「僕が僕だ」と確信できない「僕」は、自身の存在感の希薄さをガール・フレンドの上にも投影して、「生きてるみたい」という不可解な言葉をそのまま彼女に投げ返す。自分の「手のひらを」彼女の「乳房の下に置」き、目の前に「彼女の体を眺め」ながら、「僕」にとっては、ガール・フレンドの身体も彼女自身も「生きてるみたい」と表現するしかない不確かなものと感覚されているのである。

この会話には、人が自己と他者をともに確たる存在として認識するためには、まず、自他の身体が「今」「ここ」にあることを感得することが前提であることが示されている。ガール・フレンドが「私のことよ」と言わずに、わざわざ「私の体と、私自身よ」と断わったのは、「僕」が彼女の身体を実体として感得しているかと問うた後、改めて、身体を含む彼女自身の存在を総体として実感しているかどうかと、問い直したのであろう。彼女がこうした回りくどい言い方をしなければならないのは、「耳と意識のあいだの通路」を自分の意志で開閉できるガール・フレンドにおいては、自己が「私の体と、私自身」の二つに分かれたまま、別のものとして認識されているからである。十二歳以降、「特別な場合」以外は耳（身体）と「意識のあいだの通路」を閉鎖したまま生きてきた彼女は、耳（身体）と意識が乖離しており、「僕」同様、自己存在の根拠としての身体感覚が希薄だからなのである。

読者は、これほどまでに存在感を欠落させた登場人物に触れて、逆に自分の目に見え手で触れられる身体こそ自己の証たるべきものであると改めて気づかされるのではないだろうか。実際、村上作品の多くの主人公は、体型維持に細心の注意を払い、何をどのように調理して食べ、何をどのように身にまとうか、一見些細と思える身の回りの事々につねに意を用いている。それは、彼らがまず物理的存在としての自身の身体のありかをしかと確かめ、さらに、他者との関係においてその身体をいかに演出し、自己をどれほど確実な存在として感得できるか確認するためのしぐさだと言えるのではないだろうか。

身体あるいは身体表現を通じて、自己を確認し他者との関係を形成するという手続きは、巨大メディアの先導する高度資本主義社会においては、そのほとんどの過程が、洗練されたセンスに主導されたスポーツあるいは服飾等に関わるサービス産業の手に委ねられている。しかし、村上の主人公たちは、都市生活者の習いとして、自己の身体に関わる衣食住のすべて——自他の関係を形成し自己を確認する様式、ひいては個としての生き方そのもの——を、現代風の垢抜けたファッションに委ねることをほとんど余儀なくされながら、彼らの身体は、無意識のうちにこの上なく洗練され効率化されたシステムを拒絶している。

たとえば、『羊をめぐる冒険』の「僕」は、異界に踏み込む直前、すなわち「羊」に憑依された「鼠」との対面を待つ間、掃除に精を出し別荘中をすっかり綺麗に磨き上げてしまう。毎日のようにランニングをして体重を計測し、別荘に貯蓄された食糧を用いて毎食自分一人のために手の込んだ料理を作る。そうしながら、この山荘で「鼠」やジェイとともにレストランを経営することまで夢想する。こうした振る舞いは、自己を取り囲む時空間を自らの手仕事によって一針一針丹念に編み上げようと企てる、いわば無意識の〈身繕い〉と言えるだろう。こうした〈身繕い〉は、不確かな自己の輪郭をより鮮明に描き出そうとして、無意識の身体が自ずから紡ぎ出すしぐさと言えるのではないだろうか。

また、村上作品には、全裸で鏡の前に立ってスポーツで鍛えた身体の形状やその変化を仔細に点検し、具体的な身体の存在感によって自己を確認しようとする人物が何人も登場する。短編小説では、『プールサイド』（一九八三）[*27]の「彼」や『眠り』（一九八九）[*28]の「私」、長編小説では、『海辺のカフカ』の田村カフカ、体型維持のため食事とトレーニングに関してひたすら禁欲的な『1Q84』の青豆などである。『プールサイド』の「彼」は三十五歳、『眠り』の「私」と『1Q84』の青豆はともに女性で三十歳、この三人は、ちょうど、食事に留意し運動に努めないと若々しい体型を維持するのが難しいと言われる年代にさしかかっている。三十五歳の誕生日を境に、身体の衰えに老いを見出した『プールサイド』の「彼」が、あらゆる手段で身体の衰えをくい止めようと努力するように、結婚生活の中で自己を見失うまいともがく『眠り』の「私」も、完璧な身体においてこそ自己が実現され得るという幻想を抱いている。

カフカ少年は成長期のさなかの十五歳であるが、やはり彼も身体と自己の関係に鋭敏な感覚を持ち、ときに身体に自己そのものを見ている。たとえば、カフカは家出先の高松市に到着した翌日、早速、ワークアウト・ルームを持つ公営の体育館に赴き、サーキット・トレーニングにとりかかる。初めての土地で、当初人目を気にして緊張していたカフカは、「ストレッチをして筋肉をほぐしているうちに、少しずつ落ち着きを取り戻し」、「僕は僕という入れ物の中にいる。僕という存在の輪郭が、かちんという小さな音をたててうまくひとつにかさなり、ロックされる。これでいい。僕はいつもの場所にいる」と言う。カフカは、サーキット・トレーニングに没入することによって、自分が身体という確かな「入れ物の中にいる」ことを実感し、自己を認識する意識が身体という確かな「存在の輪郭」に守られて「いつもの場所にいる」ことを確認し安堵しているのである。

また、『ねじまき鳥クロニクル』の岡田亨（オカダ・トオル）には、「頭が混乱してくると」「いつもシャツにアイロンをかける」癖があり、「気持ちが落ちつかないとき」は、「家の掃除を」する習慣がある。妻の失踪後は、彼女が残していった衣服や細々としたものをすっかり片付け、庭の落ち葉を掃除し、区営プールへ泳ぎに行く。「泳ぐことは、僕の人生に起こったもっともすばらしいことのひとつだった[*29]」と言うトオルにとって、水中に身体を浸して泳ぐ動作ほど、全身の輪郭を鮮明に感じつつ世界と自己の融和を感じられるしぐさは他になかったからだろう。トオルは、こうした〈身繕い〉をすることによって、自己の輪郭を辿り、妻の不在をかみしめ、自己を取り巻く世界のあり様を、まさに身をもって確かめている。そして、これらの〈身繕い〉だけでは不充分だと悟ったとき、ようやく井戸の奥底へ、身体ごと下りて行くのである。[*30]

半田淳子は、「漱石が小説に描き出そうとしたものは『身体』にたいする『心』の優位性だった」が、「性交、排泄、月経などの様々な『身体』的表現を含んでいる」、「下半身の問題は春樹の作品を貫く大きな柱である」とし、「春樹は漱石が作品世界から意識して遠ざけようとした『身体』の復権を描いた作家なのである」と述べている。[*31] 半田は、養老孟司の「明治大正期の文学は、江戸以来の唯心論を無意識に継ぐと同時に、社会制度にしたがって、心理主義という欧化を行ない、『身体を排除した』」という言に拠ってこう結論しているが、[*32] こうした論の立て方には、心か身体かという二元論に傾いてゆく嫌いがあるのではないだろうか。本論の注目するのは、養老孟司の言うように「身体を排除する枠組みの中に暮している」ために、意識と身体の乖離に陥りがちな現代人が、個としての自己の生を模索しようとするとき、一人一人の内界に立ち現われる物語を全身で生きることにおいて、現在と過去、意識と無意識、心と身体、自己と他者などの結びつきを体験することを通じ、いかに一人一人の生が回復され得るかという村上独特の視点である。

第一章

耳という身体宇宙

1　音楽を聴く耳

村上春樹は、耳の作家である。一九七九年のデビュー作『風の歌を聴け』から二〇〇九〜二〇一〇年の『1Q84』に至るまで、耳と聴覚という要素は、村上文学の通奏低音として流れ続けている。

そしてなにより、村上作品は音楽に溢れている。『中国行きのスロウ・ボート』『ダンス・ダンス・ダンス』『ノルウェイの森』『国境の南・太陽の西』『アフターダーク』のように、モダン・ジャスやポップスの楽曲名が作品のタイトルに利用されたり、[*1]『世界の終りとハードボイルド・ワンダーランド』における「ダニー・ボーイ」、『ねじまき鳥クロニクル』のロッシーニ「泥棒かささぎ」序曲や『海辺のカフカ』におけるベートーヴェンの「大公トリオ」、ハイドン「協奏曲一番」のように、ポップスやクラシック音楽などの名曲が作品展開上重要なプロットとして利用される例は枚挙に暇がない。[*2]また、『ノルウェイの森』におけるビートルズの「ノルウェーの森」、『ねじまき鳥クロニクル』のロッシーニ「泥棒かささぎ」序曲、『1Q84』のヤナーチェック「シンフォニエッタ」のように、まず冒頭に音楽を流して読者を作品世界へ導き入れる手法も、お馴染みのものになった。

とくに初期作品においては、ポップスやジャズが洗練された都会的雰囲気を醸し出すバックグラウンド・ミュージックとして、あるいは人物を効果的に演出する小道具として引用されることが多く、それらは作者の趣味や嗜好の範囲を出ないもののように思われた。しかし、年を追うにつれて、音楽は作品のプロットや展開、あるいは人物の内面を表現する重要な要素として用いられるようになり、村上作品における音楽の意義は次第に深まっていった。

たとえば、『ねじまき鳥クロニクル』では、オペラ「泥棒かささぎ」のヒロイン・ニネッタを襲う理不尽な運命がクミコのたどる苦悩の運命を予告するごとく、まず冒頭で序曲が鳴り響く。その後、「泥棒かささぎ」序曲は、行方不明のクミコの存在を暗示するテーマ音楽のように、繰り返し演奏される。当初、主人公・岡田亨は、冤罪を着せられたニネッタとクミコの言い知れぬ苦悩との不吉な符合に気付かないが、「泥棒かささぎ」序曲は、つねにクミコの存在を示唆し続ける。冒頭でトオルがスパゲッティをゆでながら聴くFM放送の「泥棒かささぎ」序曲は、不審な電話の主が実はクミコであることを暗示しており、第3部33章で井戸の底から「壁抜け」をしたトオルがホテルの208号室へ到達できたのも、ホテルのボーイが吹く「泥棒かささぎ」序曲の口笛に導かれたからであり、その部屋にこそクミコは潜んでいたのだった。

このように「泥棒かささぎ」のヒロイン・ニネッタをクミコに擬えるなら、ニネッタを冤罪から救おうとする恋人ジャンネットはトオルと見なすことができる。ニネッタに言い寄り、彼女が獄につながれた後は自分の言うことをきけば助けてやると持ちかけ、それが撥ねつけられると平然と死刑を宣告する悪徳代官には、綿谷ノボルの邪悪が連想される。また、「ギィギギッ」と低い声で「ぐぜり鳴き」をする「かささぎ」[*3]は、クミコが「まるでねじでも巻くようなギイイイッという規則的な鳥の声」だと言って名付けた「ねじまき鳥」のイメージに重なっている。「ねじまき鳥」は、「毎日近所の木立にやってきて」「世界の一日分のねじ」を巻く鳥である。トオルを「ねじまき鳥さん」と呼ぶ笠原メイは、手紙の中でトオルは「自分をからっぽにして」「失われたクミコ」を「救うことができ」「その過程でいろんな人たちを救った」けれど、「自分自身を救うことはできなかった」と書いている。オペラ「泥棒かささぎ」では、「いたずらかささぎ」が銀製のスプーンを「泥棒」してドラマを展開させる狂言回しの役を演じるが、『ねじまき鳥クロニクル』では、「ねじまき鳥」がクロニクル（年代記・編年史）を標榜する作品世界の時空を表象するとともに、主人公トオルの生き方を象徴しているのである。

こうした対応をさらに敷衍するなら、「泥棒かささぎ」がオペラ・セミセーリアの集約的典型[*4]であることは、『ねじまき鳥クロニクル』の結末にも影響を与えていると言えよう。十九世紀初頭のオペラ・セミセーリアは、ヨーロッパ封建社会下の農民や庶民が権力者から不当な迫害を受ける典型的な例として、農民・庶民階級に属する美しいヒロインが無実の罪を着せられ、多くの場合法廷で死刑を宣告されるものの、最後には潔白を証明されて愛する人と結ばれ、ハッピーエンドを迎えるというストーリーの枠組みを持っている。したがって、『ねじまき鳥クロニクル』をオペラ・セミセーリアとしての「泥棒かささぎ」に擬えるなら、綿谷ノボルの邪悪な力と闘ったクミコとトオルにも、遠からずハッピーエンドが訪れることが示唆されていると言えるのではないだろうか。

さて、『ねじまき鳥クロニクル』冒頭でトオルが聴くＦＭ放送の「泥棒かささぎ」序曲は、クラウディオ・アバドの指揮するロンドン交響楽団の演奏によるものと明記されている。村上はこのようにしばしば演奏者名や演奏日時や場所等を明示し、自作品のイメージに特定の曲の楽想を結びつけ、読者の聴覚を刺激しようとする。[*5] 楽曲特有のメロディーやハーモニー、楽器や演奏者独特の音質、それらが渾然一体となって紡ぎだす時空間の感触を作品世界に再現しようとしているのである。自分自身敏感な聴覚を持つと語る村上[*6]は、ある音楽の醸し出す雰囲気に身を浸すことで、言葉を超える象徴的イメージや現実感覚を超える時空が感覚され、それが自己の内面に向かい合う契機となり、様々な精神活動に結びつく契機となることを読者にも期待しているのである。

耳を澄ませ、何かに聴き入ろうとするとき、人は自然と目を閉じる。視覚的刺激を遮断して聴覚に集中しようとすることで、人は自ずと精神の内奥へ向かってゆくのである。オットー・ベッツは、「じっと耳を傾けることとは、人間をとりわけ特徴づける能力である。耳は精神的刺激の進入口となり、言葉によるコミュニケーションを可能にするが、私たちに贈られた、最高の幸せをもたらしてくれる体験のひとつであるかも知れない音楽という美的経験をも、私たちに媒介してくれる」、「私たちの生活や立場の認識にとって目は非常に重要であるが、精神生活にとっては、耳はおそらくもっと重要である」[*7]と述べている。

たとえば、『海辺のカフカ』第34章で、星野はたまたま入った喫茶店でルービンシュタイン＝ハイフェッツ＝フォイアマンのトリオによるベートーヴェンの『大公トリオ』を初めて耳にし、「目を閉じて音楽を聴きながら」自然に「自分というものの存在について」考え始める。そのとき星野は、今まで「実体がないみたい」と思われていた自分に、「ナカタさんの役に立っている」ことで、「正しい場所にいるという実感」が生じていることに気付く。「仕事をすっぽかして」「ナカタさん」の横にいるうちに、「お釈迦様かイエス・キリストの弟子」のような心境になり、「自分がいったい何かという問題」が「もうどうでもいいようなことに思えて来る」。こうした星野の人生に関する「省察」は、「大公トリオ」を聴くことを契機に導き出されたものであり、「音楽が彼の思索を助けてくれた」のである。[*8]

また、『ノルウェイの森』は、ハンブルクに着陸したボーイング747機内に流れ始めたBGM『ノルウェーの森』を耳にした「僕」が激しい「目まい」に襲われる場面から始まる。「目まい」とは、内耳の三半規管に支障が生じて平衡感覚が取れなくなる状態である。実際には、目が回って空間感覚が混乱する状態であるが、これも耳の機能障害によって発生する症状である。航空機の離着陸前後は、時空感覚の錯綜を惹き起こしやすい時間帯であるから、ボーイング747が日本と八時間時差のあるハンブルクに着陸しようとしたとき、直子の挽歌としての意味を持つ『ノルウェーの森』を耳にした「僕」が「目まい」に見舞われるのも、もっともなことだったと言えるだろう。この時空感覚の錯綜は、一挙に十七年前の「草原の風景」の「記憶」を呼び起こす。「僕」は、その「記憶」が「頭のある部分を執拗に蹴りつづけ」る音に促されて、『ノルウェイの森』と題される手記を書き始めるのである。

また、『世界の終りとハードボイルド・ワンダーランド』の「僕」は、「ダニー・ボーイ」のメロディーを思い出すことによって「図書館の女の子」の心を蘇らせる可能性を探り当てている。「僕」は、「街」に入るとき門番に「夢読み」の印として目に傷をつけられ、視覚に障害を負わされているが、この視覚障害は、次第に「僕」の聴覚を鋭敏にし、「僕」に音楽を思い出させる結果をもたらしたと考えられる。もし、「街」の人々が心を回復し、過去の記憶を取り戻したら、「壁」は崩れ去り、「街」は「街」たる所以を失うだろう。つまり、「僕」が「ダニー・ボーイ」のメロディーを思い出したことは、「街」の人々の心を蘇生させ、「ハードボイルド・ワンダーランド」と「世界の終り」という二つの世界によって成り立つ作品世界を内部から崩壊させる契機となるかもしれないのである。「僕」が「影」だけを逃がし、「図書館の女の子」とともに森の中で生きて行くことを決心したのも、「僕」が音楽の想起によって心と記憶を回復する可能性を見出したからなのである。

このように、村上は、音楽を聴くことが自己を深め、記憶を遡り、現実とは異なる生き方やもうひとつの世界を感受する契機となることを多くの作品で表現している。音楽を聴くことに、今までにない新しい世界へ踏み出す可能性を見出そうとしているのである。

2　人の話や内心の声を聴き、沈黙に聴き入る耳

耳が聴くのは、音楽だけではない。耳は、人の話や内心の声を聴き、沈黙に聴き入ろうとする。たとえば、『海辺のカフカ』は、主人公の「僕」が内なる声である「カラスと呼ばれる少年」の言葉を聞く場面に始まり、これ以降、両者のやり取りは「僕」の内心の会話として全編を流れる執拗低音となる。

また、『世界の終りとハードボイルド・ワンダーランド』は、無音のエレベーターの中で「私」が沈黙にじっと耳を澄まして「私の置かれた状況」を確認しようと思いを巡らす場面から始まる。しかも、エレベーターから降りて会う若い女は、祖父である博士によって「音抜き」の処置を施されているため彼女の言葉は空気を震わす音声にならず、「私」は彼女の無音の言葉を読唇術によって聴き取

らねばならない。[*9] 音あるいは無音、そして音楽は、「ハードボイルド・ワンダーランド」と「世界の終り」、二つの世界の存立と関連に重要な機能を果たしている。開巻第一頁、無機質なステンレスの箱のような無音のエレベーターに閉じ込められ、世界と自分自身にじっと耳を澄ます「私」の姿は、『世界の終りとハードボイルド・ワンダーランド』全編を象徴する場面となっているのである。

一九八五年十月刊行の短編集『回転木馬のデッド・ヒート』には、「はじめに・回転木馬のデッド・ヒート」と題した前書きが付されている。作者はこの前書きで、八つの短編はすべて「他人の話を聞くことが好き」な「僕」が「多くの人々から様々な話を聞き、それを文章にした」もので、「正確な意味での小説」ではないと述べている。しかし、村上は『村上春樹全作品1979~1989⑤』（一九九一年一月）の別刷付録「自作を語る」で、これは「聞き書きという形式を利用して話を作っただけ」の「リアリズムの文体の訓練」だったと明かしている。[*10] ところが、「リアリズムの文体」の『ノルウェイの森』を書くための「訓練」だった「聞き書きという形式」は、一九九五年の地下鉄サリン事件の被害者とオウム真理教信徒・元信徒への「聞き書き」に活かされ、『アンダーグラウンド』（一九九七）、[*11]『約束された場所で underground 2』（一九九八）[*12]という二冊のノン・フィクションに結実した。「聞き書き」によって市井の人々の肉声に接した村上は、『アンダーグラウンド』のあとがき「目じるしのない悪夢」で、メディアの量産する情報ではなく、「「第一次情報」の発する自然な感応力」を「ひしひしと皮膚に感じ」、「小説家である私は、人々の語るそのような物語に教えられ、ある意味では癒されたのだ」と述べている。そして、「私は肩の力を抜いて、人々の語る物語をあるがままに受け入れるようになった。私はそこにある言葉の集積をそのまま飲み込み、しかるのちに私なりに身を粉にして「もうひとつの物語」を紡ぎ出していく蜘蛛になった。薄暗い天井の片隅にいる無名の蜘蛛だ」と書いた。村上にとって、「聞き書き」の経験は、人々が無意識のうちに持つ〈共有イメージ〉としての「想像力＝物語」を再認識し、自身の紡ぐ物語がいかに読者一人一人の内界の物語と感応し合えるかという問題意識を深化させる契機となったのである。

『1973年のピンボール』も、「見知らぬ土地の話を聞くのが病的に好きだった」という一文に始まり、耳の穴に詰まった耳あかが耳鼻科の女医に取り除かれるエピソードに終っている。『1973年のピンボール』の「僕」が感じている「違和感」とは、「入口があって」も出口を見出せないという閉塞感である。「1969――1973」の末尾には、「一九七三年九月、この小説はそこから始まる。それが入口だ。出口があればいいと思う。もしなければ、文章を書く意味なんて何もない」とある。つまり、「僕」において、耳が人の話を聞き他者とのコミュニケーションを成立させる入口であるなら、出口は「書く」ことに見出されねばならないという意味であろう。

　耳鼻科医によって「他の人よりずっと大きく曲がって」いると指摘された耳の穴から耳あかが取り除かれ、「僕」の耳が「素晴らしく鋭敏に世界中の物音を聞き分け」られるようになると、〈双耳〉のごとく「僕」の左右に付き添っていた「双子の女の子」[*13]は、「もとのところ」へ帰って行く。『1973年のピンボール』の最終章25の冒頭で、ピンボールへの「行き場のない思い」が消えても、「『大団円』が来る」――出口が見出せる――のは「ずっと先のことだ」と察知していた「僕」は、「どこでもいい、僕の辿るべき道を辿ろう」、「ねこじゃらしが茂った草原に横になり、静かに風の音を聴こう」とつぶやく。

このように、耳や聴覚を自己の内面を深めるための通路《チャネル》、現実とは異なる世界への通路《チャネル》と見なす発想は、デビュー作のタイトル『風の歌を聴け』[*14]にも、すでに表現されていた。ガストン・バシュラールは、『空と夢』で、チャーンドーグヤ＝ウパニシャッドの一節を引用し[*15]、人の呼吸は風を介して宇宙につながっていると述べている[*16]。

風と息との関係は仔細に研究するに価するだろう。この場合にもまたインド思想で極めて重要なあの大気の生理学がみられるであろう。呼吸の鍛錬がそこでは周知のように精神的な意味をおびる。それは人間と宇宙を結びつける真の儀式である。世界にとっては風が、人間にとっては息が、《無限なるものの溢出》を表す。風と息は内在的なるものを遥かの彼方にまで運び、宇宙のあらゆる力を分有せしめる。

（ガストン・バシュラール　宇佐美英治　訳『空と夢』法政大学出版局　一九六八年二月　三五六頁）

『世界の終りとハードボイルド・ワンダーランド』36「世界の終り（手風琴）」には、「いろんな音のする風を組み合わせ」る手風琴を演奏して唄を思い出し、「心を失っ」た「街」に生命を取り戻そうとする「僕」の姿が描かれている。すでに心を失い音楽というものを知らない「図書館の女の子」は、「僕」が弾く手風琴のコードを聴いて「とてもきれいな音だわ」「その音は風のようなものなの？」と質問する。たしかに音とは、「物体の振動によって空気などの弾性体に生じる粗密波」のうち「人間が音として感じる範囲の振動数をもつ音波」[*17]であるから、「風のようなもの」である。「僕」は、「ただ風のようにその手風琴の音を彼女に聴かせ」ながら、「この小さな手風琴の中にさえ」「心をもぐりこませることができる」ことに気づく。「僕」は、音は風であり、風は心を呼び起こす[*18]ことを知ったのである。手風琴の音が風となって「街」を吹きめぐるのを感じて唄を思い出した「僕」は、自分と彼女の心を回復する可能性があることを確信し、この「街」に留まったまま彼女と森の中で生きて行こうと決心する。

『風の歌を聴け』31章では、「僕」の分身たる「鼠」が、奈良で「昔の天皇[*19]」の古墳を眺めながら「水面を渡る風に耳を澄ませた」経験を、「宇宙」の生命感につながる体験として語る。

俺は黙って古墳を眺め、水面を渡る風に耳を澄ませた。その時に俺が感じた気持はね、とても言葉じゃ言えない。いや、気持なんてものじゃないね。まるですっぽりと包みこまれちまうような感覚さ。つまりね、蟬や蛙や蜘蛛や風、みんなが一体になって宇宙を流れていくんだ」（中略）「文章を書くたびにね、俺はその夏の午後と木の生い繁った古墳を思い出すんだ。そしてこう思う。蟬や蛙や蜘蛛や、そして夏草や風のために何かが書けたらどんなに素敵だろうってね」

（『村上春樹全作品1979〜1989①』講談社　一九九〇年五月　九一頁）

「鼠」は、「水面を渡る風」を聴くことを「蟬や蛙や蜘蛛や風、みんなが一体になっ」た「宇宙」に「耳を澄ませ」、その中に「すっぽりと包みこまれ」てしまう「感覚」を持つことだと語り、その「宇宙」のために文章を書きたいと言う。あらゆる生き物の命がつながることによって成り立つ「宇宙」

のために「何かが書けたらどんなに素敵だろう」という「鼠」の願望には、原初の自然の命に遡ろうとする憧憬が込められているようである。それは、「とても言葉じゃ言えない」、言語による認識を超越した宇宙の生命感に「包みこまれ」ようとする願望と言えよう。

こうした森羅万象の生命の根源と一体化しようとする願望とは、村上の「書く」ことに底流する願望の表現ではないだろうか。村上は、『風の歌を聴け』を「完璧な文章などといったものは存在しない。完璧な絶望が存在しないようにね」と、文章の不完全さを嘆くことによって書き始めたが、「うまくいけばずっと先に、何年か何十年か先に、救済された自分を発見することができるかもしれない」、「その時、象は平原に還り僕はより美しい言葉で世界を語り始めるだろう」と、文章を「書く」ことでいつか出口に到達すること――自己との和解、世界との調和を果たすこと――を思い描いていた。村上は、すでにデビュー作『風の歌を聴け』において、「風に耳を澄まし」ながら宇宙の生命感につながる願望を表現していたのである。

3　異界への通路《チャネル》として開かれる耳

さて、第三の耳は、神や霊的存在の領域へ通ずる力を発揮する耳である。この耳は、第一の音楽に聴き入る耳、第二の人の話や内心の声、沈黙や宇宙の生命に聴き入る耳のはたらきをさらに深く追求したところに、異界への通路《チャネル》として開かれている。

村上作品では、登場人物が自己を深め内界へ向かおうとするとき、日常生活の場から離れ身体ごと異界へ踏み込んで行かねばならないときに、案内人《ガイド》として神秘的な力を発揮するのが、異界への通路《チャネル》としての耳を持つ人物である。その代表は、『羊をめぐる冒険』の耳のガール・フレンド、そして『1Q84』の深田絵里子（通称・ふかえり）である。耳のガール・フレンドは二十一歳、ふかえりは十七歳、二人とも若い女性であり、異界との通信や往還に関して特別な能力を持つミディアム（巫女・霊媒）であることが示唆されている。[*20]

特に、『羊をめぐる冒険』の耳のガール・フレンドは、『ダンス・ダンス・ダンス』では「聞き」あるいは「聴き」を連想させるキキという名で呼ばれ、耳と聴覚によって念入りに性格づけられている。彼女は、「耳は私であり、私は耳である」と言うほど自分の耳の魅力に自覚を持ちながら、「十二の齢から」耳のモデルの仕事をするときすら「耳を殺」し、つまり「耳と意識のあいだの通路を閉鎖」して、人前には「一度も耳を出したことがない」と言う。しかし「僕」には、その耳を開放して「非現実的なまでの美し」さを披露してくれる。一方、「ふかえり」は、天吾がしばしば目を奪われるほどの美しい耳の持ち主である。彼女の耳は、「ついさっき作りあげられて、柔らかいブラシで粉を払われたばかりのような、小振りなピンク色の一対の耳」と描写されている。

兵藤裕己は、『琵琶法師――〈異界を語る人びと〉』[*21]で、ラフカディオ・ハーン（小泉八雲）[*22]の『怪談（KWAIDAN）』（一九〇四）の冒頭にある『耳なし芳一の話』は、「物語の伝播者・伝承者としての琵琶法師の位相を」「象徴的に語っている」と述べている。「語られる世界と聴衆とのはざまにあって、盲目の琵琶法師は、たしかにあの世とこの世の媒介者《メディエーター》」であり、「〈異界〉とこちら側の世界とのはざまにある琵琶法師の位相」において、「耳という感覚器官が、琵琶法師とあの世のものとの交渉をささえていた」と言う。そして、盲目であることが琵琶法師に「さまざまな人格や霊格をひきうけ」させ、「不断に複数化してゆく主体」に、すなわち「自己同一的な主体のイメージから遠い（自由な）」存在とし、「モノ語りの伝承とパフォーマンスにおいて非凡な能力を発揮」せしめた要因であると述べている。

> 私たちの意識の焦点は、ふつう目が焦点をむすぶところに結ばれる。耳からの刺激は視覚によって選別され、不要なものは排除または抑制される。（中略）耳からの刺激は、からだの内部の聴覚器官を振動させる空気の波動である。私たちの内部に直接侵入してくるノイズは、視覚の統御をはなれれば、意識主体としての「私」の輪郭さえあいまいにしかねない。そんな不可視のざわめきのなかへみずからを開放し、共振《シンクロナイズ》させてゆくことが、前近代の社会にあっては、〈異界〉とコンタクトする方法でもあった。
>
> （兵藤裕己『琵琶法師』岩波新書　二〇〇九年四月　八〜九頁）

また、中川真は「繋ぐ耳のための試論[*23]」で、「「聴く」という視点から音楽を、「耳」という視点から身体を考え直す「音楽×身体」論が可能」であると考え、「文化や地域を横断しながら、なおかつそこに共有されるであろう音と身体とのあいだのある種の関係を『繋ぐ耳』という観点から論じ」ている。

中川は、インドネシア、バリ島のワトゥカル寺院の五日間にわたる開基祭（オダラン）の「カミを迎える→カミとともに在る（カミの言葉をきく）→カミを送る」という一連の過程において、「バリ人、外国人を問わ」ず「オダランという脈絡のなかに積極的に参加」する者に頻繁に起こるトランス[*24]を観察し、トランスが「もっとも大量に発生するのが、カミの降臨のとき」であり、「天に住まいするカミ」は、「ガムランの音を目印として[*25]」「誰かの身体に」「降りてくる」と述べている。

バリの人々（あるいは私たち）はトランスに入ることによって、ほかの存在へと繋がる。私の身体は人間であると同時に、カミや悪魔、場合によっては動物にもなる。それは日常ではまったく得られない感覚であるが、トランスにおいて導かれる経験である。しかも、トランスに入る人は「聖なる人 orang suci」として高く評価されるから、トランスが開示する体験は、かれらにとって真実の世界に近づく過程ですらある。ある文化において、夢や神話がその役目を果たすように。その他者（人間以外を念頭に）への繋がり（あるいは連鎖）の起点に耳がある。耳が音響をとらえ、それを自己のなかで増幅することによって、身体は他者へ繋がるものへと自己変成させていくのである。

（中川真「繋ぐ耳のための試論」山田陽一編『音楽する身体』昭和堂 二〇〇八年十二月 一六一頁）

兵藤裕己の『琵琶法師』における「あの世のものとの交渉をささえ」「〈異界〉とコンタクトする」耳、中川真の「天に住まいするカミ」の「降臨」をとらえ、トランス体験の起点、「他者への繋がり」の起点となる耳は、両者とも、人間が「近代的な観念」に基づく「意識主体」となり「自我」を持つ以前の「前近代の社会」において、「自然界の一つの部分」として存在した耳である。これらは、まさに耳のガール・フレンドや「ふかえり」の、異界への通路《チャネル》として開かれた耳と等しいあり方を示している。

とりわけ、『空気さなぎ』の受賞記者会見で『平家物語』「判官都落」を暗唱し、天吾の前で「壇ノ浦の合戦」を暗唱する「ふかえり」は、まさしく琵琶法師「耳なし芳一」を髣髴させる。

> 目を閉じて彼女の語る物語を聞いていると、まさに盲目の琵琶法師の語りに耳を傾けているような趣があった。『平家物語』がもともとは口承の叙事詩であったことに、天吾は改めて気づかされた。ふかえりの普段のしゃべり方は平板そのもので、アクセントやイントネーションがほとんど聞き取れないのだが、物語を語り始めると、その声は驚くほど力強く、また豊かにカラフルになった。まるで何かが彼女に乗り移ったようにさえ思えた。
>
> （『1Q84』BOOK1　新潮社　二〇〇九年五月　四五七頁〜四五八頁）

「ふかえり」に、他ならぬ『平家物語』を諳んじさせた作者の意図は、「ふかえり」の耳が「盲目の琵琶法師」と同じく、「あの世とこの世の媒介者《メディエーター》」として「〈異界〉とこちら側の世界とのはざま」に位置し、「あの世のものとの交渉をささえて」いることを明示することにあったに違いない。耳のガール・フレンドと「ふかえり」は、こうした異界への通路《チャネル》に開かれた耳の力によって、「僕」や天吾に有効な予言を与え、的確な場所へ導いてゆくのである。

耳のガール・フレンドは、一本の電話によって「羊をめぐる冒険」が始まると予言し、「僕」を励まして北海道に向かわせ、札幌では「僕」が電話帳を読み上げただけで、泊まるホテルは「いるかホテル」以外あり得ないと断言する。（実際、「いるかホテル」は、以前「北海道緬羊会館」だった建物で、二人は「いるかホテル」の二階に住む羊博士から「鼠」の別荘のある十二滝町の羊の牧場を教えてもらうことになる）しかし、札幌から十二滝町に向かう列車の中で彼女は次第に無口になり、「鼠」の別荘に到着するとすぐに「耳を開こうとすると頭が痛むの」と訴え、案内人《ガイド》としての役割を終えた耳のガール・フレンドは、「元気を出して。きっとうまくいくわよ」[*26]という言葉を最後に、彼女と同じ境界領域に生きる羊男と入れ替わるようにして姿を消してしまう。

一方、「ふかえり」は、「猫の町」から帰った天吾を「オハライ」と称する性交に導くことによって、彼を十歳のときの小学校の教室へ導き入れ、青豆に手を握られた体験を再体験させ、そのとき青豆から受け取っていた「パッケージ」の真意を知らしめる。その直後、天吾は十歳の青豆がじっと見つめていた「四分の三の大きさの月」のイメージに導かれ、自分が月の二つある世界に入り込んでいたことに気付かされる。そして天吾は、性欲を抱かないままふかえりと性交しながら、彼女の耳と性器のあいだに不思議な類似性を感じ取る。

　彼女は脚を開いていたので、その奥に性器を目にすることができた。耳と同じく、それはついさっき作られたばかりのもののように見えた。実際にそれはついさっき作られたばかりなのかもしれない。できたばかりの耳とできたばかりの女性性器はとてもよく似ている、と天吾は思った。

それらは宙に向けて、注意深く何かを聞き取ろうとしているみたいに見えた。たとえば遠くで鳴っているかすかなベルの音のようなものを。

（『1Q84』BOOK2 新潮社 二〇〇九年五月 三〇一頁〜三〇二頁）

「できたばかりの耳とできたばかりの女性性器」が「注意深く」「聞き取ろうとしている」のは、「雷雨をもたらした」リトル・ピープルの動きである。それは、「彼女の小さな美しい耳は相変わらず、雷鳴のとどろきの中に何かを聞き取ろうとしているようだった」という記述と一致している。

「雷」は、『日本国語大辞典』の「語源説」によれば、カミナリ（神鳴）であり、カミは「皇」Kamの転音で雷を霊物視したものであるという。[*27] また、白川静『漢字百話』[*28]には、「神はみずからものいうことはない。神がその意を示すときには、人に憑《よ》りついてその口を借るのが例であった。いわゆる口寄せである。直接に神が臨むときには、「おとなふ」のである。「おとなふ」「おとづれ」は神があらわれることをいう。それは音で示される」とある。また、同じ白川静の『新訂字統』[*29]には、「聞・聖・聴の字形は、もと一系に属するものである」、「『聴』の旧字は『聽』に作り、『耳の聡明なこと、神の声を聞くことのできること』を表し、『神の声をよく聞くものを聖といい、その聡聞を聴という。神の声を聞き、その意を聡《きと》る意である』」とされている。

これらの説明からも、「ふかえり」は、カミナリ（神鳴）に目に見えない神の示現としての「おとづれ」を「聴き」、「雷鳴のとどろきの中に」目に見えないリトル・ピープルの存在を感知しようと、「できたばかりの耳とできたばかりの女性性器」を活発にはたらかせてリトル・ピープルの「声を聴き、その意を聡ること」に努めていたと分かるのである。

4　塞がれる耳

鎌田東二は、『身体の宇宙誌』において、「耳をめぐる民俗儀礼には、凶事を耳に入れないようにするために、餅で耳を塞ぐ耳塞ぎの呪法がある」と述べている。「たとえば、同年の者が死んだのを聞くと、餅をついて、その耳を塞ぐ」という。この呪法には、「神聖な力を持つ餅で耳を塞ぐことによって、凶事から身を守り、保護」するという意味がこめられているという。[*30]

この「耳塞ぎの呪法」から連想されるのが、意図的に耳を塞ごうとする『ダンス・ダンス・ダンス』のユキである。彼女は、異界への通路《チャネル》として機能する鋭敏な耳を持っており、異界からのメッセージを感受しないために、四六時中耳にイヤホンを装着し音楽を聴くことで耳を塞ごうとしている。ユキは、無意識のうちに感受されるものについて、次のように「僕」に説明する。「何か感じてもなるべくそのことは考えないようにしてるの。何か感じそうになったらぱっと閉じちゃうようにしてるの。だいたいそういう時って感じで分かるから。閉じちゃうと、深くは感じなくてすむの。目を閉じるのと同じ。感覚を閉じちゃうの。そうしたら何も見えない。何かあることはわかる。でも見えない。そのままじっとしてれば、何も見なくてすむ。[*31]」ユキは、他の人が感じ取れない羊男の存在を感知する自分や「僕」のことを「お化け組」と呼ぶが、岩宮恵子は、ユキのような感知能力について次のように解説している。

ユキに限らず、思春期の子どもはイヤホンで一日中、耳をふさいでいることが多い。思春期でなくても、最近はどこでもイヤホンでお気に入りの音楽を聴きながら移動している人をよく見かける。（中略）これは音によって自分と周囲との間に守りのための結界を張り、自分のなかに不要なものが侵入してこないようにしているようにも感じる。この不要なものは、他からの干渉や雑音を意味しているのだろうが、そのなかには、超越的な感覚というのも入っているのではないだろうか。

（『思春期をめぐる冒険』新潮文庫 二〇〇七年六月 一五三頁）

十三歳のユキは、「超越的な感覚」に対する感受性を持つため皆に「お化け」と呼ばれるのを避けようとしてイヤホンで耳を塞いだが、意識的に耳を開閉できたのが『羊をめぐる冒険』の耳のガール・フレンド、そして、無意識に耳を塞いでいたのが『めくらやなぎと眠る女』・『めくらやなぎと眠る女』[*32]の十四歳の「いとこ」である。

小学校に入った頃耳にボールをぶつけられて以来、「神経症のような」難聴に悩む「いとこ」は、治療の「痛みを想像すること」を恐れて、検査や治療に積極的に臨もうとしない。彼は、新しい病院を訪れるのに母の代わりにわざわざ「僕」に付き添ってもらい、乗るバスの時刻や降りる停留所、運賃や昼食まですべて「僕」に面倒をみてもらう。こうした、神経質で子どもっぽい「いとこ」の依頼心の強さは、「年なんてとりたくないんだよ」という何気ない言葉に集約されている。「本当の痛みより、痛みを想像することの方がつらいんだよ」、「つまりこれから先、何度も何度もいろんな種類の痛みを体験しなくちゃならないのかと思うとさ」という「いとこ」の言葉は、治療に伴う肉体的な痛みよりむしろ、成長に伴う思春期特有の精神的苦痛を示唆しているようである。実際、「僕」は無意識のうちに精神的自立を拒み、自己愛の繭に閉じこもろうとする「いとこ」の「難聴そのものが、外傷のせいというよりは神経的なものではないか」と考えている。

「僕」は、思春期の入り口で無意識に難聴にしがみつこうとする「いとこ」の姿をじっと見つめながら、「失った経験のない人間に向って、失われたものの説明をすることは不可能だ」と考える。なぜなら、すでに思春期を失いながら、その喪失の痛みから抜け出せずにいる「僕」自身も、難聴を口実にして自己に引きこもろうとする「いとこ」と同じく、ぐずぐずと「東京に戻るのを一日のばしにし」、東京という現実から逃避して、思春期の記憶の染み込んだ故郷の「街」に身を潜めようとしているからである。そのため、「僕」は「いとこ」に付き添って訪れた病院の食堂で、不意に「既視感」に襲われ、一瞬のうちに十七歳の自分に引き戻されてしまう。こんな風に「失った経験」の記憶が反芻されるのは、「僕」の中で未だ思春期が消化し切れていないからに違いない。皮肉なことに、「僕」は「いとこ」の恐れる思春期の「痛み」の記憶を、治療と回復のための病院という場所で反芻することになるのである。

十七歳で死んだ友だち、胸の骨の手術のために入院していた「青いパジャマ」の「ガール・フレンド」。彼女が「ある夜見た夢をもとにして」作った不思議な詩の中で、耳から入った「めくらやなぎ」の花粉をつけた蠅に眠らされ[*33]、体の中の肉を食い破られる女[*34]とは、思春期を生きる彼女自身の内的イメージだろう。「ガール・フレンド」の「長い詩」には、マドンナ・コルベンシュラーグが「心理学的レベルでは」「思春期のはじまりと性との直面をわかりやすく語ったたとえ話として扱われる」と言う[*35]ペローの『眠れる森の美女』、あるいはグリム童話『いばら姫』を髣髴とさせる場面が展開している。

河合隼雄は、グリム童話『いばら姫』について、「女性性が素晴らしく開花する、『ある時』が来るまで、彼女はいばらのとげによって守られる。この守りのない乙女は不幸である」[*36]と述べている。ブルーノ・ベッテルハイムは、「深いいばらの茂みが」初潮を迎えた「おひめさまを、求婚者たち（未成熟な段階での性的な結びつき）から守る」と述べる一方で、思春期にある少女がその「保護壁」のうちで「外界を排除して」「自己愛的な世界にひきこもってしまう」ことには警告を発している。「孤立した自己愛」の世界に「閉じこもっていれば、苦しみはない」が、「困難を強いる人生や世の中から」の「逃避」の「行きつく先」にあるのは、「眠れる森の美女をめぐる人びとすべてを包みこんだ、死のような眠り」であるからだ。「いばらの垣根」は、「眠れる森の美女」の身を守る役割を果たすとともに、「機が熟せば」「突然、大輪の花の壁になり、王子が近づくと自然に開いて道をあける」。成熟の機に応じていばらの壁が開かれることで、「おひめさま」は世界に目覚め、人生の新しい発達段階に歩を進めることができるのである。[*37]

それに対し、「めくらやなぎ」の花粉は、女を深く眠りこませ、「眠る女」は「若い男」が到達する前に、花粉を運んだ蠅によって体中の肉を食い尽くされてしまう。「眠る女」は、他者たる「若い男」との出会いを果たせず、恋愛や成長の機会も得られないまま孤独のうちに悲惨な死を遂げる。「いばらの垣根」は、「おひめさま」の成熟を待って王子を導き入れる「保護壁」として機能したが、「めくらやなぎ」は外界を排除し、女を自己愛に閉じこめる隔壁として機能しているのである。

「ガール・フレンド」の創作による架空の植物「めくらやなぎ」の含意する盲目は、目を閉じて「眠る女」が鋭敏な聴覚と霊的感覚を持つことを示唆している。それは、ラフカディオ・ハーンが視覚に障害を持つ「耳のさとい人」であったことや、兵藤裕己の考察したように盲目の琵琶法師が「耳という感覚器官」において「あの世のものとの交渉をささえていた」ことなど、視覚に障害を持つ人が鋭い聴覚や鋭敏な霊的感覚を持つ傾向から裏付けられるだろう。「眠る女」は、「めくらやなぎ」の鋭敏な耳という含意に沿うように、耳から「めくらやなぎ」の花粉を帯びた蠅に侵入され、孤立と死の眠りに閉じ込められてしまう。このストーリーは、まさしく『ダンス・ダンス・ダンス』のユキや、病院に向かうバスの中で「盲人のよう」な表情を見せる「いとこ」が、生来敏感な耳を持つために、耳を閉ざして自己に引きこもらねばならない事態を物語っている。

ペローの『眠れる森の美女』やグリム童話の『いばら姫』が、思春期の女性が成熟へ向かう順当な発達段階を経るよう促すストーリーを持つのに対し、「ガール・フレンド」の長編詩には、他者との繋がりや成熟を拒み、「自己愛の世界に引きこも」って「死のような眠り」に陥る思春期の陥穽[*38]が表現されている。詩を作った「ガール・フレンド」は、このとき手術後の「回復期」という境界領域にあって、不意に深層から湧き上がってきた「残酷で暗い」自己イメージを一編の「長い詩」にまとめ上げ、思春期という危険な境界領域にいる自分を対象化し、把握し直そうとしていたのだろう。彼女は、そうすることで自身の過剰な鋭敏さを見極め、成長に向かう次の発達段階への足がかりを模索していたのではないだろうか。彼女は、詩を書くことを通じ、無意識のうちに心身両面において「回復」に努めていたのである。

帰りのバスを待つ間に「いとこ」の聞こえない右耳を観察した後、「僕」は彼の「形の良い耳」の中に「無数の微小な蠅《はえ》」が「六本の足にべっとりと花粉をつけて」「入り込み、その中でやわらかな肉をむさぼり食って」いる情景を幻視する。この部分は、『めくらやなぎと、眠る女』では削除されているが、この情景こそ、「いとこ」の難聴が「自己愛の世界」への引きこもりに他ならないことを物語っている。

「僕」は、映画『リオ・グランデの砦』のジョン・ウェインの「インディアンを見ることができたというのは、本当はインディアンがいないってことです」という科白《せりふ》を「誰の目にも見えることは、本当はそれほどたいしたことじゃない」と解釈したが、さらには「たいしたこと」は誰の目にも見えるわけではない、とも言い換えられるだろう。この言葉は、「いとこ」がすでに耳から入り込んだ小さな蠅たちの餌食になっている「たいした」事態に、「僕」以外の「誰も」「気づかない」ことを表している。「いとこ」の難聴によって塞がれた耳は、「眠る女」を閉じ込めた「めくらやなぎ」と同じく、自己と外界を隔てる壁として屹立しているのである。

5　切り取られる媒介者《メディエーター》の耳

耳は音波を振動として感知し、それを電気信号に変換して神経・脳に伝える機能を持つことから、生体と外界の境界において音声情報を伝達・媒介する感覚器官と言えよう。こうした耳の生理学的機能から、耳は境界を意味し、生体と外界という二つの世界を媒介する器官と認められる。

『新訂字統』には、「耳」が「目とともに神霊に接する最も重要な方法」とある[*39]。この一句は、神霊の存在をつねに身近に感受しつつ生活していた古代人が森羅万象にいかに耳目を接していたか、その世界観を髣髴とさせるとともに、彼らが目と耳を神霊と人界との境界に位置して両者を媒介する感覚器官と意識していたことを窺わせる。

柳田國男も、『一つ目小僧その他』[*40]に収められた「鹿の耳」[*41]で、「生贄の耳を断つ」例の珍しくないことを述べ、「諏訪の神社の七不思議の一つに、耳割鹿《みみさけじか》の話があった」ことを紹介しながら、「生贄の耳」が人界と神霊世界の境界、あるいは幽冥の境界上において特殊な意味を持つことに着目している。

柳田は「耳割鹿《みみさけじか》」について、「鹿の頭は後には諸国の信徒より供進したというが、以前は神領の山を猟したのである。その七十五の鹿の頭の中に、必ず一つだけ左の耳の裂けたのがまじっていた。『兼て神代より贄に当たりて、神の矛にかかれるなり』ともいって、これだけは別の俎の上に載せた。『諸国里人談』には『両耳の切れたる頭一つ』とあって、いずれが正しいかを決しがたい。とにかくにこれは人間の手をもって、切ったのでないから直接の例にはならぬが、耳割鹿でなければ最上の御贄となすにたらなかったことは窺われる」[*42]という。また、「イケニエとは活かせておく牲である」が、牲とする魚鳥を「世の常の使途から隔離しておくために」魚なら「一方の目を取ってお」き、「耳ある獣の耳を切るということ」は、「これに比べるとさらに簡便」で「牲の生活を妨げることが少なかった」という。

切るのが必ず耳でなければならなかったゆえんは、これらの動物の習性を観察した人ならば知るであろう。耳で表現する彼等の感情は、最も神秘にして解しにくいものである。常は静かに立っていて、意外な時にその耳を振り動かす。だから外国にもこれをもって幽冥《ゆうめい》の力を察せんとした例が多い。佐々木喜善君の郷里などでは、出産の場合に、山の神の来臨を必要とする信仰から、馬を牽《ひ》いてお迎えに行く風が今も行われているが、馬が立ち止って耳を振るのを見て、目に見えぬ神の召させたまう徴《しるし》とする。ゆえに遠く山奥に入って日を暮らすこともあれば、あるいは門を出ること数歩にして、すぐに引き返して来ることもあるという。数ある鹿の子の中から、いずれを選みたまうかを卜《ぼく》する場合にも、おそらくはもと耳の動きを見たので、それが自然の推理として、切るならば耳ということに定まったものではないかと思う。

(『柳田國男全集6』ちくま文庫 一九八九年十二月 三三二頁)

柳田は、鹿や馬などの動物の耳が「目に見えぬ神」に敏感に反応し、「幽冥《ゆうめい》の力」を察するゆえに、御贄に対しても、「切るの」は「必ず耳でなければならなかった」と説明している。これも、耳が「幽冥《ゆうめい》」の境界に位置し、「山の神の来臨」を迎える媒介者《メディエーター》と見られていた証左と言えよう。

村上作品では、『神の子どもたちはみな踊る』の主人公・善也の「生物学的な父親」が「幼いときに犬にくいちぎられ」たために「右の耳たぶが欠けて」いる。善也は、ある晩地下鉄を乗り換えようとして「右の耳たぶが欠けた男」を見かけ、後を追って行く。ところが、途中で男を見失った善也には、「その男が自分の父親であろうが、神様であろうが」「どうでもいいこと」になり、いつの間にか自分の「魂」が「静かに晴れ渡ったひとつの時間とひとつの場所にたたずんでい」ることに気づく。この追跡劇に「既にひとつの顕現があり、秘蹟《ひせき》があったのだ」[*43]と確信した善也は、「僕は神様の子どもなんだ」という思いに満たされ、母の胎内を思わせる野球場のピッチャーズ・マウンドの上で「長い時間」恍惚として踊り続ける。「耳割鹿《みみさけじか》」を連想させる耳たぶの欠落した男が善也を「見知らぬ町の野球場」に導いたことは、その場所こそ「神」の「顕現」と「秘蹟《ひせき》」にふさわしい境界領域であったことを物語っている。

『アフターダーク』[*44]では、カオルが中国人の男に白川の顔写真を渡す場面で、耳をめぐる不気味な会話が展開されている。「あのさ、もしあんたたちがそいつをみつけ出したら、ひとことうちに教えてくれるかな？」（中略）「みつけたら教える」／「待ってるよ」とカオルは言う。「今でも耳は切るのかい？」／男は唇を微かにゆがめる。「命はひとつしかない。耳は二つある」／「そうかもしれないけどさ、ひとつなくなると眼鏡がかけられなくなる」／「不便だ」と男は言う。[*45]

中国人娼婦に理不尽な暴力を振るった白川に対し報復感情を共有するカオルと中国人の男は、なぜ白川の「耳を切る」ことを話題にするのだろうか。清水克行は、論文「『耳鼻削ぎ』の中世と近世」で、中世から近世の日本の社会において、「耳鼻削ぎ」が戦場においては敵軍の死者に対し「殺害した証拠として」、刑罰としては科ある生者に対して行われたことにもとづき、「耳鼻削ぎ」の社会的・文化史的意義を論じている。[*46]「命はひとつしかない。耳は二つある」という死一等を減ずる発言には、耳鼻を切り取ることが刑罰として行われていた歴史の記憶が窺われ、社会の周縁すなわち境界領域への追放という熾烈な処罰感情の名残が感じ取れる。

「耳を奪う」ストーリーは、『シドニーのグリーン・ストリート』[*47]にも展開されている。この童話でも、羊博士が羊男から奪い取って「コレクションする」のがなぜ耳であるのかは説明されていない。しかし「ちゃーりー」は、羊博士の「耳を奪う」行為はフロイトの「願望憎悪」によるものだと解説する。羊博士は、「自分も羊男になりたい」のに「それを認めたくないから羊男を逆に憎むようになった」腹いせに羊男の耳を奪い取ろうとするのであり、それは羊男に対する嫉妬と憎悪の表現だというのである。

「ちゃーりー」と「僕」が耳を返せと要求するのに対し、羊博士は「今度会ったらもうかたっぽうの耳もちぎりとってやるわい」とうそぶく。羊博士の攻撃的感情が、耳同様にちぎりやすそうな尻尾などでなく、専ら耳に向かうのは、清水の論文にあるように、やはり耳が敵軍を「殺害した証拠として」切り取られる部位であり、「失われることが生物学上の『死』に匹敵するほど」「人格を象徴する部位」[*48]だからだろう。すなわち、羊博士が「自分も羊男になりたい」と願う心理は、羊男の「人格」――境界領域に位置する媒介者《メディエーター》としてのあり方――とそれを象徴する耳に対する憧憬に他ならないのである。

羊男の耳は、『羊をめぐる冒険』の耳のガール・フレンドや『1Q84』の「ふかえり」の耳、そして「耳なし芳一」の奪い取られる耳同様、「〈異界〉とコンタクトする」耳としての境界性を帯びている。羊男は、初めて登場した『羊をめぐる冒険』では、生まれ故郷の十二滝町に戻れず林の中に隠れ住む徴兵忌避者であり、まさしく社会の周縁に身を潜める存在であるが、人間と動物、生と死の中間で両者を緩衝する境界領域にあって、神秘性を帯びた存在として機能する。すなわち、羊の皮を身に着けて「羊的なものと人間的なもの」の中間に位置し（mediate）、自殺した死者「鼠」と生者「僕」の間にいて（mediate）、両者の意志を取り次ぐ（mediate）媒介者《メディエーター》（mediator）なのである。

動物や人間の耳を傷つけたり切り取ったりすることに、社会の周縁や境界領域に存在する媒介者《メディエーター》に対する刻印という認識が窺えるのは大変興味深い。村上文学においては、こうした異界や神霊世界との境界領域に位置する媒介者《メディエーター》たちが[*49]、しばしば主人公を内界への冒険へ導く案内人《ガイド》として物語を起動し、展開させる重要な役割を果たしているのである。

6　境界領域から立ち上がる物語

村上春樹の多くの物語は、境界領域から立ち上がってくる。境界領域とは、ゼロに戻る時空間である。境界領域に踏み込んだ人は、今まで自分の生きてきた物語がもはや有効に機能しないことに気づき、新たな物語を見出さねばならなくなる。それは、従来身に着けてきた価値観や生き方を見失い、自己が根底から揺るがされる危機的状況において経験される内的世界である。

人間にとって最も深刻な危機的状況とは、自身や親しい者の死に直面することであろう。死にゆく人の目前で、今まで自己を形成していた価値は意味を失い、人や社会との繋がりは急速に薄れ、自己はたちまち孤立してしまう。こうした脆弱な自己との遭遇は、思春期や更年期など、成長や老化に伴う身体・精神の変化や、病気や事故、天災などの外的な環境変化において経験される。自己の改変を余儀なくさせられる人生の節目において、人は小さな死を経験しなければならない。喪失体験は、老化だけでなく成長や成熟にも、失敗だけでなく成功にもついて回る。[*50]

人生の節目や岐路で、ふとエア・ポケットのような境界領域に陥ってしまった人は、死に直面して改めて生の輝きに気づくように、旅に出て新たな目で日常を再発見するように、あちらの世界からこちらの世界を見返す眼を与えられる。彼らは新たな目で彼岸から此岸を眺め、所与の属性や価値観から放り出された無力な自己を見出す。そして、このすべてを失ったゼロ地点が、自己と世界に新しい意味を付与する新たな物語の素地となることを知るのである。

村上は、『羊をめぐる冒険』『ダンス・ダンス・ダンス』『ねじまき鳥クロニクル』『海辺のカフカ』等の長編小説で、対象喪失[*51]を契機に始まる内的冒険を繰り返し描き続けている。これらの作品の主人公は、離婚や身近な人の失踪に深刻な喪失感を抱き、精神的危機に陥って自己の殻に閉じこもってしまう。そしてあるとき、仕事や学校など日常生活の場から離れ、失踪者を探索する旅に出る。その旅は、次第に自身の内界へ向かう冒険という意味合いを深めてゆく。なぜなら、探索者の自己はもともと孤立していたわけではなく、失踪者との相互関係の中に存在していたからであり、彼自身も失踪者を探し出すことにこそ自己の根拠を見出せることに気づき始めるからである。当初は孤独をかこっていた探索者が、行き先も定まらず何の手がかりもないまま旅立ちながら、物語が進行するにつれ案内《ガイ》人《ド》の援助を得、友人を得ることができるのも、探索者自身、自己を他者との関係において捉える意識を徐々に持ち始めるからである。（こうした点には、物語の特性――関連性なく見える存在を繋いでゆく機能――を認めることができる）

さて、探索者の案内人《ガイド》を務めるのは、『羊をめぐる冒険』では耳のガール・フレンドと羊男、『ダンス・ダンス・ダンス』では、キキ、ユキ、羊男、ユミヨシさん、『ねじまき鳥クロニクル』では、本田老人と加納マルタ、加納クレタ、ナツメグ、シナモンなど、前節末尾に触れたとおり、霊的世界に通ずる力を持ち、多くはその耳や聴力に特異性を帯びた境界領域の媒介者《メディエーター》たちである。彼らが探索者の案内人《ガイド》として「〈異界〉とコンタクトする」神秘的な能力を発揮するのは、探索者の内的冒険を助けることはもとより、探索者の新たな物語を起動する役割を果たすためでもある。

たとえば、『ねじまき鳥クロニクル』では、当初、加納マルタと本田老人という二人の媒介者《メディエーター》が作品全体の主たるプロットの発端を示唆して、長大な物語を起動している。第1部3章に登場する加納マルタは、マルタ島の霊水の傍で修行を積んで特殊な能力を身に着け、無償で「体の組成について皆さんとお話ししあう」仕事や「体の組成に有効な水の研究」をしている。マルタは、短編集『TVピープル』[*52]所収の『加納クレタ』[*53]でも、マルタ島で「何年も修行して」日本に帰り「人の体の水音を聴く仕事」をしている。彼女の日課は、「地下室に置いた水甕の一つ一つに毎日耳をつけて、それらの発する微かな音に耳をすませ」、耳を訓練することである。その水音は、妹のクレタが「体じゅうの神経を耳に集中」しても聴き取ることのできない「微かな音」である。クレタは「燃えるような緑の目」をした男に犯され喉を裂かれて殺された後、初めて「れろっぷ・れろっぷ・りろっぷ」という「自分の体を浸す水の音を聴いた」が、マルタは、クレタが生死の境を越えて初めて聴いた「人の体を浸している水の音を聴く」ことのできる特殊な耳の持ち主である。

第1部4章に登場する本田老人は、「一九三九年に起こったノモンハンでの戦争で受けた負傷のせい」で「鼓膜を破壊され」聴力に障害を負った〈神がかり〉で、「かなり有名な占い師」である。「僕」は、「補聴器をつけて」いても「ほとんど聞こえないと言ってもいいくらい」「耳がひどく悪い本田老人を「あんなに耳が悪くちゃ霊の言うことだってろくに聞き取れないんじゃないか」と思う反面、「それともあるいは逆に、耳が悪いくらいの方が霊のことばは聞き取りやすかったのかもしれない」とも考え、本田老人の聴力と〈神がかり〉の能力の関係が他の媒介者《メディエーター》たちと逆転していることにさりげなく触れている。

加納マルタは、兄ノボルに「汚《けが》され」るクミコの運命を暗示するかのように、綿谷ノボルが妹の加納クレタを犯したことを「僕」に問わず語りに語り、クミコと「僕」の結びつきを象徴する猫の失踪は、「これからしばらくのあいだにいろんなことが起きる」予兆だと述べる。本田老人は、ノモンハン戦における辛苦を語って「僕」が近い将来経験する内的冒険——井戸を下り、ノモンハン戦の時空に端を発する歴史の暗闇に直面する——の苦難を示唆する。このように、マルタは主にクミコについて、本田老人は主に「僕」について、重要な示唆と注意を与えるという形で物語を起動させている。すなわち、綿谷ノボルの邪悪な力によってクミコの失踪が惹き起こされること、「僕」のクミコ探索劇がまったく無関係に思えるノモンハン戦の記憶に結びついてゆくこと、この二つの重要なプロットは、二人の媒介者《メディエーター》の予言によってあらかじめ設定されているのである。

特に、マルタの次の言葉は、『ねじまき鳥クロニクル』の作品世界が「暴力的で、混乱した世界」である所以を明確に示し、そうした世界で傷つきながら生き抜いてゆかねばならない人間の運命を明示している。

岡田様もよくご存知のように、ここは暴力的で、混乱した世界です。そしてその世界の内側にはもっと暴力的で、もっと混乱した場所があるのです。おわかりになりますか？　起こってしまったことは起こってしまったことです。妹はその傷から、その汚れから回復するでしょうし、また回復しなくてはなりません。それは有り難いことに、致命的なものではありませんでした。これは妹にも言ったことですが、もっとひどいことにだってなりえたのです。ここで私がいちばん問題にしているのは、妹の体の組成のことです」

（『村上春樹全作品1990〜2000④』講談社　二〇〇三年五月　七〇頁）

「暴力的で、混乱した世界」の「内側に」それを裏付ける「もっと暴力的で、もっと混乱した場所がある」とは、現実世界が個人の深層心理、さらには集合的無意識の奥底から現象するという認識から出た言葉であろう。この、現実世界は単に自己をとりまく外界として存在しているのではないという認識に従えば、現実に生き世界を把握するためには、まず現実を生み出す深層に沈潜しなければならないことになる。つまり、妹クレタが「汚れ」から「回復」するためには、深層に潜在する、現実世界より「もっと暴力的で、もっと混乱した」ものの正体を見極め、それらと闘う内的経験を経ねばならないということを意味するのである。

「僕」が「彼らはどちらもひどく水のことを気にしていた」と言うとおり、本田老人と加納マルタの発言には水という共通点がある。心理学では、水を人の気持ちや無意識の象徴として見ることが多い。[*54] そうした見地からすると、加納マルタの「人の体を浸している水の音を聴く」仕事とは、無意識のあり方、あるいは意識の核心たる自我と、無意識としての「人の体」の関連に関する研究を意味することになるだろう。そうすると、彼女自身「占い師ではありませんし、予言者でもありません」と言うとおり、マルタが「ご相談を受けて、体の組成についてみなさんとお話ししあう」仕事とは、いわゆる心理カウンセラーを意味していることになる。つまり、「妹の体の組成」とは、医学的・生理学的な人体の組成に関する問題ではなく、綿谷ノボルに「汚《けが》され」た身体と、その中心的組成成分である水の表象する心、あるいは無意識との関係を問題としていることになる。[*55]

加納マルタの「起こってしまったことは起こってしまったことです」という言葉は、起きてしまったのだから仕方がないという意味ではなく、それがどれほど不幸なことであったにせよ、自分の身に起きたことを事実として受け止め、被った「汚《けが》れ」と傷を自分の問題として深化しない限り解決しないという認識に裏付けられている。そこには、綿谷ノボルを罰する発想が欠落しているという恨みもあるが、たとえ綿谷ノボルが裁かれ法的・社会的に断罪されたとしても、被害者としてのクレタの内的な問題は、解決されないだろう。どんなに理不尽でも、事実は事実として受け止めるしか生きる道はないというマルタの透徹した世界観は、ノモンハンの激戦で生死の境を生き抜いた本田老人の「我を捨てるときに、我はある」という、死の側から生の世界を見返す目によって培われた人生観にも通じている。

村上文学における内界へ向かう冒険は、加納マルタの言うように、まず現実を現実として虚心に受け止める姿勢を持つことから出発する。内的冒険への第一歩は、音楽に耳を澄まし、人の話や沈黙、風や自然の生命に耳を傾けて自己を深めるという一見受動的な姿勢を貫くことから始まる。それは、耳という感覚器官が「聞く」という受動的な機能に集約されることにも特徴づけられているようである。例えば、目の「見る」機能には、見る対象に何らかの表情や意図を込めた視線を送るという能動性が含まれている。視覚は、見るものを認識し対象化するのみならず、見ることで対象を観察、監視し、また看護するなど、支配し保護する機能にも繋がっている。それらは、みな外部に向かう意識の働きである。一方、聴覚の機能は視覚に比べてはるかに受動的である。耳を傾けて「聞く」ことは、人を精神や内界の深みに導く。聴覚は、精神の内面へ、無意識の内界へ向かう方向性を有しているのである。

しかし、村上の描く内的世界への冒険は、決して受動的なものではない。それは現実からの逃避でもない。人は、現実世界の混沌に立ち向かうためには、まず内界に沈潜しなければならない。現実における問題の根が深ければ深いほど、私たちはより深い世界を目指さねばならなくなる。音楽に耳を澄まし、人の話や沈黙、風や自然の生命に耳を傾けて自己を深めることに端を発し、さらに深い内的世界を目指そうとするとき、主人公は媒介者《メディエーター》の助けを借りて境界領域を踏み越え、無意識の「水の音を聴く」世界に踏み込んでゆかねばならなくなる。帰還の保証のない旅路で、いかに自己の闇と、あるいは自己の根ざすさらに深い闇と闘い抜くことができるか、それが村上春樹の描く物語の世界である。

第二章

歴史への助走

『中国行きのスロウ・ボート』『羊をめぐる冒険』

1　村上春樹の中国──『中国行きのスロウ・ボート』という視点から

一九八〇年に発表された『中国行きのスロウ・ボート』[*1]は、村上春樹最初の短篇小説である。この作品のラスト・シーンには、三人の在日中国人との邂逅を通じて「僕の中国」を見出した主人公「僕」が、中国へ向う希望を語る姿が描かれている。しかし、『中国行きのスロウ・ボート』における村上は、現実の中国からは目をそらし、日中近現代史にも触れまいとしている。そのため、この作品における中国・中国人は、発表当初は「概念的な記号のようなもの」と解釈され（川村湊）[*2]、後には、「〈自己化〉された〈他者〉の表象」（田中実）[*3]、あるいは「アジアと日本との関係のアナロジー」（山根由美恵）[*4]等と解読されて来た。

デタッチメントを標榜していた一九八〇年当時の村上が、自己韜晦と現実回避の姿勢を示しながら中国を取り上げたために生じた矛盾は、後年、中国や中国人に関連する作品が発表されるにつれて次第に解きほぐされ、『中国行きのスロウ・ボート』が村上の中国へ向ける視線の原点であったことは[*5]ようやく明らかになった。特に、一九九二年から連載が開始された『ねじまき鳥クロニクル』には、ノモンハン事件や日中戦争が登場人物の記憶として詳細に描かれ、村上春樹における中国の意味が明確に示される結果となった。それは、日中戦争をめぐる日本人の集合的記憶が主人公・岡田亨のように戦争を知らない世代の無意識の深層にも通底することを想起させ、日本人の集合的記憶と歴史認識のあり方を問うものであった。

本節では、『中国行きのスロウ・ボート』を村上文学における中国へ向かう視線の原点ととらえ、「僕」がいかにして三人の在日中国人との邂逅を通じて中国に向かう逆説的希望に到達したか、その筋道を明らかにしたい。それは、在日中国人へ向けるまなざしが「僕」の自己を逆照射することで「僕の中国」が認識され、さらに、「僕」が誤謬としての「僕の中国」を乗り越える意思を抱いて遥かなる中国への思いを語り始めるまでの過程である。

一九七九年のデビュー作『風の歌を聴け』38章では、「僕」と在日中国人であるジェイは、すでに中国をめぐって次のような会話をしている。

「でも何年か経ったら一度中国に帰ってみたいね。一度も行ったことはないけどね。……港に行って船を見る度そう思うよ」
「僕の叔父さんは中国で死んだんだ」
「そう……。いろんな人間が死んだものね。でもみんな兄弟さ」
（『村上春樹全作品1979~1989①』講談社　一九九〇年五月　一一五頁~一一六頁）

「中国で死んだ」「僕の叔父さん」とは、『風の歌を聴け』1章に紹介された「終戦の二日後に自分の埋めた地雷を踏ん」で死んだ叔父のことである。叔父の死の背景には、当然、日中戦争による無数の死者・犠牲者が存在しており、それは「僕」の心に暗い影を落としている。こうした中国における殺戮と死者のイメージは、『中国行きのスロウ・ボート』1章末尾の「死はなぜかしら僕に、中国人のことを思い出させる」という一文にも示唆されている。

『風の歌を聴け』では、この会話の直後、「僕」は東京に向かう夜行バスの乗車口で乗務員に「21番のチャイナ」と声をかけられる。「チャイナ?」と聞き返した「僕」に、乗務員は座席確認のため、「Aはアメリカ、Bはブラジル、Cはチャイナ」と言うのだと答える。「21番のC」の切符を持つ「僕」は「21番のチャイナ」に座って東京に向かうことになる。一方、故国の地を踏んだことのないジェイは、一九七二年九月の日中国交正常化以前の一九七〇年八月という作品の時点で、「いろんな人間が死んだ」「中国に帰ってみたい」と叶わぬ夢を語る。このように、『風の歌を聴け』38章には、次に引く『中国行きのスロウ・ボート』ラスト・シーンに通ずる、中国にまつわる絶望と希望の錯綜したイメージの片鱗がすでに表現されていたのである。

それでも僕はかつての忠実な外野手としてのささやかな誇りをトランクの底につめ、港の石段に腰を下ろし、空白の水平線上にいつか姿を現わすかもしれない中国行きのスロウ・ボートを待とう。そして中国の街の光輝く屋根を想い、その緑なす草原を想おう。

だから喪失と崩壊のあとに来るものがたとえ何であれ、僕はもうそれを恐れまい。あたかもクリーン・アップ・バッターが内角のシュートを恐れぬように、熱烈な革命家が絞首台を恐れぬように。もしそれが本当にかなうものなら……

友よ、中国はあまりにも遠い。

(『村上春樹全作品1979～1989③』講談社 一九九〇年五月 三九頁)

戦争と死者に表象される中国へ向かおうとする希望を語る『風の歌を聴け』38章の矛盾は、そのまま『中国行きのスロウ・ボート』のラスト・シーンの逆説に通じている。しかし、この逆説的希望――「ささやかな誇り」を胸に、「喪失と崩壊のあとに来るもの」を恐れず「あまりにも遠い」中国へ向かおうとする決意――は、三人の在日中国人との邂逅の意味が「僕」の裡で熟成する約二十年の歳月を経た後に、ようやくもたらされたものである。

『中国行きのスロウ・ボート』は、「三十歳を越えた」主人公「僕」が1章・5章の現在時点において、2章から4章の過去の出来事を回想する典型的な額縁小説である。

2章の「僕」は一九五九年または一九六〇年に小学生、3章の「僕」は十九歳で大学二年生、4章の「僕」は二十八歳という設定で、ほぼ十年に一人ずつ、合わせて三人の在日中国人との邂逅が描かれている。2章の模擬テスト受検時の「僕」が小学校高学年と仮定すると、「僕」の生年は、村上春樹の生年と同じ一九四九年をはさんで一九四八年から一九五〇年と想定され、1章・5章の作品の現在は、作品発表とほぼ同じ一九八〇年前後と推定できる。

この作品は、「最初の中国人に出会ったのはいつのことだったろう？　この文章は、そのような、いわば考古学的疑問から出発する」と書き始められている。「たいていの僕の記憶は日付を持たない。僕の記憶力はひどく不確かである」と言う「僕」は、「最初の中国人」に出会ったのが「一九五九年なのか　九六〇年なのか」思い出せず、どちらの年か確認するために「近くの区立図書館」へ出かける。しかし、図書館の玄関先でふと、記憶の「不確かさによって僕は誰かに向って何かを証明しているんじゃないか」と思い至り、正確な年を確認することをやめてしまう。「一九五九年なのか一九六〇年なのか」にさんざんこだわった挙句に、区立図書館の玄関先まで来た「僕」があっさり踝を返してしまう、「僕」がこうした不可解な行動をとるのはなぜなのだろうか。

作者は、「僕」が「最初の中国人に出会った」年を「一九五九年なのか一九六〇年なのか」と繰り返して読者にそれらの年号を印象付けながら、他方では、記憶力の「ひどく不確か」な「僕」の個人的記憶を歴史としての集合的記憶に連結することをあえて避けようと意図しているようである。「最初の中国人に出会ったのはいつのことだったろう？」という疑問を「考古学的疑問」に喩えているのも、現実の中国に向かいがちな読者の意識を日中近現代史から逸らすためではないだろうか。ここには、「僕」の認識を一九七二年の日中国交正常化や一九六六年から約十年にわたって展開された文化大革命等の現実の中国に直面させまいとする村上の意図が窺えるのである。

しかしそれでは、「僕」はどういう形で中国に出会うことができるのだろうか。

「僕」の小学校時代のもうひとつの記憶は、「ある夏休みの午後に行われた野球の試合」で、飛球を追ってバスケットボールのゴール・ポストに激突し脳震盪を起こしたことであった。日の暮れかけたグラウンドで目を覚ました「僕」は、「僕に付き添ってくれていた友だち」から、失神中に「**大丈夫、埃さえ払えばまだ食べられる**」と、うわ言を言ったと教えられる。このうわ言は、『村上春樹全作品1979〜1989③』に収録される際の改稿で、傍点を付した形からゴシック体表記に変えられ、視覚的により一層目立つ形に改められている。「**大丈夫、埃さえ払えばまだ食べられる**」という言葉を強調するのは、「埃」が「誇り」と同音語だからだろう。「埃」は、2章の中国人教師が日本人小学生に説く

「誇り」と、ラスト・シーンで「中国行きのスロウ・ボートを待とう」と語る「僕」が抱く「ささやかな誇り」と同音の言葉である。

2章の「僕」は、中国人小学校の教師が、日本人と中国人は「お互いを尊敬しあわねばなりません」「顔を上げて胸をはりなさい」「誇りを持ちなさい」と説く言葉の裏に、日本社会における在日中国人の過剰な気負いを感じ取っていた。中国人教師は、日本人小学生を前にして、中国人も日本人も人間としての「誇り」を持ち、「二つの国」は隣国同士として「お互いを尊敬し」あい「仲良く」なる「努力」をすべきだと説く。「僕」は、その意見が正しいと感じながら、それが模擬試験会場で述べられる不自然さや、在日中国人独特の意識を敏感に感じ取っている。

「僕」は、自身の小学校時代を「戦後民主主義のあのおかしくも哀しい六年間の落日の日々」と揶揄している。この回想を語るのは「三十歳を越えた」「僕」であるが、この記述から、「僕」は小学生にしてすでに戦後民主主義の虚偽を嗅ぎ取る鋭敏さを備えていたことが窺える。そういう「僕」なら、中国人教師の理想と正義をふりかざす「お話」の陰に、在日中国人特有の屈折した心理――「プライドと自己憐憫の限りない振幅」[*6]――が潜んでいることに気づいたとしても無理はないだろう。

しかし、同じ教室で彼の「お話」に終始沈黙で応えた他の日本人小学生たちと同様、「僕」もその時はまだ中国人教師の心理を明確な言葉で表現する術を持っていなかった。そのため、行き所を失った「僕」の疑念は無意識下に沈潜し、「誇り」という言葉はいつの間にか同音の「埃」に置き換わり、失神して「おそらく夢でも見」た拍子に、「**大丈夫、埃さえ払えばまだ食べられる**」という、前後の脈絡を欠いた意味不明のうわ言として浮かび上がって来たものと考えられる。[*7] そして、友だちがこのう私言を「恥ずかしそうに」「僕」に教えたのは、この言葉に、傍で聞いている友人まで「恥ずかし」くさせるような卑屈な響きがこもっていたからだろう。「埃」は、中国人教師の唱えた「誇り」と表裏をなす「自己憐憫」も意味していたからである。

中国人教師の肩肘張った理想主義的言動が、日本社会で疎外されがちな在日中国人の示す過剰な適応反応であることに気付くともなく気付いていた「僕」は、それから約二十年後、自らを疎外された一介の都市生活者と痛感したとき、初めて彼らに共感を抱く。しかし十代から二十代までの「僕」は、自らの裡に在日中国人に対する差別的感情が潜んでいることには気付いていなかった。

3章冒頭、高校生の「僕」は、「高校が港町にあったせいで僕のまわりにはけっこう数多くの中国人がいた。中国人といっても、べつに我々とどこかが変わっているわけではない。また彼らに共通するはっきりとした特徴があるわけでもない。彼らの一人一人は千差万別で、その点においては我々も彼らもまったく同じである。僕はいつも思うのだけれど、個人の個体性の奇妙さというのは、あらゆるカテゴリーや一般論を超えている」と述べている。

しかし大学二年生の春、アルバイト先で「三人目の中国人」である無口な女子大生と知り合った「僕」は、彼女に「僕」の内に潜む差別的感情を指摘される。在日中国人である自分を大海に浮かぶ一滴の油のごとく感じていた女子大生は、絶えず現実との間に齟齬を生じないよう、過剰なまでに気持ちを張り詰めていた。アルバイトの仕事にも、「まわりのあらゆる日常性がその熱心さによって辛うじてひとつにくくられ支えられているのではないかといったような奇妙な切迫感」に満ちた「熱心さ」で取り組むため、「最後まで文句も言わず彼女と組んで作業ができたのは僕くらいのもの」であった。そういう彼女の生き方にむしろ「まともさ」を感じ取った「僕」は、アルバイトの終った晩、彼女とデートする。しかし「僕」は、門限を守ろうとして帰りを急ぐ彼女をなぜか新宿駅から「逆まわりの山手線にのせてしま」う。常日頃、「ここは私の居るべき場所じゃない」という疎外感を抱いていた彼女は、「僕」の勘違いは「心の底でそう望んでいたから」起きたことだと「僕」に訴える。彼女の言い分がどうしても納得できない「僕」は、翌日改めて彼女と会う約束をするが、「僕」はその直後に、彼女の電話番号を書きとめた紙マッチを捨てるという「誤謬」を重ねてしまうのである。

　このように「過ち」が繰り返されるのは、女子大生の言うとおり、たしかに「僕」の潜在意識のなせる業であろう。しかし、彼女の自己憐憫に満ちた過剰防衛的な被害者意識がそれを促した面もあるのではないだろうか。つまり、この「過ち」は、どちらか一方が惹き起こしたというより、二人が無意識のうちに招き寄せたと言う方が妥当であり、彼らがその後二度と会えなくなってしまうのも、二人がこの「過ち」の原因を自らの裡に認識できなかったからではないだろうか。

　4章には、二十八歳になった「僕」が、「高校時代の知り合い」の中国人に喫茶店で声をかけられ、なかなか彼の名前を思い出せなかったというエピソードが紹介されている。「僕」は無意識のうちに「彼」を忘却している。一方、「彼」は「潜在的に」「昔のことを忘れたがっている」「僕」と「同じ理由で、昔のことを本当にひとつ残らず覚えてる」と言って、「僕」に迫る。「潜在的に」「昔のことを忘れたがっている」「僕」と「同じ理由」とは、「彼」が中国人だということである。「彼」が日本社会の少数者たる在日中国人であり、「僕」が日本社会の多数者たる日本人だということが、二人を鮮明な記憶と全き忘却の両岸に隔てているのである。

「彼」が中国人だと気付いて初めて、「僕」は「彼」の名前を思い出すが、「僕」が思い出した途端に、「彼」は再び「中国人」という殻の中に身を隠してしまう。「僕」が中国人というヒントなしに「彼」を思い出すことができなかったように、「彼」はすでに日本社会における無名の「中国人」になり切っている。「僕」が中国人専門のセールスマンとして世過ぎをする「この男」に零落のかげりを認めるのは、「彼」が中国人だからではない。「僕」が忘却という無意識の免罪に身を任せているように、「彼」も「中国人」である自分に癒しがたい自己憐憫を抱きながら、生活の糧と引き替えにその位置に安住しているからなのである。

「彼」の鮮明すぎる記憶と「僕」の全き忘却は、二人の対照を鮮やかに際立たせている。3章冒頭、高校生だった「僕」は、自分自身は中国人に対する差別的感情をまったく持っていないと考えていた。しかし、4章における「僕」と「彼」の忘却と記憶の対照は、二人の差別と被差別の心理を見事に炙り出している。[*8]

作者は、1章冒頭に「最初の中国人に出会ったのはいつのことだったろう?」という疑問文を置きながら、それを即座に「いわば考古学的疑問」と呼んで、「僕」の中国をめぐる記憶を近現代史の問題から遠ざけていた。こうして「最初の中国人に出会ったのはいつのことだったろう?」という疑問は、「いつのこと」という歴史的要素を抜き取られて「僕」の「不確かな記憶」の方へ引き付けられ、「中国人」という他者に直面するとまどいに重点を移していった。村上は、注意深く歴史という言葉を避け、差別という言葉を用いることもなく、2章から4章において無意識と忘却に身を委ねる「僕」と三人の在日中国人との出会いを描き、あくまでも自己の内界における中国人との邂逅の意味を掘り下げる姿勢を貫こうとした[*9]。

一人目の中国人教師は、「僕」に在日中国人として生きる「誇り」を示した。二人目の女子大生は、「僕」の中の無意識の差別的感情を指摘した。三人目の高校時代の知り合いは、忘却に浸る「僕」に、自己憐憫のうちに在日中国人として生きる姿を現した。この三人に共通するのは、彼らが一方的に在日中国人という社会的立場を与えられていることである。「僕」は、三人三様の生き方を「僕」に示した彼らに他者の姿を見るのみであったが、「三十歳を超え」、一人の「都市生活者」となった「僕」は、十五年前に女子大生を間違えて乗せた「山手線の車内」で、不意に「ここは僕のための場所でもないんだ」という内心の声を聴く。都会の空虚に晒され疎外感に苛まれる「僕」は、かつて女子大生のつぶやいた「そもそもここは私の居るべき場所じゃないのよ。ここは私のための場所じゃないのよ」という言葉が自分の身体の裡に響くのを聴き、そこに「もうひとつの中国」を見、「中国という言葉によって切り取られた僕自身」を見出したのである。「僕」は、あの女子大生と同じく「僕の中国」という自我の中に閉じこもる限り「何処にも行けない」し、誰とも出会うことはできないだろう。「僕」は、現実喪失のただ中でようやく「僕の中国」に埋没している自分を発見したのである。

> 東京——そしてある日、山手線の車輛の中でこの東京という街さえもが突然そのリアリティーを失いはじめる。その風景は窓の外で唐突に崩壊を始める。僕は切符を握りしめながらその光景をじっと見ている。東京の街に僕の中国が灰のように降りかかり、この街を決定的に侵食していく。それは次々に失われていく。そう、ここは僕の場所でもないのだ。

（中略）

誤謬……、誤謬というのはあの中国人の女子大生が言ったように（あるいは精神分析医の言うように）結局は逆説的な欲望であるのかもしれない。とすれば、誤謬こそが僕自身であり、あなた自身であるということになる。とすれば、どこにも出口などないのだ。

（『村上春樹全作品1979〜1989③』講談社　一九九〇年九月　三九頁）

「僕」は、三人の在日中国人が日本人社会から厳しく疎外されていたごとく、自身も都会の虚無と疎外に晒されていること、そのために自分が「どこにも出口などない」自我で鎧った存在と化していることを痛感し、初めて現実の中国へ向う希望を語り始める。そこには、「僕らの言葉」や「僕らの抱いた夢」を無化する「東京という街」の「喪失と崩壊」のイメージがまとわり付いている。「僕」の抱く希望は、現実喪失と自我の崩壊という絶望を乗り越えずには踏み出しようのない「逆説的な欲望」である。中国人教師との邂逅から二十年以上の歳月を経て、「僕」は彼の唱えた「誇り」を胸に、「友よ、中国はあまりにも遠い」と呼びかけることができた。もしかしたら、それが「slow boat」の「slow」のもう一つの意味なのかもしれない。「僕」は、迂遠な内的遍歴を経てはじめて、通じ合う距離の遠さを互いに知る中国人を「友」と呼び、彼らと遥かな希望を共にしようとするのである。

このように、自己を突き詰めたところに中国あるいは中国人との邂逅が不意に浮上するというプロットは、後年の『ねじまき鳥クロニクル』に引き継がれ、深化されている。そこには、村上文学における中国というテーマの重要性と、ひたすら内界へ向う自己探求が、いかなる形で現実の世界や歴史と出会うかという村上文学の本質に関わる問いが提示されている。

2　「昔」をめぐる記憶

村上春樹の内界を目指す物語は、長編第三作の『羊をめぐる冒険』に始まる。この物語は、「誰とでも寝る女の子」の葬式に始まり、「鼠」の死に終わる。このように『羊をめぐる冒険』が「昔」の記憶に深く刻まれた二人の死に縁取られていることは、「僕」の「昔」をめぐる記憶に重要な意味があることを示している。第一章の「誰とでも寝る女の子」は、「昔」が合言葉として通ずる仲間うちにおいて、共通した記憶の指標となっている。

　昔の仲間に会って、何かの拍子に彼女の話が出ることがある。彼らもやはり彼女の名前を覚えてはいない。ほら、昔さ、誰とでも寝ちゃう女の子がいたじゃないか、なんて名前だっけ、すっかり忘れちゃったな、俺も何度か寝たけどさ、今どうしているんだろうね、道でばったり会ったりしても妙なものだろうな。

　――昔、あるところに、誰とでも寝る女の子がいた。

　それが彼女の名前だ。

（『村上春樹全作品1979～1989②』講談社　一九九〇年七月　一六頁、傍線筆者）

兵藤裕己は、「昔」とは「語源的にいえばムカ（向）とシ（接尾語）が複合した語」で、「記憶と想像力のなかで再生する過去の時間」、「いま現在に対して神話的に向きあう時間」を意味しており、「物理的に過ぎ去った時間を意味する往《い》にし辺《へ》とは異なる」と述べている。[*10] つまり「昔」とは、「昔、あるところに」と語り出される昔語り（物語）を醸成する心理的な時間を意味している。「誰とでも寝る女の子」は、「僕」の二十歳から二十一歳、すなわち一九六九年秋から翌七十年秋までの一年間の記憶を表象すると同時に、「昔の仲間」の記憶のよすがともなっている。実際には、「死亡記事のスクラップをもう一度ひっぱり出して思い出すこともできる」のに、「彼女」の名前を忘れたと「僕」が繰り返し言うのは、無名の〈ある女の子〉とすることで、彼女を「昔、あるところに」という常套句で始まる昔話の主人公のままにしておきたいからであり、それは、「僕」や「昔の仲間」が「昔」の記憶から立ち上がる物語を求め続けている何よりの証拠である。

人は、記憶によって現在に生きる自己を支えている。ほぼ同じ経験をした人々の記憶が少しずつ異なるのも、各自がそれぞれのやり方で経験を編集しているからなのだろう。記憶は、変容を遂げつつ、各人各様の過去を醸成し、現時点における自己を同定する。つまり、過去の記憶に基づく物語が円滑に機能して現在の自己を支え、それと並行して、新たな経験を編み込みながら日々物語を改変してゆくというのが通常なのであろう。しかし、「昔」から立ち上がってくる物語の影響力があまりにも強いと、人は、現在に生きる足場を見失ってしまうことになる。

七十年代という現在に位置する『羊をめぐる冒険』の「僕」が、「まるで貯金を食いつぶすように」四年間の結婚生活を送った挙句、妻を失って「実体のない」日々を過ごす羽目に陥っているのも、

「僕」が「昔」をめぐる記憶に呪縛されているからである。現実からの疎外感が深刻であればあるほど、「僕」には現在を生きるにふさわしい、昔語りに替わる新しい物語が必要となる。これが「羊をめぐる冒険」の出発点である。

したがって、今「僕」にもっとも必要なのは、現実を生きること――現在の時空間をこれが現実だという実感とともに生きること――である。「僕」の言うように、生きることは失い続けることだという、「事実を事実として受容」することであるなら、「羊をめぐる冒険」は、そもそも「僕」に新たな獲得や勝利をもたらす物語でないことは明らかである。「冒険」に出立する「僕」は、六十年代からの生活の延長線上にあった仕事と結婚生活を解消して社会的にゼロの存在となるが、それこそ「昔」に浸りきって身動きならなくなっていた「僕」に必要なことであった。

そのため、「冒険」に出発する前に「街」を訪れた「僕」は、まず、自身を呪縛している「昔」の記憶の原点に向き合わねばならない。「僕」が「鼠」の頼みを果たすために海辺の「街」に向かったのは、「鼠」と生きた時間が「昔」の記憶の中に確実な位置を占めているからであり、「僕」は、そうすることで「昔」――「僕の心を揺らせ、僕の心を通して他人の心を揺らせる何かがあった」という記憶――を確認しようとしているのである。行方不明の「鼠」、それは現在という地点に置き去りにされた「僕」の記憶の根拠たる一形象である。「昔」に呪縛されている「僕」は、ときに時空感覚まで不安定になるほど、現実との連続性を見失っている。「鼠」という「昔」の記憶によって現在の時空に宙吊りにされている「僕」は、現実を「生き延び」てゆくために、「鼠」を過去という時間の中に封印しなければならないのである。

「羊をめぐる冒険」に出立する前に「僕」が「街」に向ったのは、「昔」を見極めるための第一歩であった。果たして、「街」に「昔」を捜し求めようとする「僕」が見出したのは、変わり果てた「昔」の残骸、すなわち「新しい四階建てのビルの三階」に入ったジェイズ・バーであり、「鼠」の帰りを待つことをすでに諦めたかつての恋人であり、「五十メートルぶんだけを残して、完全に抹殺された海であった。ジェイズ・バーで、自分たちの世代が「もう終った」ことを「歌は終った。しかしメロディーはまだ鳴り響いている」と「気障な」科白でかわすことのできた「僕」も、海の惨状を目の当たりにした後は、ビールの空き缶の「不法投棄」を注意しに来た警備員の「昔は昔だよ」という何気ない言葉にすら、こみ上げる怒りに身を震わせている。

かくして、「僕」は「鼠」の行方を求めて「羊をめぐる冒険」に旅立つが、それは「僕」に意識されないまでも、必然的に「鼠」の死を見届け、「昔」の記憶を過去に葬るための「冒険」となる。十二滝町から札幌に戻った「僕」は、「こんな風にして一日一日と僕は『記憶』から遠ざかっていくのだ」と、「昔」の記憶の帰結を見届けた感慨をもらす。しかし、四十二年間「羊」の行方を探し続け、「ずっと記憶の中に住んで」いた羊博士は、「羊」の死を知って深い喪失感に打ちひしがれながら、「僕」に向って、〈終り〉と〈失うこと〉を、むしろ生きることの〈始まり〉とすべきだと諭している。

『羊をめぐる冒険』の物語としての意味の第一は、『風の歌を聴け』『1973年のピンボール』の二作にフラグメント（断章）として散りばめられていた様々な要素が、一貫性を持つ物語という構造の中に溶け込んで有機的な繋がりを持つストーリーとして流れ始めたことである。第二は、「僕」がそのストーリーの流れに沿って物語を生きること――「羊をめぐる冒険」を経て「鼠」の死を体験すること——により、「昔」の記憶が過去として確定し、そこに生の現実を回復する可能性がもたらされたことである。

四方田犬彦は、「困難の克服のすえに自己同一性を保証するに足るなにがしかの獲物を得て帰還する、という通過儀礼の物語はここにはない。『羊をめぐる冒険』は教養小説を根拠づける意味の体系が燃え崩れてしまった後に残された鉄骨の残骸であり、聖杯伝説に代表される探求の物語群の余剰物、澱、換言すればデカダンスである」[*11]と批判した。加藤典洋も「物語の型からいえば、主人公が困難を克服し成長していく『通過儀礼』の物語である。しかし、ここに困難克服と人間的成長といった通過儀礼の実質は見当らない」[*12]と指摘している。

たしかに、『羊をめぐる冒険』は、「僕」に何らかの獲得や目覚しい人間的成長をもたらす物語とは言えない。むしろ加藤典洋がF・コッポラ監督の『地獄の黙示録』に擬えて、「思想性の欠如」が「プライヴェートネス」を「浮上させている」作品だとした指摘こそふさわしいと言うべきだろう。「教養小説を根拠づける意味の体系」崩壊後の「僕」を支えているのは、「簡単なことだ。酔払ったという事実を事実として受容すればいいのだ」という言葉に表された、あくまでも受動的な姿勢である。しかし「僕」は、むしろこうしたささやかさ、すなわち加藤の言う「プライヴェートネス」において自己を支えるモラルを見出し、それを生き抜こうとしている。この個としての自己を追求する意識は、一方ではさらなる深化を求めて内界へ向ってゆくが、他方では、紛う方なき自己存在の形象としての身体へ向ってゆくのである。

3　物語の時間に乗り遅れる「僕」

「プライヴェートネス」に生きようとする「僕」と「鼠」は、〈羊憑き〉と〈羊探し〉という奇妙な事態に巻き込まれ、「黒服の男」の背後にある巨大な権力機構と、それを生みだした「羊」というシステムの権化に徒手空拳の個として対峙させられる。「鼠」と「僕」は、「羊」のもたらした日本近代を淵源とする様々な矛盾に翻弄される中で、個としての自己のあり方と、それを支えるモラルを問われることになるのである。

石原千秋は、「僕」が「社会の中での自分の位置を取り戻す物語」であるという意味で、『羊をめぐる冒険』を「名前をめぐる冒険」あるいは「時間をめぐる冒険」であると述べ[*14]、井上義夫は、「作者は日本の「近代」自体を相手に「時間」をめぐる壮大な「冒険」を敢行している[*15]」と指摘した。たしかに、『羊をめぐる冒険』において、「羊」の表象する日本近代と、日本社会の近代化を推進する上で重要な役割を果たした近代的時間概念は、「僕」の自己のあり方を考察する上で重要な意味を担っている。

『羊をめぐる冒険』では、多様な時間意識あるいは時間感覚の表現として、また「僕」やその他の登場人物や人物を取り囲む環境の表象として、時計の比喩が多用されている。たとえば、別れた妻が「僕」を擬える砂時計。「僕」のアパートに置かれたデジタル時計と、会社の応接間の壁に掛けられた電気時計。「鳩時計みたいに正確」な「黒服の男」からの「迎えの車」。いるかホテルのロビーと十二滝町の別荘に、異界への入り口を示唆する「大きな姿見」とともに置かれた古い柱時計。羊博士の神童ぶり、「スーパー・エリート」ぶりを示す皇族から下賜された金時計。（羊博士が「羊」に憑依されたとき、満州の洞穴でこの金時計を紛失したことは、これ以降、羊博士がエリート・コースから外れることを示唆している）いるかホテルに戻った「僕」が「ベルトをはずして床に放り投げ」た、「記憶」の遠ざかりゆくことを時々刻々告げる「腕時計」等々。

　これらの時計による比喩表現は、『羊をめぐる冒険』という作品世界における時間が過去から現在、現在から未来へ向かって一直線に流れる近代的な時間概念に統一されていないことを如実に表している。作品世界における時間は、社会生活の基盤としての近代的時間概念の客観性から脱し、むしろ登場人物や人物を取り囲む環境の表象として、より主観的な時間として措定されている。すなわち、『羊をめぐる冒険』という物語における時間は、人物主体の意識のあり方や環境との関係において変化し、個々人の存在あるいは自己同一性を裏づける重要な要素とされているのである。

　たとえば、自己の存在を「今」「ここ」という地点に明確に実感できず、ガール・フレンドの体も「生きてるみたい」としか感じられない「僕」の現実からの乖離感は、「ずっとあとになって、やっとそれが結びつく」という時間のずれとして感覚されている。

　「変な言い方かもしれないけれど、今が今だとはどうしても思えないんだ。僕が僕だというのも、どうもしっくり来ない。それから、ここがここだというのもさ。いつもそうなんだ。ずっとあとになって、やっとそれが結びつくんだ。この十年間、ずっとそうだった」

（『村上春樹全作品1979〜1989②』講談社　一九九〇年七月　一八二頁）

こうした「僕」の現実乖離の感覚は、時間感覚のずれ、タイミングの遅れとして繰り返し表現されている。

「僕が角を曲がる」と僕は言った。「すると僕の前にいた誰かはもう次の角を曲がっている。その誰かの姿は見えない。その白い裾がちらりと見えるだけなんだ。でもその裾の白さだけがいつまでも目の奥に焼きついて離れない。

（『村上春樹全作品1979〜1989②』講談社　一九九〇年七月　五二頁）

これは、「僕」がガール・フレンドの「耳から感じる」印象を述べた言葉であるが、ここにはやはり、彼女の耳と「僕」の「感情の相関関係」において感覚される齟齬が、ほんのわずかの差で対象に追いつけないタイミングの遅れとして表現されている。「僕」の存在感の欠落は、こうした時間的な遅れ、タイミングの遅れとして繰り返され、物語に決定的な遅れを招き寄せる。すなわち、十二滝町に到着してから「鼠の父親が北海道に別荘を持っていた」ことを「やっと思い出した」こと、さらに、別荘に到着して九日目に「羊つき」の「先生」が十二滝町の出身だったことに思い当り、ようやく「黒服の男」の真意に気づいたこと等、「僕」が「鼠」の自殺に間に合わなかったのは、これらの遅れが度重なった結果もたらされていることが痛感されている。

「僕」の自己は、時間的齟齬として感覚される「今」「ここ」からの疎外感によって規定されている。離婚した妻が「いつもあとになってからいろんなことを思い出す」「僕」を、「砂がなくなってしまうと必ず誰かがやってきてひっくり返していく」「砂時計と同じ」だと言って、その受動的な生き方――「今」を充足的に生き切ることのできない主体性のなさ――を揶揄したのは、正鵠を射た指摘であった。「僕」は、現実社会の規準たるクロノス時間の流れと自己の間につねに齟齬を感じている。それは「僕」の内的時間たるカイロスが「昔」に呪縛され、現実に生きる時間感覚において連続性が失われているためである。[*16] この時間的な齟齬の感覚によって世界から「はじき出された」と感じている「僕」は、「動きつづけ」る世界の存立を表示する電気時計に依拠することで、自分が辛うじて「今」「ここ」に存在していることを確認しようとする。

電気時計を眺めている限り、少くとも世界は動きつづけていた。たいした世界ではないにしても、とにかく動きつづけてはいた。そして世界が動きつづけていることを認識している限り、僕は存在していた。たいした存在ではないにしても僕は存在していた。人が電気時計の針を通してしか自らの存在を確認できないというのは何かしら奇妙なことであるように思えた。世の中にはもっと別の確認方法があるはずなのだ。しかしどれだけ考えてみても適当なものは何ひとつ思いつけなかった。

（『村上春樹全作品1979～1989②』講談社 一九九〇年七月 八八頁）

自己の外部にクロノス時間の流れを意識するのと並行して、充実した内的時間としてのカイロスが保持されていたら、「僕」は自己の連続性を実感できただろう。しかし「僕」は、アパートの机の上に置かれた「デジタル時計」に表象されるごとく、刻々その存在感を分断されている。瞬間的な「デジタル」時計の数字表示からは、存在の連続性と意味の連関が絶えず零れ落ちていく。それは、「僕が僕だ」という実感の喪失、「今が今だ」「ここがここだ」「とはどうしても思えない」不安に満ちた時空感覚の表象である。[*17]

「僕」の時間感覚が連続性に基づくことなく、つねに「デジタル」に区切られていることは、酔払った「僕」がアパートのエレベーターからドアまできっかり十六歩で歩き、別れた妻を思い出すのに彼女とのセックスの回数を思い浮かべようとする数字へのこだわりや、瑣末な事柄に至るまで、その日付や時刻を正確な数字で表示せずにいられない偏執と結びついている。

たとえば、時間の流れが一貫したものとして自覚できない「僕」は、自己を確認するために、「七月二十四日、午前八時二十五分。／僕はデジタル時計の四つの数字を確かめてから目を閉じ、そして眠った」と言う。しかし、「デジタル時計の四つの数字」は、「僕」がたまたま時計を見た瞬間を示し、「僕」の自己を瞬間的に照らし出しはするものの、「僕」の生きる時間を現実に根ざした生の実体として映しだすことはできない。そのため、数字以外に自己存在の寄る辺を持たない「僕」は、ますます数字にしがみつこうとする。しかし数字は、正確さを極めれば極めるほど「僕」を生の実体から遠ざけ、「今」「ここ」から疎外するのである。

4 システムに対峙する個としての自己

近代を表象する「羊」の代理人、いわば権力機構の権化である「黒服の男」は、金銭の力と時間の制約をアメとムチとして利用し、時間感覚に弱点を持つ「僕」を〈羊探し〉の走狗として利用しようと企む。近代における貨幣と時間は、ともに物神化されて、すべての価値をひとしなみに数値化し「コンサマトリーな感覚《センス》の疎外[*18]」に拍車をかける力を持つに至っている。金銭授受が人間関係を物象化し、近代の直線的時間概念が「僕」の存在感を分断し支配する力を持つことを知り尽くした「黒服の男」は、「僕」に当座の資金として百五十万円を与え、〈羊探し〉に二ヶ月という期限を設ける。

「黒服の男」は、「強大な地下の王国」の組織を支配する「意志」とは、「空間を統御し、時間を統御し、可能性を統御する観念」であり、「極言するなら」「自己認識の否定」である、「存在は個としてあるのではなく、カオスとしてある」とまで断言する。(これが「六〇年代の後半」、「僕」や「鼠」の世代の担った「意識の拡大化」すなわち学園紛争が、「個に根ざしていた」ゆえに「完全に失敗に終った」と「黒服の男」が断定する所以である)「僕」は、個としての存在を完全に否定する「黒服の男」に抵抗の意志を表明するため、〈羊探し〉の交換条件として、一匹の猫の命を保証することを「黒服の男」に要求する。「僕」の身代わりとして差し出されたのは、「僕」の無力さをありのまま体現した「七〇年代の後半を坂道に置かれたボウリング・ボールのように破局へと向けて急速に転がり落ちていった」名前すらない老猫である。しかし「僕」は、「黒服の男」が一顧だにしない老猫をあえて彼の目前に示すことで、「先生」の明日をも知れぬ命に心を痛めることもなく、権力継承のためにのみ奔走する「黒服の男」を当てこすり、非力ではあるが金銭に換算され得ない、個としての存在のかけがえのなさを示そうとしているのである。

一方、「鼠」の自己を支えるアイデンティティは、「弱さ」という言葉で表現されている。「鼠」は、『風の歌を聴け』では金持ちの息子であることを嫌悪し、『1973年のピンボール』では、大学をやめ、恋人に「男を愛し、子供を産み、年老いて死んでいく一個の存在の持つ重み」を感じた途端、彼女を捨てて「街」から失踪する。「鼠」の「弱さ」とは、生の現実に直面することに耐えられない「弱さ」、生来の〈無垢〉を失い続けることに耐えられない「弱さ」である。

『1973年のピンボール』4章には、少年時代の「鼠」が、海辺の「突堤の先」にある無人灯台の「オレンジ色のライト」が「日が沈み、薄い残照の中に青みが流れる」「正確なポイントを捉えて点灯する、その「瞬間を見るためにだけ何度も浜辺に通」ったというエピソードが紹介されている。〈無垢〉なる心を抱いて、空の青・海の澄明に臨む少年の「鼠」は、現実世界としての「街」を背にして、海辺に佇むときのみ自分を取り戻すことができる。

このエピソードには、アントワーヌ・ド・サンテグジュペリの『星の王子さま』を連想させるものがある。「長い間」、「夕日を見るという甘い喜びだけを心の慰めにしてきた」「王子さま」は、「淋《さび》しいときほど夕日を見たい」と願い、あるとき、自分の小さな惑星の上で、少しずつ「椅子を運」びながら「44回、日が沈むのを見た」経験を語る。[*19] そこには、無人灯台の点灯の瞬間を見るために、飽かず浜辺に通った少年時代の「鼠」に通ずる〈無垢〉なる思いと、哀切なまでの孤独が描かれている。

また、この「鼠」のエピソードは、失われた少年時代の〈無垢〉への共感という意味において、「誰とでも寝る女の子」の葬式の翌朝、「僕」の頭を一瞬よぎる「海」への想いにも直結している。

七月二十四日、午前六時三十分。海を見るには理想的な季節で、理想的な時刻だ。砂浜はまだ誰にも汚されてはいない。波打ちぎわには海鳥の足あとが、風にふるい落とされた針葉のようにちらばっている。

海、か。

僕は再び歩きはじめる。海のことはもう忘れよう。そんなものはとっくの昔に消えてしまったのだ。

(『村上春樹全作品1979〜1989②』講談社 一九九〇年七月 二八頁)

「僕」は、「そんなものはとっくの昔に消えてしまった」と言い、「海のことはもう忘れよう」と自分に言い聞かせる。しかし、この忘れようとして消え去らない「まだ誰にも汚されてはいない」「砂浜」の〈無垢〉のイメージこそ、「僕」の癒しがたい喪失感の背後に潜む、「僕の心を揺らせ、僕の心を通して他人の心を揺らせる何か」の源泉なのである。

「鼠」と「僕」の違いは、「僕」が「忘れよう」と努めた〈無垢〉なるものを「鼠」が最後まで自らの「弱さ」として守り通した点にある。(「鼠」は、この違いを「我々はどうやら同じ材料から全くべつのものを作りあげてしまったようだね」と表現している)「鼠」は、「ぐっすりと寝込」んだ「羊を呑み込んだまま」「死ななくちゃならなかった」理由として、「俺はきちんとした俺自身として君に会いたかったんだ。俺自身の記憶と俺自身の弱さを持った俺自身としてね」と言う。縊死を選んだ「鼠」は、「羊」に自己を乗っ取られ「弱さ」を失って生き永らえても、それは「きちんとした俺自身」ではないと考え、自己を支える根拠が生得の「弱さ」であり、〈無垢〉なるものに惹かれる心であることに命を賭けたのである。

一方「僕」も、自分がただ一人「黒服の男」の背後に聳える巨大なシステムに対峙させられていることに気づいたとき、凄絶な孤独とともに自己存在のかけがえのなさを痛感する。

鼠は何かを理解している。そしてあの黒服の男も何かを理解している。僕だけが殆んど何のわけもわからずにその中心に立たされている。僕の考えていることの全てはずれていて、僕の行動の全ては見当違いだ。もちろん僕の人生は終始そういうものだったかもしれない。そのような意味では僕には誰を責めることもできないのかもしれない。しかし少なくとも彼らはそんな風に僕を利用するべきではなかったのだ。彼らが利用し、しばりあげ、叩きのめしたものは、僕に残された最後の、本当に最後のひとしずくだったのだ。

（『村上春樹全作品1979～1989②』講談社 一九九〇年七月 三三五頁）

「羊」が「鼠」に要求した「何から何まで全て」と、「彼ら」が「僕」から取り上げようとする「最後のひとしずく」は、ともに個としての生き方を包括し統合する自己を意味している。「僕」と「鼠」

には、当初から、莫大な報酬に釣られてシステムの手に乗れば、自己を失う羽目に陥るという明確な自覚があった。「羊」を呑み込んで自殺した「鼠」は、命と引き替えに自己の根拠たる「存在そのものの弱さ」を守ろうとした。ここには、「鼠」の自己同一性を支える「弱さ」が「羊」に憑依する隙を与えたという矛盾が存在するが、「鼠」の〈無垢〉は、「弱さ」と認識されることによって、むしろ「羊」との熾烈な闘いに立ち向う原動力となっている。

自分が自分であり続けるための闘い、それは本来もっとも個人的な次元に属するものである。「鼠」は、脳に血瘤ができて「羊」の意のまま操られるようになる前に、自ら縊れて「羊」の息の根を止めた。さらに「黒服の男」を別荘の爆破に誘い込み、「羊」の生んだ巨大な権力機構の存続を阻止した。こうして、「鼠」の「プライヴェートネス」における闘いは、その「弱さ」を梃子として「羊」の構築した権力機構を瓦解させるまでの力を発揮したのである。

しかし、『羊をめぐる冒険』は、この結末を「鼠」の英雄譚とすることもなく、「羊」消滅後の現実世界を描くこともないまま、幕を閉じてしまう。しかも、物語の時間に乗り遅れた「僕」が十二滝町の別荘に到着したとき、「鼠」はすでに自殺を遂げており、「羊」との闘いは「僕」の関与せぬところですべて終っていた。こうした展開は、『羊をめぐる冒険』が当初から喪失の物語として企図されていたことを証拠立て、「むしろ最初から物語の空転をめざして書かれた[*20]」という加藤典洋の見解を裏付けているようである。

かくして、「僕」の「冒険」と「鼠」の闘いは、一枚の小切手に記された数字にその痕跡を残すのみとなる。しかし注目すべきなのは、あれほど数字にこだわり、最後まで「五十メートルの砂浜」で

「二時間泣いた」と言わずにいられない「僕」が、「黒服の男」から受け取った小切手の記載金額の数字を確認もせず、「僕と鼠で稼いだ」金だと言ってジェイに手渡し、「鼠」の死に触れないまま「僕と鼠を」ジェイズ・バーの「共同経営者」にして欲しいと頼んでいることである。ここには、「僕」と「鼠」が「これまでの人生でいちばん実体のある時間[21]」を過ごしたジェイズ・バーこそ〈無垢〉なる想いの帰着点だという思いが現れている。「僕」は小切手をジェイ[22]に委ね、最期まで「弱さ」を守り通した「鼠」の想いを「昔」の原点であるジェイズ・バーにひそかに埋葬したのである。

こうして「僕」は、「最後に残された五十メートルの砂浜」で「二時間」涙を流し、「生まれてはじめて」自らのうちから湧き上がる生《なま》の感情に身を任すことができた。日本近代というシステムをもたらした「羊」を「呑み込んだまま」縊死した「鼠」が、最期に柱時計のねじを巻いて「僕」に受け継がせた時間の流れに身を浸すことによって、「僕」はようやく数字の呪縛から解放され、現実に帰還することができたのである。

5 歴史との遭遇

真木悠介は、「プルーストが過去にリアリティを求めるのは、なによりもまず、現在の生が形と固定感を失い、リアリティを解体しているからだ[23]」、「近代人は、コンサマトリーなたしかさをもった真の〈現在〉を求めようとすると、それは、そのような〈現在〉の現在したとき、すなわち個体や文明や人類の〈過去〉というかたちをとってしかあらわれえないような、そのような時間の位相を生きている」[24]と述べている。『羊をめぐる冒険』三章で、「僕」がガール・フレンドに自己紹介する際、プルーストに言及するのも[25]、村上が『失われた時を求めて』に貫流する過去への志向を少なからず意識していたことを窺わせる。真木の言う「コンサマトリーなたしかさをもった真の〈現在〉を」「過去に」「求めようとする」「近代人」の状況は、時を遡る物語を生き、「昔」を過去に確定することで生の現実を取り戻そうと苦闘する『羊をめぐる冒険』の「僕」にも通じている。

しかし、日本近代という歴史的時間への遡行を通じて、「僕」はむしろ近代の生み出した数々の歪みを目の当たりにし、「真の〈現在〉」を見失わせる元凶が「羊」の表象する近代にあることを知る結果となった。それは、「死にもの狂いで畑を耕した」開拓民たちの長年にわたる苦闘も空しく、牧畜政策上、羊が見放されるとあっけなく凋落してゆく十二滝町であり、日露戦争で長男を失った「アイヌ人の羊飼い」の「どうして外国まででかけていって戦争なんかするんですか？」という問いに込められた呪詛である。また、日露戦争時に徴兵忌避者となり、動物と人間、生と死の境界領域に逃げ込んだまま、今となってはそのどちらにも帰属できなくなってしまった羊男や、四十二年間「羊抜け」の苦悩の中に取り残され、息子すら愛せなくなってしまった羊博士の孤独に、「僕」は日本近代の犠牲者の姿を見たのである。

しかし、それならなぜ「僕」は日本近代という歴史的時間を遡行せねばならなかったのだろうか。村上は、札幌から旭川に向かう列車の中で「僕」に「十二滝町の歴史」という郷土史家の本を読ませている。この本は、明治十三年（一八八〇年）の開拓民入植に始まる北海道の架空の町、十二滝町の創始から現在（一九七〇年）までの歴史を語ることで、いわば日本近代史の一側面を凝縮した形で

「僕」に語る役割を果たしている。

果たして、「僕」は、「十二滝町の歴史」の「現在の町」という項を読みながら、「現在が現在であることをやめてしまえば歴史は歴史ではなくなってしまう」と考えるに至る。この言葉は、「僕」が現在と歴史の間に両者を成り立たせる相互関係を見出したことを示している。一九七八年の日本に生きる「僕」が、無意識のうちに「真の〈現在〉」を日本近代の歴史的時間に求めたのも、現在を現在たらしめている歴史以外に、自身の存在の淵源は探索し得ないという認識が生じたからではないだろうか。

「黒服の男」に強いられて「羊」探索に出立した「僕」が、「冒険」の途上で自ずから「真の〈現在〉」を求めはじめたように、近代をめぐる「冒険」を経るうち、「僕」は個としての記憶である「昔」も、その由来をたどれば社会的な記憶装置としての歴史につながるという認識に近づいて行った。『羊をめぐる冒険』の第一章が「1970／11／25」という日付に始まりながら、時間感覚において現実から疎外されていた「僕」がテレビ画面上の声のない「三島由紀夫の姿」に何の感慨も抱かなかった（あるいは、抱けなかった）のは、当時の「僕」には「今が今だ」という自己の存在感を裏付ける時間感覚が希薄だったためであろう。しかし「僕」は、「十二滝町の歴史」をもとに歴史年表をノートに書き出し、出来事と人物を歴史的事項に配置して十二滝町の歴史の全体像を概観し、さらには、歴史的事項間の関連を自身と歴史とのつながりにおいて見出そうとする。

僕は待合室の火の点《つ》いていないストーブの前に座り、次の列車がくるまで彼女に十二滝町の歴史をかいつまんで話した。年号がややこしくなったので、「十二滝町の歴史」の巻末資料をもとにノートの白いページを使って簡単な年表を作った。ノートの左側に十二滝町の歴史を、右側に日本史上の主な出来事を書き込んだ。なかなか立派な歴史年表になった。

たとえば一九〇五年／明治三十八年は旅順が開城し、アイヌ青年の息子が戦死していた。僕の記憶によればそれは羊博士の生まれた年でもあった。歴史は少しずつどこかでつながっていた。

（『村上春樹全作品1979〜1989②』講談社　一九九〇年七月　二六五頁、傍線筆者）

「僕」の裡に、これから訪れようとする十二滝町と日本近代の歴史的関連を見出そうとする視点が生じたことは、歴史を歴史たらしめている現在、すなわち「今」「ここ」を実感する基盤となり、「歴史は少しずつどこかでつながってい」るという認識は、必然的に歴史と現在を結びつけ、自己を現在に結びつけることになる。

ところで、十二滝町の別荘で書かれた「二番めの鼠の手紙／消印は一九七八年五月？日」の中には、時間について、次のような言葉が綴られていた。

時間というものはどうしようもなくつながっているものなんだね。我々は自分のサイズにあわせて習慣的に時間を切り取ってしまうから、つい錯覚してしまいそうになるけれど、時間というのはたしかにつながっているんだ。

ここには自分のサイズというものがない。自分のサイズにあわせて他人のサイズを賞めたりけなしたりするような連中もいない。時間は透明な川のように、あるがままに流れている。

（『村上春樹全作品1979〜1989②』講談社　一九九〇年七月　一〇七頁、傍線筆者）

この時「長いあいだ一人ぼっちで暮してい」た「鼠」は、自他の齟齬から解き放たれ、現代人が通常しているように、「自分のサイズ」（自分の価値観や生活上の必要）で分断さえしなければ、本来、時間はどこまでも「つながっている」ものだということに気づいている。社会生活から隔離された別荘には、「他人のサイズ」はないから、「他人のサイズ」から照らし出される「自分のサイズ」もない。自他の価値観や生活信条の齟齬やシステムの支配がなければ、時間が断片化されることもない。「鼠」が「俺の人生ではいちばんまともな時代」だった子供時代に何度も訪れていたという十二滝町の別荘は、「埋め立てられてしまった海」と同じく、彼の「弱さ」の本源としての〈無垢〉の故郷である。「僕」がこの別荘に足を踏み入れたとき――「僕」にとっては初めての訪問であるのに――「子供の頃かいだことのある」「古い時間の匂い」を感じ、「時間が前後」するのを感じたのは、ここが「僕」にとっても本然の時間が流れる場所であることを示唆している。

「自分のサイズ」にも「他人のサイズ」にも分断されない「あるがまま」の時間がただ「透明な川のように」流れ、どこまでも「つながっている」ことに目を見開かれた「鼠」は、自殺直前に柱時計のねじを巻き、この時間の流れの中に「僕」とのつながりを見出そうとしたのであろう。「鼠」は、何者にも「切り取」られず「たしかにつながっている」時間を「今」「ここ」という現在の生を刻む時間として「僕」に受け継がせようとしたのである。それは、「偶然が」「僕」を「この土地に導いてくれるとしたら、俺は最後に救われるだろう」という、「鼠」が最期に抱いた哀切な願いでもあった。

少なくとも僕は生き残った。良いインディアンが死んだインディアンだけだったとしても、僕はやはり生き延びねばならなかったのだ。

何のために？

伝説を石の壁に向って語り伝えるために？

まさか。

（『村上春樹全作品1979～1989②』講談社 一九九〇年七月 一一四頁）

「僕」は、「まさか」という言葉に自己韜晦の身振りを示しながら、「羊」と闘って死んだ「鼠」の死を悲嘆しつつ自己のうちに抱きとめ、「生き延び」る道を選び取ろうとしている。そこには、「鼠」の発見した「たしかにつながっている」時間、すなわち現在の生を刻む時間を受け継ごうとする姿勢がある。「鼠」が個としての自己の存立をかけ、システムと闘って「死んだインディアン」であるなら、それを見届けて「生き延びたインディアン」となった「僕」には、「伝説を石の壁に向って語り伝える」使命が残されたと言わねばならない。「生き延びた」「僕」の生の意味は、「鼠」の死を過去に葬ることで現在に生きる方途を見出すことである。「鼠」を失った「僕」の自己を支えるモラルは、過去を過去として現在に踏み出す点にこそ見出されねばなるまい。時間感覚において現実を分断され自己喪失感に苛まれていた「僕」は、ガール・フレンドを失い「鼠」を失った一方、歴史的時間のつながりの中に自己を位置づける視点を見出し、「鼠」から受け継いだ時間とのつながりにおいて「鼠」の死を自己に統合し、現在という地点に着地することができたのである。

「僕」が十二滝町の歴史に日本近代の凝縮された一面を認め、現在と歴史の相関関係において現実の時間感覚を取り戻すきっかけを得た点には、自己を追求し内界を深く掘り進むうちに、現在に生きる自身が集合的無意識としての歴史につながっていることに気づく『ねじまき鳥クロニクル』の岡田亨に発展する萌芽が認められる。[*26] 村上春樹は、「僕」が現実に生きることを求めて時を遡り、「昔」を過去に葬る『羊をめぐる冒険』を書くことによって、歴史的時間を物語に組み込む可能性に遭遇し、後年の『ねじまき鳥クロニクル』執筆の端緒を得ていたと言えるのではないだろうか。[*27]

歴史的な時間の流れを認識することで、人は一見無関係に見える多様な物事や現象につながりを見出し、その関連性の網の目の中に現在という地点を確定することができる。物語のつなぐ機能[*28]と同じく、歴史的時間の認識が自ずと物事と物事をつなぎ合わせる視点を生むところには、現実の非連続感に悩む自己を癒し、存在感を回復させる可能性が見出せるからである。

第三章

自己回復へ向かう身体

『世界の終りとハードボイルド・ワンダーランド』

1　収束へ向かうパラレル・ワールド

『世界の終りとハードボイルド・ワンダーランド』（一九八五）は、全40章のうち奇数章が「ハードボイルド・ワンダーランド」の「私」、偶数章が「世界の終り」の「僕」を主人公として展開する物語である。この作品の後、二人の登場人物の生きる二つの世界をパラレル・ワールドとして並行させる手法は、『海辺のカフカ』（二〇〇二）、『1Q84』BOOK1・2（二〇〇九）にも用いられ、『1Q84』BOOK3（二〇一〇）では、青豆・天吾・牛河という三人の物語を三つ巴に組み合わせる章立てに発展した。これらの作品に共通するのは、当初はどこまでもパラレルに進行していくように見える二本または三本のストーリー・ラインが、互いの関連をほのめかしながら終局に向かい、ある時点で思いがけない収束を遂げることである。

『世界の終りとハードボイルド・ワンダーランド』の面白さは、スリルに満ちた「ハードボイルド・ワンダーランド」を生きる「私」と、静謐な「世界の終り」を生きる「僕」が次第に同一人物として重ね合わせられてゆく展開にある。[*1] 読み進むにつれ、「私」は「世界の終り」に吸収された「僕」の前身であることが判明し、「ハードボイルド・ワンダーランド」と「世界の終り」は、「私」の現実世界と脳内世界であることが次第に理解されてゆく。読者は、奇数章と偶数章を往復しながら、この物語が記憶を失い心を奪われた「私／僕」の自己回復を賭けた冒険であることに徐々に気づかされてゆくのである。（以下、「私」と「僕」を全編通じた同一人物と見る場合は、「私／僕」と表記する）

『世界の終りとハードボイルド・ワンダーランド』は、情報戦争の犠牲となり脳内世界に閉じ込められた「私／僕」の自己回復を賭けた冒険の物語という意味で、『羊をめぐる冒険』（一九八二）で提示された〈システムに対峙する個〉というテーマと、社会的にゼロになった主人公が現実世界からもう一つの世界へ自己探索の旅に出るという物語構造の両方を引き継いでいる。妻も友人もなく仕事も失いかけた「私」[*2]が、「博士」の孫娘という案内人《ガイド》[*3]に率いられて暗闇の地下世界を彷徨した挙句、意識を「消滅」させられて「世界の終り」に追い遣られ、「街」に閉じ込められた「僕」がシステムや人々との関係に自覚的になって新たな自己を模索し始めるという展開は、この作品が『羊をめぐる冒険』から『ダンス・ダンス・ダンス』（一九八八）、『ねじまき鳥クロニクル』（一九九二〜一九九五）、『海辺のカフカ』、そして『1Q84』に至る自己探索の物語の系譜に属することを物語っている。

　村上春樹は、『羊をめぐる冒険』で、六〇年代の青春を共にした「鼠」の死を見届け、「昔」を過去に葬った「僕」が現在に生きる自己を見出そうとする物語を描いた。そして、三年後の『世界の終りとハードボイルド・ワンダーランド』では、『組織《システム》』の機密保持システム構築のために「脳手術」を施された「私」が情報戦争の渦中で意識の「消滅」に追いやられるハードボイルド仕立てのストーリーと、「世界の終り」に閉じ込められた「僕」が「図書館の女の子」の心を取り戻そうと苦闘するストーリーをパラレルに進行させ、高度情報社会の招来する人間疎外の恐怖を背景として、現代人の自己回復の可能性を問う物語としたのである。

　「ハードボイルド・ワンダーランド」の「私」は、現実世界に生きながら自己を見失い、「世界の終り」の「僕」は、現実世界を追われ「街」に閉じ込められて自己を取り戻そうと苦闘する。『世界の終りとハードボイルド・ワンダーランド』のパラレル・ワールドは、「私」と「僕」の背負わされた重圧を合わせ鏡のように映し出し、「私」と「僕」をアイロニカルに対照している。しかし、〈システムに対峙する個〉というテーマを見つめる作者の視点は、一貫して「私」と「僕」が「ハードボイルド・ワンダーランド」と「世界の終り」それぞれのシステムの重圧下で、いかに自己を持ちこたえ、いかに失われた自己を見出してゆくかという点に据えられている。

全40章のストーリーを時間の経過に沿ってたどると、奇数章「ハードボイルド・ワンダーランド」のストーリーは、「私」の意識が「消滅」する39章から2章へつながり、偶数章の「世界の終り」の「僕」のストーリーに引き継がれている。（39章の「私」は、「図書館の女の子」と別れる際、「帰ってきたら電話をくれる？」と訊かれて「図書館に行くよ」と答える。この言葉は、39章の「私」が2章で「僕」となり、4章で「夢読み」として「街」の図書館に赴き、助手の「図書館の女の子」に出会う伏線となっている）しかし、川本三郎との対談[*4]で、奇数章の「ハードボイルド・ワンダーランド」を通して読んだ後、偶数章の「世界の終り」を通読するという読み方を提案された村上春樹は、やはり1章から順次読み進めてほしいという意向を表明している。作者は、「ハードボイルド・ワンダーランド」と「世界の終り」の時空間を往復しつつ、二つのストーリーの絡み合いのうちに「私」と「僕」が徐々に同一人物として重ね合わされてゆく機微を読者に味わって欲しいと考えたのだろう。

たとえば10章では、「街」の門番が「僕」に「ここは世界の終りなんだ。ここで世界は終り、もうどこへもいかん。だからあんたもうどこにもいけんのだよ」と言ったすぐ後、11章の「ハードボイルド・ワンダーランド」の「私」は、初めて「世界の終り」という言葉を口にする。「私のシャフリングのパスワードは、〈世界の終り〉である。私は〈世界の終り〉というタイトルのきわめて個人的なドラマに基づいて、洗いだしの済んだ数値をコンピューター計算用に並べかえるわけだ」と述べ、「私」の「意識の核」である無意識が〈世界の終り〉と呼ばれ、シャフリングの「パス・ドラマ」として利用されていることを説明する。

また、15章の「私」は、スタンダールの『赤と黒』を読みながら、突然、自分が「高い壁」に囲まれた「世界の終り」の中に身を置いているような感覚に陥ってしまう。

何かが私の心を打った。

壁だ。

その世界は壁に囲まれているのだ。

私は本を閉じて残り少ないジャック・ダニエルズを喉の奥に送りこみながら、壁に囲まれた世界のことをしばらく考えた。私はその壁や門の姿を比較的簡単に思い浮かべることができた。とても高い壁で、とても大きな門だ。そしてしんとしている。そして私自身がその中にいる。しかし私の意識はとてもぼんやりとしていて、まわりの風景を見きわめることはできなかった。街全体の風景は細部まではっきりとわかるのだが、私のまわりだけがひどくぼんやりとかすんでいるのだ。そしてその不透明なヴェールの向うから誰かが私を呼んでいた。

（『村上春樹全作品1979～1989④』講談社　一九九〇年一一月　二二一頁）

「私」は、この見覚えのない光景を単なる「妄想」か、「これまでに見た歴史映画の中」の一シーンだろうと考え、「その壁は私の限定された人生を暗示」する「私の気まぐれなでっちあげなのだろう」という「安上がりな分析」で済まそうとする。しかしこのビジョンは、「博士」に依頼されたシャフリング後の「私の意識――あるいは無意識――」が、「消滅」に向かって「既に反応をはじめ」、刻々と〈世界の終り〉に近づいていることを知らせていたのである。

29章の末尾にも、地下鉄青山一丁目の駅で、「博士」の孫娘と「暗闇に同化してしまった」「目を光に慣れさせ」ようとしているとき、「世界の終り」に赴いて「夢読み」になった「僕」の感覚が湧き上がってくる。「特殊な目で、特殊な光なんだ。そしてとても寒い。僕の目は今と同じようにずっと長いあいだ薄闇に慣れていて光を見ることができないんだ。とても特殊な目なんだ」と「私」が言ったのに対し、孫娘は「きっと記憶が逆流しているのよ」と答え、その「記憶」が「世界の終り」に由来することを示唆している。

そして、35章の「私」は「図書館の女の子」に、一角獣は「実際に僕の意識の中に住んでいる」と話そうとして、「博士」が「一言も話さなかった」「街」に流れる「川のこと」まで説明している自分に気づき、[*5]「どうやら私は少しずつその世界（「世界の終り」）に引きよせられつつあるようだった」（括弧内筆者）と考える。

さらに35章で、「私」が「図書館の女の子」と一緒にビング・クロスビーのレコードを聴きながら『ダニー・ボーイ』に合わせて唄った直後、手風琴でメロディーを探していた36章の「世界の終り」の「僕」は、まるで35章の「私」に刺激されたかのように、「僕がよく知っているはずの」『ダニー・

ボーイ』の最初の一節を思い出す。そして、図書館の「棚の上に並んだ無数の頭骨」が光り出したのに気づき、「その光」が「彼女の抱いていた古い夢でもあり、同時に僕自身の古い夢でもあった」ことに思い当たって、ようやく「図書館の女の子の心を感じ取ることができ」る。さらに37章では、「ハードボイルド・ワンダーランド」の「私」も、博士の作った頭骨のレプリカが「世界の終り」の頭骨同様に「白く、ほんのりとしてやわらか」に光り出した様子を見て、「何か人為を超えたとくべつなもの」を感じ取り、それが「どこかで私自身とむすびついている」ことを実感するのである。

こうして章を追うに従い、奇数章「ハードボイルド・ワンダーランド」の「私」と偶数章「世界の終り」の「僕」は、同じ記憶と身体感覚を持つ同一人物であることが判明してゆく。このほか、ペーパー・クリップや一角獣の頭骨のエピソード等も、随所で二つの世界の関連を示唆してはいるが、とりわけ35章から37章で描かれる頭骨の発光と『ダニー・ボーイ』の想起は、「私」と「僕」の内界におけるつながりを明らかに示す重要な結節点となっている。特に、35章の「私」と36章の「僕」、36章の「僕」と37章の「私」は、時空を隔てた別世界に身を置きながら、頭骨の発光と『ダニー・ボーイ』の想起をめぐって呼応しあい同期しながら、互いの存在を模索しているように見える。「私」と「僕」の身体は、隔絶した世界に置かれながら、知らず知らずのうちに互いに感応しあい、ともに自己存在の回復を希求するしぐさに身を任せているように見えるのである。

このように、『世界の終りとハードボイルド・ワンダーランド』は、二つの世界に隔てられた「私」と「僕」の身体が無意識のうちに反応しあい同期する姿を描いて、当初はどこまでもパラレルに進行するように見えていた二本のストーリー・ラインが徐々に収束に向かう方向性を示し、「私」と「僕」

に引き裂かれた自己を身体において回復へ導いてゆく可能性を示唆しているのである。

2　身体において失われる「私」と「僕」

『世界の終りとハードボイルド・ワンダーランド』の特徴は、〈システムに対峙する個〉というテーマが、「私」と「僕」の身体をめぐって集約的に表現されていることである。「私」は、『組織《システム》』によって「脳手術」[*6]を施され、アパートの部屋を破壊した記号士の二人組には、拷問を装うためナイフで下腹部の皮膚を切られる。さらに、「世界の終り」に送り込まれた「僕」は、「街」に入る際、門番にナイフで「影」を切り離され、両目に「夢読み」のしるしの傷をつけられ、「何かとくべつなものを見るために」「日の光を見ることはできない」目に「作りかえられてしま」う。このように、システムの個に対する支配・抑圧は、一貫して「私／僕」の身体への暴力的侵害という形で表現されている。

これらの「私／僕」の身体に対する暴力的侵害が、「私」の計算士としての技能をグレードアップし、「僕」に「夢読み」という「資格」を与えて「私／僕」をシステムに組み込んで社会的なポジションを保証する一方で、「私」と「僕」の生き方を規制し心を支配する手段として利用されていることは明らかである。『組織《システム》』は、機密保持のために「脳手術」を施して「私」をコンピューター代わりの計算士に仕立て上げ、『工場《ファクトリー》』の二人組は、「私」に痛みと恐怖を与えて『組織《システム》』に背かせようとする。「街」の門番は、「影」を「僕」の身体から切り離して記憶と心を奪い取り、目に傷をつけて視力を低下させ、「僕」の行動を規制しようとする。「街」に「雇われている」この大男の門番が、門番小屋の壁一面に自慢の「手斧やなたやナイフ」を並べ、つねに刃物の手入れに余念がないのも、静穏この上なく見えるこの「街」が、実は暴力的支配と抑圧によって成り立つシステムであることを象徴しているのである。*7

「ハードボイルド・ワンダーランド」において、「私」を抑圧し疎外するシステムは、その名のとおり、『組織《システム》』である。「博士」の孫娘によれば、「私」の属する計算士の『組織《システム》』は、記号士の『工場《ファクトリー》』と敵対しあうよう見せかけながら、裏では「同じ人間の右手と左手」のようにつながって、情報の「値段を」巧妙に「つりあげ」、莫大な利益を得ているという。「本来は私的な複合企業《コングロマリット》」にすぎない『組織《システム》』が「国家をまきこ」み、「半官営的な」立場を利用して巨万の富を得ようと専横を極める様子は、まさしく『羊をめぐる冒険』の「右翼の先生」が戦前・戦後を通じ日本社会に築きあげた、情報・政治・経済を三位一体とした「王国」の支配を思い起こさせるものである。*8

『工場《ファクトリー》』との熾烈な情報戦争を勝ち抜くため、記号士に解読不能な「単純にして解読不能なデータ・スクランブルの方式を開発」する必要に迫られた『組織《システム》』は、人間の脳を完璧な「機密保持システム」として利用しようと人体実験を重ね、二十六人の計算士に「脳手術」を施した。『組織《システム》』の科学者たちは、計算士の脳波を精査した後「意識の核《コア》」を抽出し、改めて脳内に「インプット」した「意識の核《コア》」が、当人が「息をひきとるまで変ることなく正確に」機能し続けるよう固定化し、「ブラックボックス」として——本人にその中身を知らせないまま——コンピューター代わりに利用することを試みる。その結果、「私」以外の計算士は一人残らず原因不明の死を遂げてしまうが、『組織《システム》』は構わず研究を続行する。

この「脳手術」が「ロス・アラモスで原爆を開発した科学者たちがぶちあたったのと同種の」「科学を超えた」問題——倫理的、人道的問題——をはらんでいると「私」に明言し、「脳手術」自体「きわめて危険な実験である」と語った『組織《システム》』の科学者たちは、まさに生体実験の確信犯である。当初は『組織《システム》』に協力した「博士」も、このまま『組織《システム》』によって「脳を好き放題に改造し改変する技術がどんどん進ん」だら、「博士」は、「世界の状況や人間存在はむちゃくちゃになってしまう」と危惧しているほどである。しかし「博士」は、「ナチスに協力した生体学者たちが強制収容所で行なった数々の生体実験を私ももちろん憎んでおる」と言いながら、「心の底ではどうせやるならどうしてもう少し手際良く効果的にやれなかったのかとも思っておる」と本音を漏らし、生体実験に惹きつけられてやまない科学者の心理に共感を示している。ここに作者は、人間存在を蹂躙し飽くなき利潤追求に突き進む『組織《システム》』がナチス同様、生体科学者の「心の底」にうごめく欲望を巧みに利用しながら、さらなる肥大化を遂げようとする脅威を表現している。

意識の「消滅」を目前に控えた「私」は、35章で「図書館の女の子」に自分の立場を説明しようとして、「今回の出来事に関しては僕の主体性というものはそもそもの最初から無視されてるんだ」と言う。*9

「複雑すぎて僕にも何が何だかよくわからない。世界はどんどん複雑になっていく。核とか社会主義の分裂とかコンピューターの進化とか人工授精とかスパイ衛星とか人工臓器とかロボトミーとかね。車の運転席のパネルだって何がどうなってるのかわかりゃしない。僕の場合は簡単に説明すれば情報戦争にまきこまれちまっているんだ。要するにコンピューターが自我を持ちはじめるまでのつなぎさ。まにあわせなんだ」

（『村上春樹全作品1979〜1989④』講談社　一九九〇年一一月　五三〇〜五三一頁）

この言葉は、日々先鋭化する科学技術が巨大な資本と結びついて人間存在を疎外しつつ、利潤追求のためにさらなる進化を遂げようとする恐るべき事態を反映している。作者は、「コンピューターが自我を持ちはじめる」という表現を用いて、科学技術が人間とコンピューターの主客転倒を招来する近未来像を暗示し、さらに「核」「人工授精」「人工臓器」「ロボトミー」など、人間存在の根本を脅かす可能性を孕む科学技術・医療技術を列挙している。

なかでも「ロボトミー」は、治療という名の下に、精神病患者のほか、無数の人々から人間性を剝奪し多数の死者を出したという意味で、計算士たちに施された「脳手術」の恐怖を連想させるものである。苫米地英人によれば、「統合失調症（スキゾフレミア）とうつ病（デプレッション）に効果があるという触れ込みで始まった」「ロボトミー手術」の「生存率は七割五分」であり、「統合失調症の治療で二五％の人を死にいたらせ」た上、「生存者のなかでも回復できた患者はほとんどいない」のが実情であるという。[*10] 多くの死者と廃人を出したロボトミー手術は、六十年代後半に統合失調症やうつ病に効果的な薬物療法が普及したことからようやく下火となり、日本では一九七五年に日本精神神経学会が「精神外科を否定する決議」を可決し廃止に至ったという。

過去の記憶や人間的感情、そして生きる意欲を不可逆的に損なう「ロボトミー」は、映画『カッコーの巣の上で』（一九七五）[*11]にも描かれたように、精神病棟内で反抗的な患者を従順にさせる方法として用いられたほか、政治的マインドコントロールや諜報手段、あるいは犯罪者の矯正法としても有効な「医療技術」とされていた。[*12] 有能な計算士[*13]として働くため、何の疑いも抱かず「脳手術」を受け、自己存在の根底をなす無意識（深層心理）を侵害された「私」が、シャフリングを行うたび味わった「私は無意識のトンネルのごときものに過ぎないのだ。すべては私の中を通り抜けていくだけだ」という言い知れぬ虚無感や、「壁」の監視下で記憶も心も奪われたまま生かされている「街」の人々の姿には、「ロボトミー」を施術されて廃人となり、精神病棟に閉じ込められたまま社会から見捨てられた人々の寂寞たるイメージが投影されているのではないだろうか。

苫米地英人は、インフォームド・コンセントという概念が未だ普及していなかった一九六〇年、十二歳のときロボトミーを施術されながら、奇跡的に脳の致命的損傷を免れたハワード・ダリーの自伝『ぼくの脳を返して』の解説を次のような言葉で結んでいる。

> 脳と心は同じものなのだ。脳を切ることは心をきることで、心をきることは脳を切ることだ。（中略）それは脳だけではなく心と身体もそうなのだ。心と身体は同じものなのだから。身体を切ることは心をきること。心をきることは身体を切ること。そんな当たり前のことが理解されていないことに大きな不安を覚えるのである。
>
> （ハワード・ダリー『ぼくの脳を返して』WAVE出版 二〇〇九年十一月 一〇頁）

これは、「人間の身体をラットであり、死体であると訓練」されて、「平気で人を『切る』ことができるように」なった医師に対する警鐘として書かれた言葉ではあるが、図らずも『世界の終りとハードボイルド・ワンダーランド』の『組織《システム》』が「私」の「脳を切ること」で、あるいは記号士の二人組が「私」の「身体を切ること」で、そして「街」の門番が「僕」の「身体を切ること」によって、「私／僕」の心を支配しようとした意図を裏付ける言葉としても読むことができる。

しかし、村上春樹は、「私／僕」を単に無辜の犠牲者として描こうとしているわけではない。作者は、「脳手術」に何の疑いも抱かず、知らぬ間に情報戦争の渦中に放り込まれ、暗闇の地下世界を彷徨する羽目に陥って初めて自分が生体実験に利用されていたことを認識した「私」が、自己を取り巻く社会環境に対する認識を徹底的に欠落させていた点を見落としてはいない。

たとえば、「私」は11章で、「シャフリング作業には誇りも能力も何もない」、「私は利用されているにすぎない。誰かが私の知らない私の意識を使って何かを私の知らないあいだに処理しているのだ。シャフリング作業に関しては、私は自分を計算士と呼ぶことさえできないような気がする」と述べた直後に、「私には計算士を廃業するつもりはない。『組織《システム》』といざこざさえおこさなければ、計算士ほど個人として自由に能力を発揮できる職は他にないし、収入も良い。十五年働けば、あとはのんびり暮せるくらいの金をためることができる。そのために私は気の遠くなるような倍率のテストを何回にもわたって突破し、厳しいトレーニングにも耐え抜いてきたのだ」と言って、むしろエリート計算士としてのプライドを披瀝しているのである。

こうした「私／僕」の姿勢は、「脳手術」を施され、腹を切られ、「影」を切り離され、両目に傷をつけられる際のあまりに淡々とした態度にも通じている。「私／僕」は、これらの身体への暴力的侵害を、むしろ『組織《システム》』に属する計算士として自立し、あるいは「街」の住人として認証されるためのイニシエーションとして甘受しているように見えるのである。それは、纏足という身体加工が美人の条件であり結婚の条件でもあった時代の中国で、男性支配者の欲望に奉仕するため間断のない足の痛みに耐えることを余儀なくされた女性たちの姿すら髣髴とさせる自虐的な姿である。

「私／僕」のこうした受動的姿勢は、『組織《システム》』や「壁」が「私／僕」にとってあまりに強大かつ自明な存在と認識されることから生じていると考えられる。巨大なシステムを自己の対峙すべきものと認識する以前の「私／僕」は、自分が抑圧され支配されていることに気付かないままシステムに取り込まれており、自身の身体がシステムの一部と化して機能させられることに、むしろ自らの存在価値を見出そうとしていたのである。

3　闇と影

『世界の終りとハードボイルド・ワンダーランド』は、「私」が奇妙なエレベーターに乗って「博士」のもとへ向かう場面から始まる。エレベーターの動きは、あまりにも緩やかで、上昇しているのか下降しているのかすら分からない。「こじんまりとしたオフィスとしても通用するくらい」広く、「新品の棺桶のように」清潔で、「おそろしく静か」なエレベーターには、「各種のボタンやスウィッチの類いを集めたパネル」も、「階数を示すボタンもドアの開閉ボタンも非常停止装置もない」。この

「何のとっかかりもない」「ステンレス・スティールの密室の中に閉じ込められてしまった」「私」は、しばらくの間「じっと耳を澄ませ」、「どのような音も耳に」「届かない」ことが分ると、「咳払いをし」、「ためしに口笛で『ダニー・ボーイ』」を吹いてみる。

ここには、どこに向かうのか分からない無音の密室に閉じ込められ、途方に暮れた「私」が、なんとか「私の置かれた状況」を把握しようと、自分の身体から音を発することによって、自己存在を〈いま、ここ〉に、明確な姿かたちを持つ身体として現前させようと努める姿が――『世界の終りとハードボイルド・ワンダーランド』全編の展開を凝縮した情景として――描かれている。（1章冒頭で「私」が自己存在を確認するために吹いた口笛のメロディーが「ダニー・ボーイ」であることは、36章「世界の終り」で『僕』が「ダニー・ボーイ」を想起して自己回復のきっかけをつかむ場面に照応している）

この後「私」は、正体不明の二人組に襲われ、「博士」を探し求めて地下の暗闇を彷徨した挙句、意識を「消滅」させられ「世界の終り」に閉じ込められてしまう。こうして、「私／僕」は、繰り返し何の「とりかかり」もない不条理な状況に放り込まれ、その都度、途方に暮れねばならない。それは、『世界の終りとハードボイルド・ワンダーランド』が、自己や社会のあり方に全く無自覚だった「私」が、初めて『組織《システム》』の不条理を認識し、内界において深く損なわれている自己に気づくところから始まる物語だからである。

とりわけ、意識の「消滅」まで一日余りに迫った「私」が、孫娘とともに「博士」を探し求めて彷徨する暗闇の世界には、「私」が内界において初めて生の実相に直面する場面が印象的に描き出されている。河合隼雄は、「魂との接触を回復するため、自分の存在をより根づいたものとするため、われわれは地下の世界を探らねばならない。心のなかの地下の世界、無意識へと到る道としての夢に、しばしば地下の世界のイメージが出現するのも、このように考えてみると当然のことである」[*14]と述べている。

村上春樹の作品世界では、暗闇や地下世界が、死後の世界や無意識の世界などの異界を表象する例が多いが[*15]、『世界の終りとハードボイルド・ワンダーランド』の「やみくろ」の跋扈する地下の異界も、死と暴力、陰謀と憎悪の渦巻く集合的無意識の表象であり、「私」の深層心理の暗喩であると見ることができる。「私」が地下のおぞましい暗闇に身を浸して自己の真相に直面しなければならないのは、自らのアイデンティティそのものである心（深層心理[*16]）が損なわれ、自己喪失に陥っている深刻な事態に、まず「私」自身が直面しなければならないからである。

闇の世界に身を浸すとすぐ、「私」は意識と身体の分裂を感じ始める。「私の体が私に属していないという意識はますます強まっていった。たぶんそれは自分の体を見ることができないせいだろうと私は思った」とあるように、闇はたちまち「私」の視力を奪い、身体を無化してしまう。「私」は暗闇の中で、「体というものがひとつの仮説にすぎないのではないか」、「腹の傷」の痛みや「足の裏に」感じる地面の感触さえ「体という仮説の上に成立している一種の概念にすぎ」ず、「既に体は消滅していて、概念だけが残って機能している」のではないかという感覚に陥ってしまう。暗闇の底知れぬ恐怖の中で、「私」は自己存在の根拠たる身体イメージの錯乱に陥り、「想像力の領域を超え」た「意識の辺境へ」追い詰められてゆくのである。

こうした極限状態の中で、地下の岩盤に開いた「無数の穴から上にむけて水が一斉に吹きあげる音」に刺激された「私」は、「九歳か十歳の」頃、映画館で「ニュース映画で見たダムの開通式の場面」を思い出し、その時スクリーン上に「私自身の影」を見たドッペルゲンガー[*17]の体験を想起する。そして、この記憶が今まで「何かの力によって意識の奥に封じこめられていたこと」に思い当たるのである。

私の影はいつまでも私の眼前で踊りつづけていた。それはまるで陽炎に揺れる遠くの風景のように静かに不規則に身をくねらせていた。影は口をきくこともできず、手まねで何かを伝えることもできないようだった。しかしその影はたしかに私に何かを伝えようとしていた。影は私がそこに座って彼の姿を見ていることをちゃんと知っているのだ。しかし彼もまた私と同じように無力だった。彼はただの影にすぎないのだ。（中略）それに影は私にだけその何かしらのメッセージを伝えたがっているように見えた。彼は違う場所と違う時間から、映画のスクリーンという媒体をとおして、私に向って何かを語りかけているのだ。

（『村上春樹全作品1979〜1989④』講談社　一九九〇年一一月　三四七頁）

暗闇の地下世界で、「私自身の影」を見た記憶が突然蘇ったのは、「私」の深層に潜んでいた存在の不安が、ドッペルゲンガーという心理的現象に乗じて表出されたからではないだろうか。岩井寛は、「影は明なる実在をひきうけた暗なる存在」として「背後から本体を浮き彫りにする特徴がある」、「影は存在の余剰ではな」く「有機的実在の担い手であ」り、「同時に心理的な存在の担い手でもあ

「、さらに「影は自分がいまここ、にいるという実在の背後を証明」するものであり、「影がなくなったとしたら」『私』があってない感覚におちいり、非存在の空間に放り出され、孤独と不安をひしひしと感じさせられることになるであろう」と述べている。[*18]

「私」と「私」の「実在の担い手」である影は、内界を表象する暗闇の中で癒しがたい疎隔感に苛まれながら、不自然な力によって引き離されている。「違う場所と違う時間」に離ればなれにされながら、互いに「メッセージを伝えたがっている」「私」と影とは、本章第1節で述べた、無意識のうちに互いを求め合う「ハードボイルド・ワンダーランド」の「私」と「世界の終り」の「僕」の表象であり、また「街」に赴いた「僕」が「影」と切り離される予兆と見ることもできよう。「私」は、当初、このドッペルゲンガーの記憶を「異様な暗闇の中で水音を聞きながら勝手に作りあげた心象風景」に過ぎないと考えるが、「目にしたイメージがあまりにも克明で生々しく」、「私の存在そのものにかかわってくるような強い力」を持つことを感じ、「誰が何と言おうと、それは本当に私の身に起ったことなのだ」と確信するに至る。[*19]

それは何かの力によって意識の奥に封じこめられていたのだが、私自身が極限状態に追いこまれたことによってそのたがが外れ、表面に浮上してきたのだ。／何かの力？／それはおそらく私のシャフリング能力をつけるための脳手術に起因しているに違いない。彼らが私の記憶を、意識の壁の中に押しこんでしまったのだ。彼らは長いあいだ私の記憶を私の手から奪い去っていたのだ。／そう考えると、私はだんだん腹が立ちはじめた。誰にも私の記憶を奪う権利なんてないのだ。それは私の、私自身の記憶なのだ。他人の記憶を奪うことは他人の年月を奪うのと同じことなのだ。腹が立つにつれて、私は恐怖なんてどうでもいいような気分になってきた。何はともあれとにかく生き延びるのだ、と私は決意した。私は生きのびてこの気違いじみた暗闇の世界を脱出し、私の奪われた記憶を洗いざらいとり戻すのだ。世界が終ろうがどうなろうが、そんなことはどうでもいい。私は完全な私自身として再生しなければならないのだ。

（『村上春樹全作品1979〜1989④』講談社 一九九〇年一一月 三四八〜三四九頁）

暗闇の世界で、『組織《システム》』に施された「脳手術」のせいで記憶が奪われていたことにようやく気付いた「私」は、自分が深刻な自己喪失に陥っていたことに愕然とする。「私」は、暗闇に身を沈めたことによって、長い間忘却していた記憶の蘇りを体験し、その古い記憶が現在の「私の置かれた状況」を示唆していることに気付いたのである。分析心理学では、睡眠時の夢は、本人の意識に上らない事柄を無意識からのメッセージとして伝達する機能を持つと考えるが、こうした明晰なビジョンを伴う幼少時の記憶の蘇りも、夢と同様、無意識から発信されるメッセージを汲み上げる機能を果たしていると考えられるのではないだろうか。

岩井寛は、「人間にとっての闇は、外部から自分を包む暗い存在であると同時に、自分の内界が外部世界を捉えるための認知様式でもある」と述べ、「カフカは周囲の状況、彼の父との確執、勤務先での圧力などを闇とみていたが、同時に彼の内部における実存の解体が、相対する外界を闇とうけとらせていたとも言える」という興味深い例を挙げている。[*20] 岩井の言うとおり、「ハードボイルド・ワンダーランド」の地下世界に広がる暗闇も、「私」を身体ごと包み込み、ドッペルゲンガーの記憶を呼び起こすことによって「内界」へ向かう意識を目覚めさせ、「内界」を「外部世界を捉えるための認知様式」として機能させている。「私」の「内界」――「脳手術に起因」する自己喪失――は、地下世界の暗闇において初めて、「私」の「相対する外界」――『組織《システム》』の支配と抑圧――を明確に闇と認識させ得たのである。

25章の末尾で、「博士」は、「私」が「世界の終わりの中で暮らす」しかなくなった顛末をすっかり説明した後、「しかしあんたはその世界で、あんたがここで失ったものをとりもどすことができるでしょう。あんたの失ったものや、失いつつあるものを」と、予言めいた言葉を口にする。39章末尾では、意識の「消滅」の瞬間を迎えた「私」も、「これで私の失ったものをとり戻すことができるのだ、と思った。それは一度失われたにせよ、決して損なわれてはいないのだ」と確信しつつ意識の「眠り」に身を任せる。暗闇の地下世界で自己喪失という内界の危機に直面した「私」は、「世界の終り」へ向かって、失われた心を取り戻す冒険の旅に出立したのである。

4　身体において自己回復へ向かう「僕」

「世界の終り」に赴いた「僕」は、「街」に入る際、「自我の母体」である「影」を切り離され、目には傷を付けられて「夢読み」の仕事を与えられ、否応なく「街」のシステムに組み込まれてしまう。堅固な壁に取り囲まれた「街」は、人々の「心を失くす」システムに支配されている。「世界の終り」

にやって来た「僕」は、「私」として生きた記憶を奪われており、この「街」を自分の「意識の核」と認識することができない。「私」は「ハードボイルド・ワンダーランド」の暗闇世界でようやく自己喪失の危機に気づいたのに、「世界の終り」に送り込まれて、自分の「意識の核」の中にいながら自己を指定することができないというアイロニカルな矛盾を生きねばならなくなる。

「世界の終り」で「ハードボイルド・ワンダーランド」以上に深刻な自己疎外に追い詰められた「僕」は、すべてをゼロから——自分は何者か、「街」とは何かという原点から——問い直さねばならなくなる。しかしラスト・シーンで、「僕」は突然、ともに「外の世界」に逃げ出そうとしていた「影」に向かって、「この街を作りだしたの」は他ならぬ「僕」自身である、[*21]「だから僕はここに残る義務があり、責任がある」という決意を表明し、「ハードボイルド・ワンダーランド」では遂げられなかった自らの人生に対する「義務」と「責任」[*22]を果たそうとする。しかし、「博士」に「編集」された「世界の終り」に閉じ込められた「僕」が、「ここは僕自身の世界なんだ」と明言できるのはなぜなのか。また、「ハードボイルド・ワンダーランド」の「私」は「世界の終り」の「僕」となって、どんな変化を遂げ得たのか。本節では、「僕」を自己回復へ導いてゆく（作者の提示した）「スポンタニアティー」（自発性）という視点、そして身体を奥底から揺るがす音楽という二つの視点から考察を試みたい。

40章フスト・シーンで、「影」を背負って南の「たまり」の前まで来た「僕」が、突然「街」に残ると宣言するのは、その前夜「図書館の女の子」の心を見つけ、そうすることで、今まで「不自然で間違っているなりに完結している」ように見えていた「街」のシステムに自力で突破口を見出すことができたからである。思えば、「脳手術」の後、「『組織《システム》』の科学者連中」が「私」に「脳の中にインプット」した「意識の核の内容を」教えてくれなかったのは、「私」が自分の「意識の核の内容を」知ってしまったら、早速「スポンタニアティー」(自発性)を発揮して「意識の核の内容を」「いじりまわして改変してしま」い、「パス・ドラマとしての普遍性」は「あっという間に消滅し」、「シャフリングが成立しなくなってしまう」危険性が目に見えていたからであった。果たして、「街」に閉じ込められた「僕」は、システムに奉仕すべく与えられた「夢読み」の手法を用いて「図書館の女の子」の心を見つけ出し、とうとう人々の「心を失くす」「街」のシステムを内側から崩壊させる可能性をつかんでしまう。「僕」は、「街」の抑圧の下で「街」と「僕」自身について問い続け、「図書館の女の子」や大佐との関係性の中に生きる自己を見出し、「完全な私自身として再生」するきっかけを手に入れてしまったのである。

しかしこれこそ、「博士」や『組織《システム》』の科学者連中」の危惧していた事態、すなわち「私/僕」が「新たなる体験の増加に伴」って「スポンタニアティー」(自発性)を発揮し、内側から「意識の核の内容を」自分にふさわしいものに「改変」した――「僕」自身そうと意識しないまま「街」を自らの「意識の核」として取り戻してしまった――ことを意味している。25章で、人間存在の根拠である心を単なる「機能」として見、人は無意識の働きを「知る必要がない」し、知らなくても人として充分「機能していくことができる」と断言した「博士」に対し、作者は「私」に、「新たなる体験の増加に伴」って「深層心理が常に変化」することは「人間のごく当然な行為」であり、「表層的行為のレベルにおける偶然性」に任せて生きることにこそ、「人間のスポンタニアティー」(自発性)が存在するのではないかと反論させていた。ここに村上春樹は、「自発的」な生き方から「一人ひとりの人間の過去の体験の記憶の集積によってもたらされた思考システムの独自性」としての心が生み出されることに人間存在の根拠を認め、「一人ひとりの」生の実相を見出そうという視点を示していた。ここには、村上の人間観──人間には、一人ひとりの独自性を生み出す「スポンタニアティー」(自発性)が備わっており、どんな環境下にあっても、人間の心は「スポンタニアティー」(自発性)を発揮して個としての自己を支え得るという確信──が表現されている。

加藤典洋は『村上春樹イエローページ1』[*23]第4章で、ラスト・シーンの「僕」の翻意をめぐって、当初は、「僕が」「影の一点非のうちどころのない正義の論理に」「抗し」て「心のないまま心のない街に残ろうとするところに」「何か、まだ形になっていない新しい次代のモラルの足場が顔を見せている」と評し、「ひかれている心のない女の子にコミットし、彼女と心のないままこの街にとどまることで、(「僕」は)新しいモラルの足場を築こうと思う」と書いた後、明らかな根拠を示さないまま、『世界の終り』の僕は最後、街から出るのでもないが街に残るのでもない第三の道、心をすてきれないまま森に図書館の女の子と隠遁する中途半端な道を選ぶ」、「ありうべき僕の立場からいうなら、この『森』への隠遁は問題の解決にほど遠い。そこには不自然な『心』と曖昧な決定がある」と述べて、ラスト・シーンの「僕」が心を失っていたのか、すでに心を回復していたのか判然としない書き方をしている。(括弧内、傍線は筆者)しかし、「スポンタニアティー」(自発性)という作者の視点や、「僕」が音楽の想起をきっかけに「図書館の女の子」の心を見つけ出したことに注目すれば、「影」と切り離された「僕」の心は瀕死の状態であったにせよ失われてはいず、心が残っていたからこそ「図書館の女の子」の心を見つけることもでき、さらに心を回復するためにこそ「森」に赴かねばならないということが分かるのである。

一方、「僕」が「図書館の女の子」の心を見つけたきっかけは音楽の想起であった。それは、「ダニー・ボーイ」のメロディーを思い出した「僕」が「街」全体を自己の身体として感得するという経験として表現されている。

> 僕は目を閉じて、そのつづきを弾いた。題名を思いだすと、あとのメロディーとコードは自然に僕の指先から流れでてきた。僕はその曲を何度も何度も弾いてみた。メロディーが心にしみわたり、体の隅々から固くこわばった力が抜けていくのがはっきりと感じられた。久しぶりに唄を耳にすると、僕の体がどれほど心の底でそれを求めていたかということをひしひしと感じることができた。僕はあまりにも長いあいだ唄を失っていたので、それに対する飢えさえをも感じることができなくなってしまっていたのだ。音楽は長い冬が凍りつかせてしまった僕の筋肉と心をほぐし、僕の目にあたたかい懐しい光を与えてくれた。／僕はその音楽の中に街そのものの息づかいを感じることができるような気がした。僕はその街の中にあり、その街は僕の中にあった。街は僕の体の揺れにあわせて息をし、揺れていた。壁も動き、うねっていた。その壁はまるで僕自身の皮膚のように感じられた。／僕はずいぶん長いあいだその曲を繰りかえして弾いてから楽器を手から離して床に置き、壁にもたれて目を閉じた。僕は体の揺れをまだ感じることができた。ここにあるすべてのものが僕自身であるように感じられた。壁も門も獣も森も川も風穴もたまりも、すべてが僕自身なのだ。彼らはみんな僕の体の中にいた。この長い冬さえ、おそらくは僕自

身なのだ。

（『村上春樹全作品1979〜1989④』講談社　一九九〇年一一月　五四二〜五四三頁）

この場面には、身体の奥底から湧き上がってきた音楽が「僕」に自己と世界との深い一体感をもたらし、自己存在が一分の隙もなく世界と重ね合わされる感触が表現されている。「僕」を厳しく疎外してきた「街」は、突然息を吹き返して生命感に溢れ、「僕」自身の身体として感覚される。『ダニー・ボーイ』のメロディーは、「僕」の身体を揺るがし心を揺さぶって、心と身体を、「僕」と「僕」を取り囲む「街」全体を、ひとつに融合させてしまう。（「僕」が音楽の記憶を身体に呼び戻したことをきっかけに「図書館の女の子」の心を見つけることができたのは、本来、心と身体が人間存在の根底で分かちがたく結びついているからであるが、それは、「僕の体がどれほど心の底でそれを求めていたか」という一見矛盾した言い回しにも表現されている）

「僕」の身体が音楽に満たされると、「僕」を厳しく監視し続けてきた「壁」は「まるで僕自身の皮膚のように感じられ」、「街」に入る際に門番に傷つけられた目も、ふと気づくと「既に癒されて」いる。音楽とは、空気を震わす音波がいくつも組み合わさって時間の流れに沿って展開するものと言えようが、「僕」が手風琴で「ダニー・ボーイ」のメロディーを「街」の中に響かせたことは、「博士」が「時間もなければ空間の広がりもな」いと言った[*24]「街」に、時間の流れと空間の広がりを存在させ、そうすることで「街」を覆っていた呪縛を解き放ってしまったことを意味している。人々の「心を失くす」ために機能していた「街」の暴力的支配は無力化し、「僕」は目が自然に治癒すると同時に「街」のシステムに奉仕すべく与えられた「夢読み」という役割から解放される。そのとき、「もう何ものも僕の目を痛めつけることはできないのだ」と言った「僕」には、身体を自己のものとして取り戻し、「街」を自分の世界として奪還した自信が溢れている。

「僕」の自己回復への契機は、『ダニー・ボーイ』のメロディーの想起、自然発光した一角獣の頭骨に触れて「図書館の女の子」の心を見出したこと、視力の自然治癒など、聴覚・触覚・視覚を通じて、「僕」の身体に自ら湧き上がる内発的な経験として表現されている。システムの暴力を象徴するナイフによって、身体を切り裂かれ、視力障害を負わされ、「影」と切り離された「私／僕」を、世界との一体感に導いたのは、身体の奥底から湧き上がる音楽であり、音楽に共振する身体であった。かくして、身体において自己存在の根源を深く損傷させられていた「私／僕」は、身体において世界との深い一体感に導かれ、自己回復への道をたどり始める。「ハードボイルド・ワンダーランド」と「世界の終り」、二つの世界でシステムの抑圧による自己疎外を生きた「私／僕」は、最終章に至ってようやく自己回復への道を歩み出そうとするのである。

したがって、ラスト・シーンで「僕」が「影」とともに「街」を脱出しないのは、「街」の呪縛を解き放ち、心を回復する可能性を手にした「僕」には、すでに「街」が自分の世界として自覚されていたからなのである。「僕」が「街」に留まり、奥深い「森の中で古い世界のこと」を「少しずつ思いだ[*25]」す――「私」として生きた記憶を取り戻す――生き方を選択するのは、「ハードボイルド・ワンダーランド」の暗闇の地下世界で、ドッペルゲンガーの記憶に衝撃を受けた「私」の決意の実現に他ならない。それは、「とにかく生き延び」て、「私の奪われた記憶」と「私」として生きた過去を「洗いざらいとり戻」し、それによって「完全な自分自身として再生」を遂げることであった。

第四章

物語を生きる身体と言葉

『ノルウェイの森』

1　身体と言葉という視点

『ノルウェイの森』は、三十七歳になった「僕」が、ハンブルク空港で着陸態勢に入ったボーイング747の機内に流れ始めた「ノルウェーの森」を耳にして目まいに襲われ、十八年前の直子の記憶が鮮明に蘇るという場面から始まっている。目まいとは、（第一章1でも述べたとおり）内耳の三半規管や脳の支障、精神的要因等によって平衡感覚に支障が生じ、空間が揺れたり回ったりするように感覚される症状である。この目まいは、（おそらく東京から）ハンブルクへの空間移動によってもたらされた時空感覚の錯綜と、直子の挽歌という意味を持つ「ノルウェーの森」を耳にしたことから惹き起こされたものだろう。目まいに全身を揺さぶられ「頭がはりさけてしま」いそうになった「僕」は、一九六九年の秋に直子と一緒に歩いた草原の中にいるような感覚が蘇り、その記憶をもとに、『ノルウェイの森』と題する手記を書き始める。

竹内敏晴は、「『からだ』としてのことば」という表現を用いて、言葉とは人間主体が「食べるとか眠るとかと同じように、無意識にうながされて発する動作」であり、「無意識に」発する「からだ」であると述べている。[*1] 竹内は、話しことばを念頭に置いてこう述べているが、書き言葉も書くという身体動作を必要とする以上、話し言葉同様「からだ」（身体）と切り離して考えることはできないだろう。竹内の言うように、言葉が「無意識にうながされて発する動作」であり、「無意識」のうちに身体と結びついているのが「本来のあり方」であるなら、「何ごとによらず文章にして書いてみないことには物事をうまく理解できないというタイプの人間」である「僕」において、言葉が「無意識」のレベルで書くという身体動作につながるまで、すなわち手記『ノルウェイの森』を書く機が熟すまで、実に十八年という歳月が必要だったことになる。「もっと昔」に「僕」が「何度か」「書いてみようと試み」ても「一行たりとも書くことができなかった」直子の記憶は、時空の錯綜と「ノルウェーの森」のメロディーが惹き起こした目まいという身体の変調に促されて、ようやく解凍され、「僕」の言葉として溢れ出したのである。

村上春樹は、『ノルウェイの森』を「いつもとは違う筋肉を使って、いつもとはちょっと違うことをやってみよう」[*2]という気持ちで書いた「リアリズム小説」[*3]であると述べている。『世界の終りとハードボイルド・ワンダーランド』の二年後、抽象的な作品世界から一転して「リアリズム小説」を書こうとしたとき、作者のうちで（おそらく無意識のうちに）個としての存在を支える身体がクローズアップされ、身体に根ざす言葉という視点が浮上したことは、非常に興味深いことである。

本章の狙いは、まず『ノルウェイの森』の主たる登場人物――「僕」（ワタナベ・トオル）、直子、「突撃隊」、永沢、ハツミ、レイコ、緑――がその身体、言葉、あるいは身体と言葉の関連によっていかに特徴づけられているか、考察することである。さらに、作者が「ここで本当に描きたかったのは恋愛の姿ではなく」「カジュアルティーズの姿であり、そのカジュアルティーズのあとに残って存続していかなくてはならない人々の、あるいは物事の姿である」[*4]と言う『ノルウェイの森』を、身体、言葉、あるいは身体と言葉の関連という視点から「成長小説」として跡付けることである。

2　〈システムに共振する身体〉と言葉

第二章、「僕」の「二十年ぐらい前」の回想の最初に登場するのが、ラジオ体操と吃音によって一見コミカルに特徴付けられた「突撃隊」である。学生寮で「僕」と同室の「突撃隊」は、毎朝六時半からラジオ体操を始め、「八時くらいまで」熟睡したい「僕」を悩ませる。「僕」が「ラジオ体操第一」の「跳躍のところだけをやめて僕をぐっすり眠らせてくれないかな」と頼んでも、「十年も毎日やってる」から「無意識に全部」やってしまう、跳躍を「ひとつ抜かすと」「みんな出来なくなってしまう、と答えるほど「突撃隊」はラジオ体操を身体化している。

「僕」の入寮した学生寮は、「あるきわめて右翼的な人物を中心とする正体不明の財団法人によって運営されて」おり、毎朝六時に中庭で国旗が掲揚されることになっている。「突撃隊」は、毎朝、国旗掲揚と同時に流される「君が代」を「目覚まし時計がわりにして」起床し、洗面を済ませて六時半からラジオ体操をする。「政治に関しては百パーセント無関心」な彼が「突撃隊」とあだ名されているのは、「頭は丸刈り」で「学校に行くときはいつも学生服」、「靴も鞄も真っ黒」という「見るからに右翼学生という格好」だったからとされている。[*5] しかし、毎朝六時の国旗掲揚という「愛国的儀式」に引き続き「無意識に」ラジオ体操をする「突撃隊」の身体こそ、まさしく「無意識」のうちにこの「愛国的儀式」に共振していると言えるのではないだろうか。

黒田勇は、ラジオ体操の誕生、ニューメディア・ラジオの普及に伴いラジオ体操が身体・健康・時間の近代化、あるいはスポーツの普及・思想善導に貢献した経緯について考察し、特に戦時下においてラジオ体操が「身体の国家的管理」の装置としてばかりでなく、「国家的アイデンティティを確認する仕掛け」として利用されるに至ったと論じている。[*6]「突撃隊」の身体がまったく「無意識」のうちに毎朝、〈国旗掲揚・国歌演奏・ラジオ体操〉という流れを辿る背景には、「ラジオ体操の集団化のなかから、国家主義的精神性が発見され」たというラジオ体操と国旗掲揚・国歌演奏との接点を窺うことができる。

高橋秀実は「ラジオ体操は共振現象なのである。ラジオの音楽、先生の声、そして目の前のラジオ体操人の動き。これらの生み出す波動に共振して、私たちはラジオ体操してしまう。音楽につられ、声につられ、お互いに向き合ってつられ合う。ラジオ体操でぽっかりするのは「私」と「あなた」が溶け合ってしまうからである」[*7]、「体操というより、むしろ日本人の習俗、教義こそないがまるで『宗教儀式』のようである」[*8]と述べて、「ラジオ体操人」に、自ら個としての存在感を捨てて何か大きな存在の一部たらんと没入する姿を認めている。したがって、「突撃隊」が「僕」の迷惑を顧みず平然として「ワ、ワタナベ君もさ、一緒に起きて体操するといいのにさ」と言って「僕」にもラジオ体操に共振することを勧めるのは、「ラジオ体操人」たる「突撃隊」においては、すでに『私』と『あなた』が溶け合」い、自他の区別のつかないいわば共振的と言うべき心理状態が醸成されていたからだと言えるだろう。

さらに、「突撃隊」には、吃音という言語発声に関わる身体的特徴が与えられている。国立大学で地理学を専攻し卒業後は「国土地理院に入りたがっている」「突撃隊」が、「『地図』という言葉が出てくると百パーセント確実にどもった」というのは、自己表現としての言語が音声化する、すなわち他者への伝達機能を担って身体化しようとする際に障害が現象することを示している。つまり、知らず知らず「ラジオ体操の集団化のなか」の「国家主義的精神性」に共振している「突撃隊」の身体は、自己を他者に伝達する言語表現において、吃音という障害を担わされているのである。*9

この「突撃隊」という人物像は、身体は学生運動という時代の雰囲気に共振しながら、個としての自己を表現する言葉を喪失していた当時の多数の大学生のカリカチュアと見ることができるのではないだろうか。『ノルウェイの森』では、「僕」が大学に入学した十八歳の四月から二十一歳の秋、すなわち一九六七年から一九七十年までが回想部分（第二章〜第十一章）の時間として設定されている。作品の各所には、「僕」の全共闘運動に対する冷笑的態度が示されている。

> 背の高い学生がビラを配っているあいだ、丸顔の学生が壇上に立って演説をした。ビラにはあのあらゆる事象を単純化する独特の簡潔な書体で「欺瞞的総長選挙を粉砕し」「あらたなる全学ストへと全力を結集し」「日帝=産学協同路線に鉄槌を加える」と書いてあった。説は立派だったし、内容にとくに異論はなかったが、文章に説得力がなかった。信頼性もなければ、人の心を駆りたてる力もなかった。丸顔の演説も似たりよったりだった。いつもの古い唄だった。メロディーが同じで、歌詞のてにをはが違うだけだった。この連中の真の敵は国家権力ではなく想像力の欠如だろうと僕は思った。
>
> （『村上春樹全作品1979〜1989⑥』講談社　一九九一年三月　八七頁）

この場面では、講義の中断を要求して教壇に立った「まるで漫才のコンビみたいな二人組」の活動家が決まりきったお題目を得々と唱える姿が戯画的に描かれている。「僕」は、その主張に「異論はな」いとしながら、彼らが一般学生を説得し得る言葉の力、すなわち自身の生き方と切り結ぶ言葉を欠落させている点に、主体的自己の喪失を認めている。実際、「九月になって」「ストが解除され機動隊の占領下で講義が再開されると」、「出席不足で単位を落とす」ことを恐れて「いちばん最初に出席して」きたのは、「ストを指導した立場にある連中」で、「僕」の疑念は即座に裏付けられてしまう。「僕」の視線には、作者の全共闘運動に対する批判が窺えるが、小熊英二も、「『あの時代』の叛乱」は「自分たちを表現する言葉をもたない」「若者たち」による「将来に対する明確なビジョンのない」「妥協なき実力闘争」であり、「自己のアイデンティティの確立」をもとめる「反抗」であったと述べている。*10

「突撃隊」が全共闘運動に共振する学生たちのカリカチュアであるのに対し、同じ学生寮に住む永沢は、「国家」というシステムとして「いちばんでかい入れものの中で」「どこまで自分が上にのぼれるか、どこまで自分が力を持てるか」「ためしてみたい」と考える野心家である。同じ学生寮にいながら同一の場面に登場する機会のない「突撃隊」と永沢だが、両人には〈システムとの身体的共振〉という共通点が認められる。ただし、自己表現の言葉において吃音という障害を持つ「突撃隊」の身体があくまでも「無意識」のうちにラジオ体操を通じてシステムへの従属を示しているのに対し、権力システムへの参入を志向し「女遊び」をゲーム化する永沢の身体は、性的にも他者支配（女性支配）

の姿勢を明確に示している。

実際、「寮長子飼いの体育会系の学生たち」が幅を利かす学生寮で、生真面目で不器用な「突撃隊」が何かにつけ軽侮の念をもって見られるのに対し、東大法学部に在籍する永沢は、その出自や言動から一般学生のみならず、寮長にも一目置かれている。永沢の特徴は、自身の行為を逐一正当化する「独自の思考システム」とそれを支える彼一流の論理を編み出す言葉を所有していることであり、その身体と言葉が絶えず相互補完的に機能して、彼「独自の思考システム」を論理的破綻から巧妙に防御していることである。

永沢の恋人であるハツミは、永沢の「外務公務員採用一種試験」合格を祝う食事の席で彼と言い争いをした後、次のように「僕」に内心を打ち明ける。「私はそんなに頭の良い女じゃないのよ。私はどっちかっていうと馬鹿で古風な女なの。システムとか責任とか、そんなことどうだっていいの。結婚して好きな人に毎晩抱かれて、子供を産めればそれでいいのよ。それだけなの。私が求めているのはそれだけなのよ」これは、永沢に人並みの成熟を期待し、自分との結婚を真剣に考えて欲しいと願う切実な思いから発せられた言葉であった。しかし、この言葉は、当時全共闘運動と同時に盛り上りを見せようとしていたウーマン・リブ運動を余所目に、男性の視線によって性的・社会的に対象化される女性身体を持つことを自ら認め、男性優位社会における性差別を甘受して顧みない姿勢を言明する言葉とも言える。ここには、永沢を愛し続けるためにはここまで自虐的な自己同定が必要だと悟っているハツミの被抑圧的心理と、彼女をそこまで追い詰めた永沢の他者支配の姿勢が明らかに現れている。

永沢と別れた約四年後、すでに他の男と結婚していたにもかかわらず、ハツミが自殺に至ったのは、「結婚して好きな人に毎晩抱かれて、子供を産めればそれでいい」という言葉が、やはり永沢に対する愛情から出た抜き差しならぬ言葉だったことを証明している。その身体が暗黙のうちにシステムへの従属を示していた「突撃隊」は、原因不明のまま姿を消してしまったが、ハツミは国家権力という〈システムとの身体的共振〉を生きる永沢を愛し、彼の自我拡大の犠牲者となったために「カジュアルティーズ」の一員となってしまったのである。

3　直子における身体と言葉

第二章で、キズキの死後「殆んど一年ぶり」に「僕」と偶然出会った直子が「突撃隊と彼のラジオ体操の話」を聞き、「本当に久しぶりに」「くすくす笑う」場面から直子の回想が始まるのは、大変示唆に富んだ設定である。この場面は、第三章で「突撃隊」が直子を表象する螢を「僕」に手渡してまもなく姿を消すという設定同様、「突撃隊」と直子がともに「カジュアルティーズ」の一員となることを暗示している。

このときすでに「うまくしゃべることができない」状態にあった直子は、それが入院を必要とする病状であると自覚しており[*11]、「突撃隊」と同じく言葉による自己表現に障害を感じていた。もちろん「突撃隊」の吃音と直子の「うまくしゃべることができない」症状をまったく同列に見ることはできないが、吃音にも直子の症状にも、その背景に心身のアンバランスや齟齬が窺われる。竹内敏晴は、

「精神の『病い』とは、自己と世界の関係の違和が、自己と身体の違和へと内化したことによる」という森山公夫の「概括」[*12]にもとづいて、「私が『自分を受け入れる』と仮りに呼ぶことは、自己と身体の和解を意味すると言っていいだろうか?」という疑問を呈している。[*13]「自己と世界の関係の違和が、自己と身体の違和へと内化」するという観点に立ったとき、「突撃隊」と直子が発言にかかわる障害を有することは、その障害の程度に深浅の差こそあれ、二人がともに「自己と世界の関係の違和」からもたらされた「自己と身体の違和」を各々の身体に現象させている結果であると言えるだろう。[*14]

前述したように、村上春樹は『ノルウェイの森』を「カジュアルティーズの物語」と考えている。[*4]この作品の登場人物を「カジュアルティーズ」と「カジュアルティーズのあとに残って存続していかなくてはならない人々」(以下、「存続していかなくてはならない人々」と記す)に二分してみると、両グループ間には、「自己と世界の関係」あるいは「自己と身体の」関係に深く関わりあう言葉に関して、明らかな差異があることが分かる。

作品の時間経過の途上で死亡、あるいは姿を消して「カジュアルティーズ」となる「突撃隊」、ハツミ、直子と脳腫瘍の手術直後で「四音節以上の言葉はうまくしゃべれない」緑の父の四人のうち、自己表現の言葉に身体的な障害の認められないのは、ハツミだけである。(しかしハツミも前述の通り、権力システムを志向する永沢に心理的に抑圧されて主体的な言葉を失い、自ら自虐的な自己規定の言葉を発している)

これに対し、「存続していかなくてはならない人々」は、「自分の中の歪みを全部系統だてて理論化」する言葉を持つ永沢、時に応じて過剰なまでのフィクショナルな言葉を駆使する緑、人格障害を思わせる「病的な嘘つき」のレズビアンの少女、直子とは対照的に自らの病歴を「僕」に詳細に語る言葉を持つレイコ、そして、直子の記憶を自己の言葉として手記『ノルウェイの森』に書き綴るに至った「僕」、以上の五人は良かれ悪しかれ自己を把握し表現する言葉、すなわち「自己と世界の関係」を安定させる言葉を持ち、あるいは獲得したことによって、「カジュアルティーズ」の一員となることを免れ得ていると考えられる。こういう意味で、『ノルウェイの森』の作品世界においては、「自己と世界の関係」ひいては「自己と身体」の関係に違和あるいは和解をもたらす自己表現としての言葉のあり方が、「カジュアルティーズ」となるか「生き延びていく」かを決める重要な鍵となっていることが判明するのである。

さて、ここで大変興味深く思われるのは、直子が「自己と世界の関係の違和」から生じる「自己と身体の違和」、すなわち「うまくしゃべることができない」状態を、身体的な動きを伴う感覚で表現していることである。

「うまくしゃべることができないの」と直子は言った。「ここのところずっとそういうのがつづいてるのよ。何か言おうとしても、いつも見当ちがいな言葉しか浮かんでこないの。見当ちがいだったり、あるいは全く逆だったりね。それでそれを訂正しようとすると、もっと余計に混乱して見当ちがいになっちゃうし、そうすると最初に自分が何を言おうとしていたのかがわからなくなっちゃうの。まるで自分の体がふたつに分かれていてね、追いかけっこをしてるみたいなそんな感じなの。まん中にすごく太い柱が建っていてね、そこのまわりをぐるぐるとまわりながら追いかけっこしているのよ。ちゃんとした言葉っていうのはいつももう一人の私が抱えていて、こっちの私は絶対にそれに追いつけないの」

(『村上春樹全作品1979〜1989⑥』講談社 一九九一年三月 三四頁)

こうした「自分の体が」「もう一人の私」と「こっちの私」に「ふたつに分かれて」いるような分裂感[*15]や、「ぐるぐるとまわりながら追いかけっこしている」という回転の感覚は、直子あるいは「僕」の心理状態を反映するバーチュアルな身体感覚と言えるものである。

たとえば、「殆んど一年ぶり」に「僕」と「中央線の電車の中で偶然出会った」その日も、直子は「降りましょうよ」と「僕」を誘って「駅の外に出ると、彼女はどこに行くとも言わずにさっさと歩きはじめ」、「仕方なくそのあとを追うように」歩き始めた「僕」は、夕暮れ時まで「直子の一メートルほどうしろを」ついて歩き、二人は結局、四ッ谷駅から駒込まで歩き通してしまう。そして歩き終わったとき、二人は次のような不思議な会話を交わしている。

「ここはどこ?」と直子はふと気づいたように訊ねた。
「駒込」と僕は言った。「知らなかったの? 我々はぐるっと回ったんだよ」
「どうしてこんなところに来たの?」
「君が来たんだよ。僕はあとをついてきただけ」

（『村上春樹全作品1979〜1989⑥』講談社　一九九一年三月　三二頁）

　直子は、自分から電車を降り、歩こうと「僕」を誘ったことも、どこをどう歩いたかも忘れたかのように、「ここはどこ？」「どうしてこんなところに来たの？」と「僕」に尋ねる。直子のこうした言動の背景には意識と身体の乖離が感じ取れるが、さらに不可解なことは、「僕」がこの直子の問いに「我々はぐるっと回ったんだよ」と答えていることである。この日彼らの歩いたのは、「四ッ谷駅で電車を降りて、線路わきの土手を市ヶ谷の方に向けて歩」き、「飯田橋で右に折れ、お堀ばたに出て、それから神保町の交差点を越えてお茶の水の坂を上り、そのまま本郷に抜けた。そして都電の線路に沿って駒込まで歩いた」という道筋である。（【図1】参照）これは、通常「ぐるっと回った」とは表現しない道筋である。

　この時直子は、「ぐるぐるとまわりながら追いかけっこしている」ような自己分裂の感覚とそれに伴う焦燥感に駆り立てられ、どこにも到達できない無力感を癒そうとするかのように、我知らず「僕」を伴って「散歩というには」「いささか本格的すぎ」る道のりを歩き通してしまったように思われる。[*16] 一方の「僕」も、その当時「あの十七歳の五月の夜にキズキを捉えた死」に捉われまい、「深刻になるまいと努力」しながら、死という「深刻な事実」の前で「限りのない堂々巡りをつづけ」、「生のまったただ中で、何もかもが死を中心にして回転」するのを感じながら「十八歳の春」を過ごしていた。[*17] キズキの死による深刻な喪失感の中でやり場のない思いを抱いていた直子と「僕」の心中には、とめどない回転という共通のイメージが渦巻いていたのである。

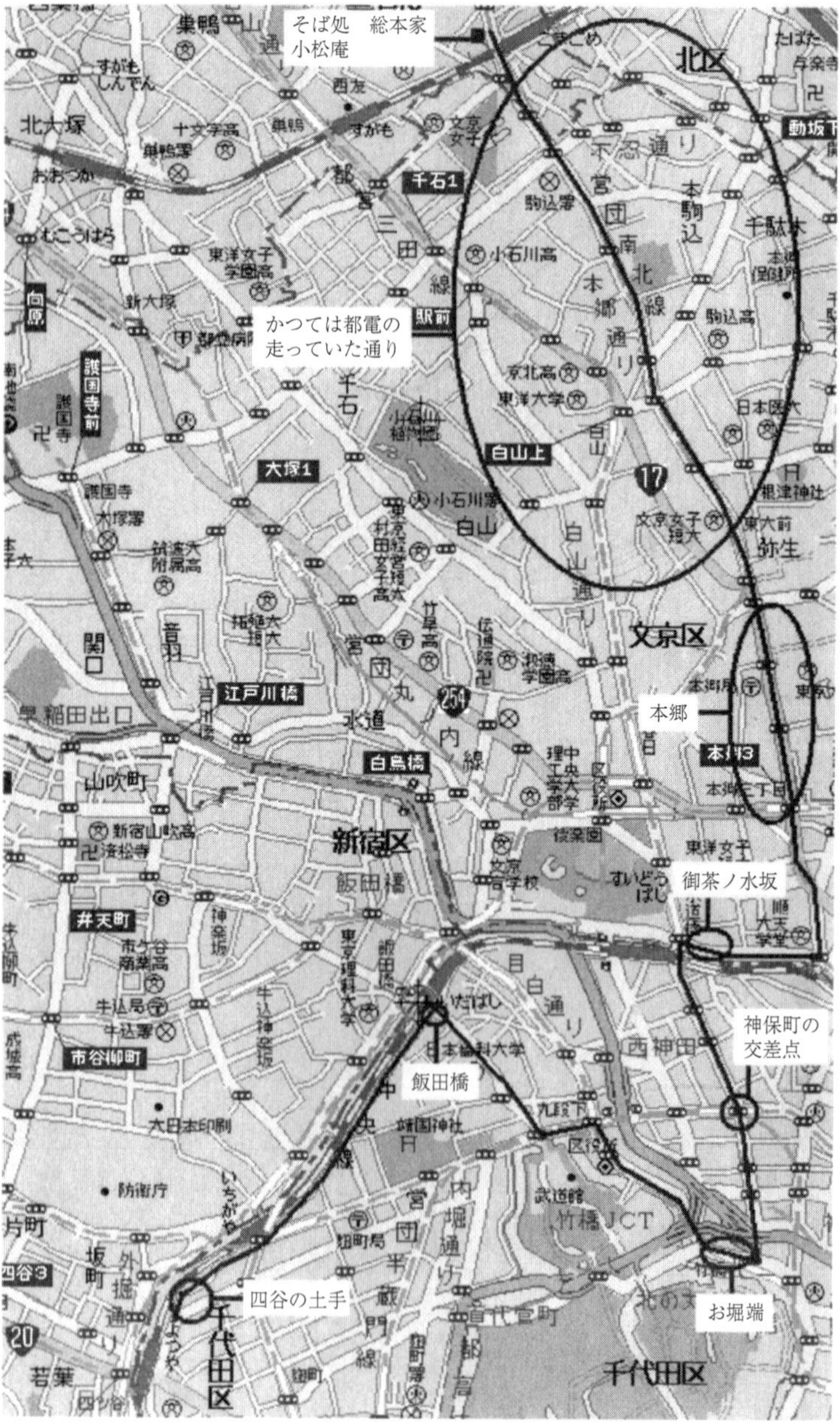

【図1】「ノルウェイの森」の風景　http://www50.tok2.com/home/sada/index.html

村上春樹は、『ノルウェイの森』刊行の二年前、短編集『回転木馬のデッド・ヒート』（一九八五）の前書き（「はじめに・回転木馬のデッド・ヒート」）で、孤独に閉ざされた現代人について「我々はどこにも行けないというのがこの無力感の本質だ」と述べ、個としての人間存在をとめどなく回転を続けるメリー・ゴーラウンドに喩えている。[*18] 悲哀と孤独に閉ざされた鬱屈に生きる直子と「僕」は、無意識のうらに「どこにも行けない」「無力感」を、歩くという身体動作に置き換えることでその思いを鎮めようとしたのではないだろうか。直子と「僕」が「偶然出会った」とき、二人は互いを個としての孤絶感において共鳴し合える相手と感じ取り、ただひたすら歩きつづけるという身体動作の共振のなかに、おそらくキズキの死後はじめて、他者とつながり合う可能性を見出したのである。

こうして「偶然出会った」二人の間には、共通した心理傾向からおのずと身体的共振が生じ、その身体的共振が心理的な親和を生むという相互関係が生じているように思われる。キズキの死を共有する二人が、その後直子の休学・阿美寮入寮までの約一年間、毎週のように「目的」も「あてもなく」東京の街中を歩き続けたのは、この身体的共振が彼らの内なる必然によって生み出されたものであることを証拠立てている。[*19] 「ただ歩けばよかったのだ。まるで魂を癒すための宗教儀式みたいに、我々はわき目もふらず歩いた。雨が降れば傘を指して歩いた」という二人の身体は、「魂を癒す」ことを求めて共振のしぐさを繰り返している。ここには、現実を言葉として分節化する意識よりはるかに深層の「魂」に根ざす身体性が立ち現れて、直子の「うまくしゃべることができない」症状を補い、二人の間にコミュニケーションを成立させようとしているように思われる。「僕」の身体も、「自己と身体」の親和を回復させようと努める直子の身体と共振しながら、ともに「自己と世界」の親和的関係を取り戻そうとしていたのである。

4　性的身体の分裂

直子は、「夏休みが終って新しい学期が始まると」「ごく自然に、まるで当然のことのように、僕のとなりを歩くように」なり、「秋が終り冷たい風が吹き抜けるようになると」「ときどき僕の腕に体を寄せ」たり「僕のコートのポケットに手をつっこんだり」するようになった。こうして二人の身体的距離感は徐々に縮まっていき、翌年、二人が大学二年生に進級した四月、直子の二十歳の誕生日に「僕」と直子は最初にして最後のセックスをする。しかし、これを契機として、直子は大学を休学し阿美寮に入寮することになってしまう。キズキとはセックスが不可能だった直子にとって、「僕」とのセックスが可能であったことは大きな衝撃となり、彼女の病状は決定的なものになってしまったからである。しかし、二人の身体が性的に共振し得たことが直子の「自己と身体」の乖離を増幅させてしまうのなら、「僕」と直子の間に、恋愛は当初から不可能だったと言わねばならないだろう。

そもそも直子の病は、小学校六年生の秋に、姉の首吊り自殺の現場を発見してしまったショックから、意識と身体の乖離を経験し、その後「三日間」「ひとことも口がきけな」い状態に陥ったことに端を発している。[*15] したがって、「本当に愛して」いたキズキとはどうしてもセックスできなかったのに、二十歳の誕生日の晩、なぜか「愛していたわけでもない」「僕」に性欲を感じ、「僕」とのセックスで快感を得たという〈ねじれ現象〉の背景には、姉の縊死目撃以来の意識と身体の齟齬・乖離という問題が認められるのである。
一方、「僕」にとって直子とのセックスは、憑かれたように東京の街を歩く直子の後に付いて回り、身体レベルにおいて直子と共振しようと努めた、「自己と世界」の親和を求めるしぐさの延長線上に存在している。

僕は今君と性交している。僕は君の中に入っている。でもこれは本当に何でもないことなんだ。どちらでもいいことなんだ。だってこれは体のまじわりにすぎないんだ。我々はお互いの不完全な体を触れあわせることでしか語ることのできないことを語り合っているだけなんだ。こうすることで僕らはそれぞれの不完全さを分かちあっているんだよ、と。しかしもちろんそんなことを口に出してうまく説明できるわけはない。僕は黙ってしっかりと直子の体を抱きしめているだけだった。彼女の体を抱いていると、僕はその中に何かしらうまく馴染めないで残っているような異物のごつごつとした感触を感じることができた。そしてその感触は僕を愛しい気持にさせ、おそろしいくらい固く勃起させた。

(『村上春樹全作品1979〜1989⑥』講談社 一九九一年三月 一九二頁〜一九三頁)

「僕」は、「巨大な力で僕を押し流して」いく性的興奮のさなかで、「体のまじわり」がまさにそうすることでしか成し得ない、「それぞれの不完全さを分かちあ」う「語り合」いであることを直子に伝えようとしている。そして、そう願ううちに直子の体の中に「何かしらうまく馴染めないで残っているような異物のごつごつとした感触」を感じ取り、それを、むしろ生硬でアンバランスな直子の自我にじかに触れ得た喜びとして受け止めている。

直子とのセックスにおいて「僕」が感受した「それぞれの不完全さを分かちあ」うという生き方は、阿美寮で実践されている「グループ療養」にも通底している。レイコは、初めて阿美寮を訪れた「僕」に、阿美寮は治療の施設ではなく、「療養」のための施設であると説明し、「ここのいちばん良いところはね、みんなが助けあうことなの。みんな自分が不完全だということを知っているから、お互いを助け合おうとするの」「ここでは私たちは助けあうのよ。私たちはお互いの鏡なの」と言う。つまり、阿美寮における「療養」とは、医療スタッフや患者のみならず「僕」のような訪問者も含めて、「お互いの鏡」である他者との関係において互いに「心を開」き、自他ともに不完全な存在であることを認め、「助けあう」ことにより「回復」を目指すことを意味しているというのである。

しかし、阿美寮を訪れた「僕」は、深夜、夢うつつのうちに、清かな月光の下に照らし出された直子の「完全な肉体」を目にすることになる。狂人・心神喪失者という意味を持つlunaticという英語の単語がローマ神話の月の女神Lunaを語源に持ち、「月に影響された」という意味を持つことから考えると、直子の「完全な肉体となって月の光の中に生まれ落ちた」姿は、もはや「僕」と「不完全さを分かちあ」う余地を持たない精神病者を象徴しており、すでに彼女が「僕」の手の届かない別世界に属していることを表している。それは、「直子の肉体」が「あまりにも美しく完成されていたので、僕は性的な興奮すら感じなかった」という言葉にも裏付けられている。

直子が自分から「出してあげようか?」と言って、阿美寮を訪ねた「僕」を「手で」射精に導くのは、直子が意識の上では「僕」の性的身体を受け入れているのに、その身体には「僕」と性的に共振しようとする兆しが現れない〈ねじれ現象〉の反映である。「私はただもう誰にも私の中に入ってほしくないだけなの」という直子の自殺直前の言葉が、性的行為の忌避を婉曲に意味するのみならず、自己存在の放棄を示唆していたことは、彼女の性的不能が他者との相互関係において実現されるべき自己の存立不全から発生していることを明らかにしている。他者や社会に「うまく馴染め」ない、すなわち「自己と世界の関係の違和」のために、「僕」との身体的共振としてのセックスにおいても「異物」のように「ごつごつと」固く凝結したものが「残ってい」た直子にとって、「僕」は、キズキの死後も彼女と「外の世界を結びつける唯一のリンク」であった。しかし、性的身体の分裂として現象した彼女の「自己と身体の違和」は、「僕」という「リンク」を介しても癒されることはなかったのである。

一方、レイコも、レズビアンの少女に仕掛けられた性的行為において、意識と身体の乖離を経験し、それが二度目の発病の契機となっている。[*20] レイコは、問わず語りに二晩にわたって自分の生い立ちと病歴を「僕」に語り、直子と「僕」を媒介する存在として生き始める。直子の性的身体の〈ねじれ現象〉の告白は、明るい月光の下でなされ、直子の「完全な肉体」も月光の下に現れるのに対し、レイコの性的身体の〈ねじれ現象〉は、終始月の見えない場所で語られる。[*21] 阿美寮の中ではあるが直子のいない空間、月光の射さない、lunatic な直子から離れた場所を選ぶようにして「僕」に語られるレイコの話は、レイコの生の物語としての完結性と独立性を有している。

レイコの物語が月光と直子から切り離された場所で語られるのは、彼女がすでに精神病から「回復」を遂げており、その経験を過去の出来事として対象化し、自らの言葉で語り得る状態にあることを表している。すなわち、レイコはすでに、病歴を持つ過去の自分を回収する言葉を持ち現在の自己に統合し得る状態に到達している。だからレイコは、このまま「非現実」の阿美寮に留まれば、直子と同じく「カジュアルティーズ」の一人として埋もれてしまうが、現実世界に戻れば、「僕」と同じく「存続していかなくてはならない人」となる。直子と「僕」を媒介する境界領域に位置していたレイコは、二晩がかりで「僕」に自らの過去を物語り「まるでシェラザードのように」「生き延び」て現実世界に帰還を遂げたが、それは、レイコの自己表現としての言葉が現在の自己を支える過去を裏付け得たからだと言える。

直子のことを「本当に」「好きなのよ」と言うレイコは、洋服のサイズが直子とほとんど同じ身体を持ち、直子と一緒に「僕」の手紙を読み、「僕」への誕生日プレゼントの「葡萄色のセーター」を直子と分担して編み、直子の病状が進んで手紙が書けなくなると直子に代わって返事を書くなど、その身体や動作において直子と類似し、同調する面を数多く持っている。レイコは、阿美寮にいる間は直子を「回復」に導くべく直子と「僕」の間を媒介し、直子の死後は、直子の身代わりのように、直子の洋服をまとって阿美寮から「外の世界」にいる「僕」のもとへ帰還を果たす。それに呼応して、「僕」も直子の形代としてのレイコを迎え取っている。

レイコが「棺桶のような」新幹線に乗って——生死の結界を越える覚悟で——「不完全な」「外の世界」へ帰還を果たすことができたのは、直子に望んだ「回復」への道を自らが直子になり代わって生き抜こうと決意した結果である。それは、直子の死や、かつてレズビアンの美少女に性的誘惑を仕掛けられて失った人生の全てを、「生きつづけるための代償」として、すなわち「カジュアルティーズ」の一員としてわが身に受け止めることを意味している。旭川に向かうレイコと「僕」が二人で営んだ「直子のお葬式」の後、「本当にあたり前のことのように抱き合い、お互いの体を求めあった」のは、彼らが互いの中に直子の「残存記憶」を確認し受け止めることに「カジュアルティーズ」として「生き延び」る希望を見出そうとしたからだろう。それは、かつて「キズキの死を共有する」直子と「僕」が東京の街々で繰り返した「はてしない歩行」を連想させる――その延長線上に、直子と「僕」のセックスも存在した――性的身体の共振である。それは、「キズキの死を共有する」直子と「僕」同様、直子の死を共有するレイコと「僕」がお互いの「魂を癒す」ことを求めたとき、二人の身体が自ずから取った共振のしぐさであった。

5　存在の欠落を埋める言葉

緑は、初めて登場する場面で「まるで春を迎えて世界に飛び出したばかりの小動物のように瑞々しい生命感を体中からほとばしらせていた」と紹介されている。たしかに、食への関心と性的好奇心に満ちた緑は、その名の通り生命力に溢れ、歯に衣着せぬ物言いで自己を明確に表現する点において、直子と鮮やかな対照をなしている。

しかし、書店を営む両親の愛情に幼少時から物足りなさを感じ、両親の相次ぐ脳腫瘍罹患と母の死、長期にわたる姉との介護中心の生活に疲弊している緑は、心中に癒しがたい淋しさを抱いている。自分が人に無条件に受け入れられ愛され得るかどうか、つねに不安を抱いている緑は、自他の関係を形成する自己表現としての身体のあり方――髪形や身なり――に鋭敏な感覚を発揮する。たとえば、「僕」と初めて会話したとき、長い髪を切った緑に「僕」が「どうしてそんな濃いサングラスかけてるの?」と尋ねると、「急に毛が短くなるとものすごく無防備な気がするのよ。まるで裸で人ごみの中に放り出されちゃったみたいでね、全然落ちつかないの。だからサングラスかけるわけ」と答えている。また、翌年四月には、直子の病状悪化に気を取られて緑の髪型の変化に気づかない「僕」の着ている、直子とレイコの編んだ「葡萄色のセーター」を、「彼女が編んでくれた素敵なセーター」と言い当てている。一方、緑が「少しずつ苦労して髪をのばしてやっと」「女の子らしい髪型に変えることができた」ことにまったく気づかない「僕」を、自分の存在を認めてくれず「すごくひどいことをした」と決め付け、それ以降約二ヶ月というもの「僕」と口を利かなくなってしまう。

緑が「僕」に示すこうした突拍子のなさは、彼女の心理的振幅の大きさを反映している。緑は、自分でも心理的なアンバランスを扱いかねてか、時に応じて現実離れしたストーリーを語ることで気持ちのバランスを取ろうとする。たとえば、入院している父の不在を説明するのに、母を亡くした後、娘二人を見捨てて一人でウルグァイに行ってしまったと「僕」に話したのはその典型である。しかし、これは根も葉もない作り話で、実際には、緑の父は脳腫瘍の手術を受け瀕死の床にあることが間もなく判明する。それは、緑が「僕」を父の入院する病院へ連れて行ったからに他ならず、緑には「僕」を騙そうという意図は少しも見られない。むしろ緑は、現実からまったくかけ離れた罪のない「幻想シーン」を語ることによって、身動きならない現状をほんのつかの間でも忘れ、現実の束縛から解放されることを夢想しているのである。

しかし、懸命に学業と父の介護の両立に努める緑の語る虚構は、一概に現実逃避とは言い切れない。それは、自己を支えるための虚構と言えるのではないだろうか。緑は、虚構を紡ぐことによって一時辛い現実から身を離し、そうすることによって、もう一度勇気を持って現実に立ち返ろうとしている。そこには、脳腫瘍による両親の相次ぐ死という現実に直面しながら、なんとかその局面を「生き延び」ようとする緑の一貫した姿勢が窺える。つまり、緑の虚構を語る言葉は、永沢が「自己システム」を論理で防御するために道具化する言葉や、レイコが「病的な嘘つき」と呼ぶレズビアンの少女が自己を合理化するために駆使する言葉とは異なり、あるがままの現実に即して生きるための、ささやかな虚構を紡ぐ言葉なのである。

こうした緑の現実に即した生き方は、小林緑という漢字表記の姓名（フル・ネーム）に表象されている。緑以外の登場人物（ワタナベ・トオル、直子、キズキ、「突撃隊」、永沢、ハツミ、レイコ＝石田玲子、伊東）は、レイコ以外、一人も漢字表記の姓名（フル・ネーム）を与えられていない。その中で、小林緑だけが当初から漢字表記の姓名（フル・ネーム）を与えられているのは、彼女の、現実に生きる姿勢を示唆しているのではないだろうか。因みに、レイコは、三月三十一日付けの、直子の病状悪化を知らせる手紙以降、石田玲子という漢字表記の姓名（フル・ネーム）を得て、「非現実」の阿美寮から、現実世界へ帰還を遂げる予告をしている。一方、「僕」は、ワタナベ・トオルという片仮名表記の姓名しか持たないままで終っている。ここに、ラスト・シーンで、旭川に向かう石田玲子と別れたばかりの、未だ現実に生きる方途を持たない「僕」に向かって、小林緑が「あなた、今どこにいるの？」

と問う所以が見出せるのである。

6　「僕」の言葉としての『ノルウェイの森』

作者は『ノルウェイの森』を「成長小説」と呼んでいるが、それを裏付けるように、作中の「僕」は、トーマス・マンの『魔の山』を阿美寮訪問の直前から読み始め、阿美寮にも本を持参して読み続けている。[*22] また、小林書店に泊まった晩、「僕」は緑が眠ってしまった後に、ヘルマン・ヘッセの『車輪の下』の文庫本を書店の書棚から抜き取り、「台所のテーブルに向かって」朝までに読了している。[*23]『魔の山』と『車輪の下』は、言うまでもなくドイツ教養小説の代表作であるが、この二作品を『ノルウェイの森』作中で「僕」に読ませた作者の意図は、当然、『ノルウェイの森』を成長小説と意味づけることにあったと言えるだろう。それは、『ノルウェイの森』が、ボーイング747が『魔の山』の主人公ハンス・カストルプの故郷であるハンブルクに着陸する場面から始まっていることや、京都北山山中の阿美寮が『魔の山』のサナトリウム「ベルクホーフ」の開放病棟に擬えられていることなどにも示唆されている。

しかし、何と言っても『ノルウェイの森』が「成長小説」だと言える所以は、直子に会いに阿美寮に赴きながら直子を喪い、その形代としてレイコを現実世界へ迎え取ったこと、それによって、「僕」がレイコから現実世界への「回復」を遂げ得た体験を目の当たりに学んだことであろう。レイコは、凄惨な病状を命がけで「生き延び」、「非現実」の阿美寮から現実世界に帰還を遂げた。それは、レイコが生死の境界に迫る病歴を語る言葉を獲得したことによって、ようやく成し遂げられた「回復」であった。

R・D・レインは、友人のジェシー・ワトキンズが体験した「十日ほど続く『精神病的エピソード』」に触れ、「私たちは理解できないのでしょうか、この旅とは私たちが治療を受けるべきものではなくて、それ自体が、正常と呼ばれているところの恐るべき私たちの疎外状態をいやす自然の方法であることを」と述べている。[*24] また、ジョーゼフ・キャンベルは、こうした見解を最も早く提唱したのは一九〇二年のカール・ユングの論文『いわゆるオカルト現象の心理学及び病理学のために』であるとした上で、「神話の英雄、シャーマン、神秘主義者、精神分裂病患者の内面世界は原則的には同じもので、帰還もしくは症状の緩和が起こると、そうした旅は再生——自我が『二度目の誕生』を迎え」「新たな自我は、自然や社会といったすべてのものと波長が合い、調和して安らぎを感じ」「旅から帰った人々」は、「人生が以前より豊かで強く楽しいものとな」ったと語ったと記録している。[*25]

R・D・レインやジョーゼフ・キャンベルの見解は、たしかに精神病を克服したレイコの到達した境地をよく説明していると言えるだろう。しかし、直子の死を経験した「僕」が到達したのは、「我々はその哀しみを哀しみ抜いて、そこから何かを学びとることしかできないし、そしてその学びとった何かも次にやってくる予期せぬ哀しみに対しては何の役にも立たないのだ」という心境であった。それは「我々は生きていたし、生きつづけることを考えなくてはならなかったのだ」という生への信念に支えられた言葉である。『ノルウェイの森』がレイコの物語ではなく、「僕」の「成長小説」である所以は、石田玲子が重篤な精神的彷徨の後に到達した境地に学んだワタナベ・トオルが『ノルウェイの森』を執筆するまでの十八年間、自分自身の言葉を獲得するまでの成熟の中にこそ見出せるのではないだろうか。

第五章

物語る力

『ノルウェイの森』『蜂蜜パイ』

1　自己完結する三角関係の物語

本章では、村上春樹の『ノルウェイの森』（一九八七）と『蜂蜜パイ』（二〇〇〇）を取り上げ、作者の「物語」に対する姿勢が阪神・淡路大震災と地下鉄サリン事件の起きた一九九五年を挟んでいかなる変化を遂げているか、比較・考察を試みてみたい。

長編小説『ノルウェイの森』と短編小説『蜂蜜パイ』を比較・考察する理由は、村上作品のうち、ホモソーシャルの三角関係という人物設定のなされているのがこの二編に限られていながら、双方の結末がまったく対照的な方向性を示している点に、作者の「物語」に対する意識の変化が鮮やかに現われていると考えられるからである。また、『蜂蜜パイ』は、阪神・淡路大震災を共通テーマとする短編集『神の子どもたちはみな踊る』[*1]において唯一の書き下ろし作品として掉尾を飾っており、短編とは言え相応の重要性を持つ作品であることもここに言い添えておきたい。

『ノルウェイの森』は、「どこでもない場所のまん中から緑を呼びつづけていた」という一文でふと途切れるように終わり、読者を小説の冒頭に連れ戻してゆく。第一頁に戻った読者は、ハンブルクに着陸するボーイング747の中で、「ビートルズの『ノルウェーの森』」を耳にして「目まい」に襲われる三十七歳の「僕」の身辺には、もはや緑の気配が感じられないこと、直子を思い出して「いつものように」「混乱」する「僕」の心がこの十八年間「どこでもない場所」を彷徨しつづけていたことに気づかされる。

時差を超えて運行する航空機の離着陸は、旅客に異なる時空間を強く意識させる。ハンブルクに着陸するボーイング747の中で、目まいに見舞われ錯綜した空間感覚の中に放り出された「僕」は、一挙に過去の記憶が蘇り、「記憶」の中の「草原の風景」が「起きて理解しろ」と「僕の頭のある部分を執拗に蹴りつづけ」る音を聴く。このとき、「いつもとは比べものにならないくらい」「混乱」した「僕」が『ノルウェイの森』という回想記を書こうと考えたのは、「私のことを覚えていてほしい」と望んだ直子との約束を守るためであったが、「何ごとによらず文章にしてみないことには物事をうまく理解できないというタイプの人間」である「僕」は、直子の記憶を辿り手記を綴ることで、直子の死後自己の辿った道筋を確認することになる。

記憶は、時の経過とともに変容を遂げる。日々反芻されながらある部分は削除され、新しいイメージが付け加えられ、更新を重ねてゆく。「僕」は、直子に関する記憶が次第に薄れてゆくことを恐れ、それが直子に対する不誠実であるかのように感じ焦燥感を抱いているが、直子の記憶も他の記憶と同じく「僕」とともに生きて変化を遂げ、〈「僕」の記憶〉として日々更新されてゆく。こうして、十八年間編集されつづけてきた直子の記憶は、『ノルウェイの森』という手記として書き綴られて「僕」のための「物語」となったのである。

『ノルウェイの森』が結末から冒頭に還流する自己完結的な構成を持つのは、「僕」が自身のために書き綴った「物語」であることに由来している。ラスト・シーンで「どこでもない場所のまん中」に立ち尽していた二十一歳の「僕」が、冒頭に戻れば三十七歳の「僕」の「物語」の一場面として回収されてしまうのは、「どこでもない場所」が他ならぬ「僕」の自我だからである。ラスト・シーンから十八年間、「僕」は自我に閉じこもったまま直子の記憶を紡ぎつづけ「僕」自身の「物語」を生きてきた。こういう意味で、『ノルウェイの森』は、「僕」の自我が認識するものしか存在し得ない世界だと言えよう。それは、自我の外部たる現実が排除され、他者との対立・葛藤の描かれない、奇妙に予定調和的な世界である。

さて、村上春樹は、『ノルウェイの森』には三組の三角関係を設定したと述べている。[*3]

本当に三角と呼べるのは「僕」と直子とキズキくんという三人ね。それから「僕」と直子とレイコさんの三人。それから「僕」とハツミさんと永沢くん、あの三人。これは三角関係です。三人で一体になって話が進んでいくから。でも「僕」と緑、「僕」と直子というのは平行してる。

（「村上春樹大インタビュー『ノルウェイの森』の秘密」『文芸春秋』一九八九年四月号）

本論ではこれ以降、村上の挙げた順番に従って「「僕」と直子とキズキくんという三人」を第一組、「「僕」と直子とレイコさんの三人」を第二組、「「僕」とハツミさんと永沢くん」を第三組と呼ぶこととする。言うまでもなく『ノルウェイの森』のストーリーの核を成す三角関係は第一組である。キズキの死後、後に遺された直子と「僕」は、直子が阿美寮に入ったことを契機としてレイコさんを組み込み、第二組を形成する。それと並行して、同じ学生寮に住む永沢くんと交際を深めながら第三組を形成し、「僕」はそれぞれの三角関係の中で成長の契機を与えられる。キズキの死後、自壊した第一組から「僕」が新たに第二組、第三組の三角関係に組み込まれ、そこから切り離されてゆく経緯が村上の言う「成長小説[*4]」としての『ノルウェイの森』のストーリーの主軸である。

このインタビューで村上は、「「僕」と緑、「僕」と直子」は「平行」しており、「僕」と直子と緑の三人が「三角関係」でないのは、「三人で一体になって話が進んでいく」「三角関係」にないからだと説明しているが、このとらえ方は石原千秋の指摘するホモソーシャルの視点[*5]と一致している。すなわち、村上の挙げた三組の三角関係は、どの組も同性の二人が一人の異性を挟んで競い合う形をとることで互いの絆を深める関係にあることから、ホモソーシャルの概念[*6]に合致している。一方、「僕」と直子と緑の三人では、「僕」を挟んで直子と緑が競い合い、それによって絆を深め合う人間関係とは認められず、ホモソーシャルの三角関係には該当しないことになる。

こうした視点から見れば、石原が「村上春樹文学はホモソーシャル小説だ[*7]」と主張するとおり、『ノルウェイの森』もその枠組みで」読むことができる[*8]。たしかに、親友同士のキズキと「僕」は、生死を超えて直子をやりとりし、そうすることで対立するのではなく、むしろ絆を深めている。石原は、自殺したキズキから譲られた直子を「僕」がキズキのもとに送り返すべく「自殺させること」が「僕」の「唯一の仕事」であり「責任」であるとまで述べている[*9]。実際、直子と「僕」の間には、終始一貫キズキが存在し続けている。キズキが介在しなければ、この二人には出会う可能性もなかったし、キズキは死んだ後も「僕」と直子を結びつけようとしながら結局は二人の間を引き裂く暗然たる力を発揮しているように見える。

キズキの死後、「僕」と直子が結ばれなかったのは、第一章の末尾に「何故なら直子は僕のことを愛してさえいなかったからだ」と明記されているように、男二人のホモソーシャルな競い合いの狭間に置かれた直子が、キズキの代替として「僕」を選ぶことを潔しとしなかったからである。直子は手を差し伸べる「僕」に頼る生き方を選ばず、キズキを失った寂寥と孤独に耐え、自らの病状を冷静に見つめていた。そうした直子の透徹した心境は、第一章で「僕」と草原を歩く場面に、直子としては珍しく激しい口調で表現されている。

「肩の力を抜けば体が軽くなることくらい私にも分かっているわよ。そんなこと言ってもらったって何の役にも立たないのよ。（中略）一度力を抜いたらもうもとには戻れないのよ。私はバラバラになって——どこかに吹きとばされてしまうのよ。どうしてそれがわからないの？　それがわからないで、どうして私の面倒をみるなんて言うことができるの？」

僕は黙っていた。

「私はあなたが考えているよりずっと深く混乱しているのよ。暗くて、冷たくて、混乱していて……ねえ、どうしてあなたあのとき私と寝たりしたのよ？どうして私を放っておいてくれなかったのよ？」

（『村上春樹全作品1979〜1989⑥』講談社　一九九一年三月　一五頁）

直子は二十歳の誕生日の晩に「僕」とセックスした直後、下宿を引き払って実家に帰り、阿美寮に入っている。このことは、「僕」とのセックスが彼女の病を進行させる契機となったことを明らかにしている。その後、阿美寮を訊ねた「僕」に、直子は「あの二十歳の誕生日の夕方」「最初から」

「僕」に「抱かれたいと思っ」ていたと語り、同時に、キズキとはセックスが不可能だったことを打ち明ける。「本当に愛してた」キズキとできなかったセックスが「愛していたわけでもない」「僕」となぜか可能だったことに、直子は戸惑い、深く傷ついてしまう。しかし「僕」とのセックスが可能であったことで直子が深く傷ついてしまうのなら、直子と「僕」の恋愛は、始めから不可能だったと言うほかないだろう。結果論ではあるが、石原の言うように、キズキは「僕」に直子を「誤配」[*10]して逝ったことになるのである。

一方、直子は、キズキや「僕」と形成した「小さな輪みたいなもの」が他者と向き合う成長の辛さから逃れる方便であることに当初から気付いており、その「小さな輪」が「永遠に維持されるわけはない」ことを自覚していた。直子は、キズキと二人だけの世界も、他者とのつながりを媒介するリンクとしての「僕」を加えた三人の世界も、早晩自壊するものと知っていたのである。そして、キズキと「僕」のホモソーシャルな競い合いの狭間に置かれた直子は、キズキから「僕」へ受け渡されることを毅然として拒絶した。直子は、成熟を拒む弱さから十七歳で自死したキズキをその死後も愛し続け、「僕」に好意は寄せても愛情を抱くことはなかったのである。

直子の死後、「僕」がキズキに向って呟く次の言葉は、直子をキズキのもとに送り還すことを通じて、「僕」とキズキとの絆が一層深まったことを吐露している。しかし、ここに、直子に愛されないまでも、「僕」が直子を深く理解し得たという感慨は見出せない。

おいキズキ、お前はとうとう直子を手に入れたんだな、と僕は思った。まあ良いさ、彼女はもともとお前のものだったんだ。結局そこが彼女の行くべき場所だったのだろう、たぶん。でもこの世界で、この不完全な生者の世界で、俺は直子に対して俺なりのベストを尽くしたんだよ。そして俺は直子と二人でなんとか新しい生き方をうちたてようと努力したんだよ。でもいいよ、キズキ。直子はお前にやるよ。直子はお前の方を選んだんだものな。

（『村上春樹全作品1979～1989⑥』講談社 一九九一年三月 三九四頁）

キズキの死後「僕」の中に生まれた直子への思いは、終始キズキに介在されていた。互いの中にキズキの記憶を見ることでしか、キズキの死にも、自らの生にも耐えられなかった「僕」と直子は、死んだキズキに心を寄せるためにお互いを必要としていたからである。

そのため、第一組の中でただ一人生き残った「僕」は、終始受動的な立場に立たされる。「僕」は、キズキの生前は、キズキと直子二人のための他者とのリンクという役割を与えられ、キズキの死後は、直子を自分の恋人にできず、キズキのもとへ送り還す役目を果たさねばならない。「僕」は、第二組、第三組においても、直子とレイコ、永沢さんとハツミさんの間に介在するリンクとして受動的な立場に置かれる。そして、第二組では、直子を喪った後、旭川に向うレイコさんと上野駅で別れ、第三組では、永沢さんと別れた数年後に、ハツミさんの自殺を知らされるのである。

こうして一人になった「僕」に残された課題は、**「死は生の対極としてではなく、その一部として存在している」**という言葉を実体化すべく生きてゆくこと、すなわち、自らの生のうちに死を受容し切ることであった。それはキズキの死と、「僕」がキズキに委ねられながら受け止め切れなかった直子の牛と死の重さを担い続けることを意味している。ラスト・シーンで、「三人で一体になって話が進んでいく」三角関係の足場が一つもない場所に取り残された「僕」は、たった一人、「どこでもない場所のまん中」に佇立し、改めて自らの生の重みを問い始めねばならないのである。

2　一九九五年

一月十七日に阪神・淡路大震災、三月二十日にはオウム真理教教団による地下鉄サリン事件に見舞われた一九九五年という年は、村上春樹の文学に大きな衝撃と転換の契機を与えた。両事件には、自然災害と無差別テロという違いはあるものの、村上は『アンダーグラウンド』のあとがき「目じるしのない悪夢」で、「震災とサリン事件」は、「私たちの内部から――文字どおり足元の下の暗黒＝地下（アンダーグラウンド）から――『悪夢』というかたちをとってどっと吹き出し、同時にまた、私たちの社会システムが内奥に包含していた矛盾と弱点とを恐ろしいほど明確に浮き彫りにした」[*11]と述べた。『物語』を職業的に語る」「小説家」と自認する[*12]村上は、人々が日常意識しない「アンダーグラウンド」において暴発した両事件が一瞬のうちに人々の生活を徹底的に破壊した現実に衝撃を受け、「我々が平常時に〈共有イメージ〉として所有していた（あるいは所有していたと思っていた）想像力＝物語は、それらの降って湧いた凶暴な暴力性に有効に拮抗しうる価値観を提出することができなかった」[*13]と述べて、両事件が自身の「物語」のあり方を問い直す所以となったことを示唆している。

また、河合隼雄との対談「『アンダーグラウンド』をめぐって」[*14]の中では、「冷戦体制が崩壊してもう右も左もない」「状況が現出したまさにそのときに関西の大震災とこのオウム事件が勃発した」ことに、「ストーリー性」が読み取れると述べている。[*15]村上は、大震災と地下鉄サリン事件という、無辜の人々に突然襲いかかった圧倒的暴力に接し、小説家として自らの紡ぐ「物語」が現実に生きる人々との関係においていかなる意味を持ちうるか、認識を新たにすることを余儀なくされたのである。

一九九二年から『新潮』に掲載を開始した『ねじまき鳥クロニクル』は、主人公・岡田亮の無意識から集合的無意識の深奥まで、内界に潜在する悪をどこまでも掘り進めていった「物語」であるが、村上は『ねじまき鳥クロニクル』第3部を発表した一九九五年に、この二大事件に遭遇した。両事件において、巨悪の暴発とその渦に巻き込まれた無力な人間の姿を目の当たりにした村上は、地下鉄サリン事件の被害者と加害者側の人々から直接話を聞き、『アンダーグラウンド』と『約束された場所で underground 2』を上梓した。村上は、一人一人のインタビュイーと面会する聞き書きという仕事を通じて、底知れぬ悪を裡に含み持つ人間にとって、魂を癒す救済の「物語」がいかに重要であるかということを痛感し、両事件に深く傷ついた人々への共感から、自身の紡ぐ「物語」が人々の生を支え充実へ導く力となるべきことを認識した。村上は、『アンダーグラウンド』のあとがき「目じるしのない悪夢」で、人々の生を支える「物語」の機能について次のように述べている。

そう、あなたが自我を失えば、そこであなたは自分という一貫した物語をも喪失してしまう。しかし人は、物語なしに長く生きていくことはできない。物語というものは、あなたがあなたを取り囲み限定する論理的制度（あるいは制度的論理）を超越し、他者と共時体験をおこなうための重要な秘密の鍵であり、安全弁なのだから。

物語とはもちろん「お話」である。「お話」は論理でも倫理でも哲学でもない。それはあなたが見続ける夢である。あなたはあるいは気がついていないかもしれない。でもあなたは息をするのと同じように、間断なくその「お話」の夢を見ているのだ。（中略）私たちは多かれ少なかれこうした重層的な物語性を持つことによって、この世界で個であることの孤独を癒しているのである。

（『村上春樹全作品1990〜2000⑥』講談社　二〇〇三年九月　六五〇頁〜六五一頁）

こうして、一九九五年の大震災と地下鉄サリン事件という二つの悲劇は、皮肉なことに、村上春樹に「物語」の力に対する信念を新たにする機縁をもたらした。村上は、大震災を共通テーマとする短編集『神の子どもたちはみな踊る』の第五作『かえるくん、東京を救う』と第六作『蜂蜜パイ』の二編において、子供向けの童話とも見える「お話」を展開しながら、人々の生を支え「他者と共時体験をおこなうための重要な秘密の鍵」としての「物語」のあり方を示したのである。

3　ホモソーシャルな絆の行方

『蜂蜜パイ』は、登場人物のホモソーシャルの三角関係の設定が『ノルウェイの森』の第一組に酷似している。『ノルウェイの森』の「僕」がキズキと直子のリンクであったのと同様、淳平も、高槻と小夜子の間で「常に受動の立場に立たされて」いる。しかしその結末は、『ノルウェイの森』とはまったく対照的な方向性を示している。ホモソーシャルの三角関係という視点から見ると、『ノルウェイの森』は、「僕」がキズキから委ねられた直子を受け取り損ねて再びキズキに送り還した「物語」であるのに対し、『蜂蜜パイ』は、淳平が高槻から譲られた小夜子を娘の沙羅とともに受け取る決意をする「物語」なのである。

『蜂蜜パイ』においては、淳平が4歳の沙羅を寝かしつけるために語る「お話」が、御伽噺の域を超えて人々の生を支える「物語」として機能するモチーフとされている。淳平は「神戸の地震」の後、「地震男」の夢にうなされ、毎晩「夜中に目を覚ますようになった」沙羅を寝付かせるために即興の「お話」を聞かせるようになる。それは、乱暴者だが鮭を捕るのが上手い「とんきち」と、人間の言葉の分かる「蜂蜜とりの名人」「まさきち」が、鮭と蜂蜜を交換するうちに親友になるという、二頭の熊の「お話」である。

「地震」が起きたとき、36歳の小説家である淳平は、長編小説に挑戦して果たせず「生まれながらの短篇作家」という限界に直面すると同時に、小夜子と離婚した大学時代からの親友・高槻が「もともとは、俺よりはお前に惹かれていた」と言って小夜子との結婚を勧める「あまりにも絶好すぎる」状況に躊躇していた。

仕事と恋愛の両面で迷いを感じていた淳平にとって、「神戸の地震」は、「内奥《ないおう》に隠されていた傷あとを生々しく露呈させ」る、「遥《はる》か昔に葬《ほうむ》り去った過去からの響き」となる。両親の離婚によって、淳平同様「生活の様相を静かに、しかし足もとから変化させ」られてしまった沙羅が、生々しい「地震」報道の映像に触れたことをきっかけに、言葉にならない不安を悪夢の「地震のおじさん」に現象化させたように、父親との深刻な確執を長年放置してきたため「地震」の直後さえ実家に連絡を取れなくなっている「兵庫県の西宮市」出身の淳平も、「巨大で致死的な」「地震」に心の深層を揺さぶられ、自分が「どこにも結びついていない」という「深い孤絶」感に襲われる。こうした心理を反映してか、淳平は当初、鮭が突然川から消えたために鮭を捕れなくなった「とんきち」が、「まさきち」の好意に甘えて蜂蜜をもらうことに耐えられず、山を下りて猟師に捕らえられ、動物園に送られるという悲観的な結末を沙羅に語ってしまう。しかし、それを聞いた小夜子は、「みんなが幸福に暮らしましたというような」結末に語り直してほしいと淳平に求めたのである。

小夜子は、淳平を選ぶ意志を巧みに表現する機智を身に着けた聡明な女性である。小夜子は淳平に「お話」の語り直しを求めた後、沙羅にせがまれて「ブラはずし」をする。高槻と離婚した小夜子と結婚すること——小夜子を「取り引きか何かみたいにやりとり」すること——に「ディセンシーの問題」を感じ逡巡していた「僕」は、高槻に「ズボンをはいたままパンツを脱ごうとしているよう」だと揶揄される。しかし、小夜子は淳平の前で、とっさに「ずるを」して「25秒」という「ブラはずし」の『新記録』で、「服を着たままブラをはず」して見せ、(高槻に「ズボンをはいたままパンツを脱ごうとして」いるようだと言われた)淳平の気持を一瞬のうちに解きほぐしてしまう。

こうした小夜子の機転には、潑剌とした生への意志が溢れている。小夜子は高槻と結ばれた19歳のとき、「何かをわかっているということと、それを目に見える形に変えていけるということは、また別の話なのよね」と言って、自分に愛を告白しない淳平と、積極的な高槻の違いを示唆していた。また「ブラはずし」のあとにも、小夜子は、「ベッドに移っ」て「私たちは最初からこうなるべきだったのよ」、「でもあなただけが」「何もわかっていなかった」と淳平に言う。こうして「ごく自然に」小夜子と抱き合い、長年堰き止めてきた小夜子への思いをようやく実らせた淳平は、その晩も「地震のおじさん」に脅えて目を覚ました沙羅と小夜子を護るために、「夜が明けて小夜子が目を覚ましたら、すぐに結婚を申し込もう」と決意し、「二人の女を護《まも》」るために「寝ずの番に」つきながら「お話」の語り直しを考え始める。

沙羅はきっとその新しい結末を喜ぶだろう。おそらくは小夜子も。
これまでとは違う小説を書こう、と淳平は思う。夜が明けてあたりが明るくなり、その光の中で愛する人々をしっかりと抱きしめることを、誰かが夢見て待ちわびているような、そんな小説を。でも今はとりあえずここにいて、二人の女を護《まも》らなくてはならない。相手が誰であろうと、わけのわからない箱に入れさせたりはしない。たとえ空が落ちてきても、大地が音を立てて裂けても。
(『村上春樹全作品1990～2000③』講談社 二〇〇三年三月 二五五頁)

淳平は沙羅の名付け親であり、職業作家でもある。高槻には、「お前以外の誰にも、沙羅の父親になってほしくない」と言われている。つまり、淳平は高槻に代わって沙羅の父親となり、「お話」を語り直すことで沙羅を取り巻く世界を組み替える言葉の力を持つ唯一の存在である。小夜子の「みんな」という言葉に高槻・小夜子・沙羅・淳平の四人という含意を読み取った淳平は、「とんきち」が「まさきち」の蜂蜜を使って蜂蜜パイを焼いて人々に売るというアイデアから、二頭の熊の友情を回復させる結末を思いつく。この結末は、淳平が小夜子と結婚して沙羅の父親になること、淳平と小夜子が結婚した後も高槻との友情を維持すること、そして淳平が沙羅の父親となることで自身の父との確執を緩和することをも示唆する結末である。こうして、「沙羅に聞かせるお話」の語り直しは、両親の離婚に傷ついて毎夜「地震男」の夢に脅える沙羅を回復に導くと同時に、現実にあふれ出し、沙羅と生きる三人の大人――高槻・小夜子・淳平――の生を充実に導く力を発揮し始める。

『ノルウェイの森』のラスト・シーンは、直子を喪った「僕」が内向的・自閉的な世界に向かうことを示唆して終っていたが、『蜂蜜パイ』のラスト・シーンには、小夜子との結婚を決意した淳平が、作家としても新たな作品を目指す姿が示されている。[*16] この姿勢は、淳平において、結婚と作家としての生き方が現実の地平で重ね合わせられたことを示している。淳平の決意には、『ノルウェイの森』の「僕」が閉じこもった自我の殻を破り、外部たる現実へ向おうとする生き方が明らかに示されている。『ノルウェイの森』のホモソーシャルな三角関係が「僕」を孤独のうちに置き去りにし「僕」から現実に生きる可能性を奪ったのに対し、『蜂蜜パイ』では、淳平がホモソーシャルな三角関係の中で小夜子を取り戻し、それによって現実と相渉る「物語」の力を掌中にしたのである。

「神戸の地震」に衝撃を受け作家としての生き方を新たにする淳平には、やはり神戸市近郊で少年期を過ごした村上春樹の意識の反映が窺える。作家として新たな決意を固める淳平は、自身と読者のために「物語」を紡ぐことで現実社会とのつながりを深めようとする村上の作家としての決意に通じていると言えようし、沙羅のための「お話」が人々を生かす「物語」として家族や社会に向かって溢れ出す点には、作者の「物語」に対する信頼が明確に示されていることが感じられるのである。

第六章

分裂をつなぐ物語

『ダンス・ダンス・ダンス』

1　八〇年代「高度資本主義社会」に内向する分裂

『ダンス・ダンス・ダンス』（一九八八）は、一九八三年二月から夏へ向かう約三ヶ月間を舞台に、「高度資本主義社会」という環境に置かれた「僕」が、失踪した耳のガール・フレンド（キキ）の探索を通じて、『羊をめぐる冒険』に引き続き「現実性の回復をとおしての自己の回復」を目指す「物語」である。

村上春樹は、『村上春樹全作品1979〜1989⑦』別冊子「自作を語る」（一九九一）に、「『ダンス・ダンス』は、『風の歌を聴け』と『１９７３年のピンボール』と『羊をめぐる冒険』という三部作の延長線上にあるものである。というよりも、もう少しはっきり限定して言えば『羊をめぐる冒険』の続編と言ったほうがいいかもしれない」[*1]と書いて、『羊をめぐる冒険』から『ダンス・ダンス・ダンス』への繋がりを強調した。また、『DAYSJAPAN』のインタビュー（一九八九）では、『羊をめぐる冒険』に続編が必要だった理由を、『羊をめぐる冒険』のラスト・シーンで「僕」を「ああいうひどい場所におきざりにしたことに」「責任を感じ」、そこから「僕」を救い出したかったからであり、「僕」が「80年代をどう生きていったかということ」を知りたかったからであると述べている。

「僕」という主人公は60年代に十代を送っているわけですね。そしてその時代から価値観を獲得している。70年代には彼はその価値観を流用してやっていけてるわけです。それは異質であるにせよ、一応近接した時代だから汎用できるわけです。ところが80年代にはその汎用が事実上不可能になっている。つまりね、60年代的価値観を支えてきた基盤というものが完全に消滅しちゃっているわけです。ネガティブがポジティブを内包し、ポジティブがネガティブを内包している。

(中略)

そういう社会では信念というものはないね。たぶん確信というものもない。それがいいことか悪いことかというのは誰にも分からない。いいことと悪いことという観念すらない。いいことが悪いことに保険をかけ、悪いことがいいことに保険をかけている。要するにそういう社会なんです。そこで「僕」がどう生きていくか、それを僕は描いてみたかった。

(「DAYS ロングインタビュー なぜ、『僕』の時代なのか」『DAYSJAPAN』一九八九年三月号)

このインタビューによれば、『ダンス・ダンス・ダンス』が『羊をめぐる冒険』の続編として書かれた所以は、「鼠」から受け継いだ個としてのモラル――「十代を送っ」た「60年代に」獲得した価値観――を身に着けた「僕」が「60年代的価値観を支えてきた基盤」が「完全に消滅し」た八〇年代をどう「生き延び」るかという問いにあると分かる。『ダンス・ダンス・ダンス』には、「60年代的価値観」を手放すことを潔しとしない「僕」が八〇年代「高度資本主義社会」のただ中で深刻な自己分裂に見舞われる姿、イメージの世界に生きる五反田君やメイが現実を見失って命を落とし、キキが五反田君の自己分裂の犠牲となるドラマが描かれている。ここには、『羊をめぐる冒険』同様、時代の実相を個の側に立って捉えようとする作家の視点がある。個の内界を深めることにより、世界を覆いつくす「高度資本主義社会」という現実を受け止めながら、個として「生き延び」る道を探り、現実社会をかくのごとく現象させるシステムの実体なき実体を描き出そうという作者の姿勢が窺えるのである。

『羊をめぐる冒険』で、「羊」あるいは「黒服の男」として形象化されていたシステムは、『ダンス・ダンス・ダンス』においては、一個人による対象化が不可能なほどに巨大化し、あらゆる空間に浸透している。「僕」の知らないうちに、貧相な「いるかホテル」が一大コングロマリットに買収されて「ないものがな」い最新鋭の「ハイテク・ホテル」に驚異的変貌を遂げてしまったように、時代は変わり、「高度資本主義」が人々の生活の実体を隅々まで支配する社会に変貌を遂げている。政治的権力と結びついた巨大な資本の力があらゆる価値観を拡散させる八〇年代に放り出された「僕」は、「羊をめぐる冒険」を終えた半年後に、もう一度「社会復帰」への努力を始めるが、「文化的雪かき仕事」に真面目に取り組む「僕」の「まともさ」や「誠実さ」――「僕」の身に着けている「60年代的価値観」――は、誰にも認められない。

一片の野心もなければ、一片の希望もなかった。来るものを片っ端からどんどんシステマティックに片付けていくだけのことだ。正直に言ってこれは人生の無駄遣いじゃないかと思うこともないではなかった。でもパルプとインクがこれだけ無駄遣いされているのだから、僕の人生が無駄遣いされたとしても文句を言える筋合いではないだろう、と言うのが僕の到達した結論だった。

我々は高度資本主義社会に生きているのだ。そこでは無駄遣いが最大の美徳なのだ。政治家はそれを内需の洗練化と呼ぶ。ぼくはそれを無意味な無駄遣いと呼ぶ。考え方の違いだ。でもたとえ考え方に相違があるにせよ、それがとにかく我々の生きている社会なのだ。それが気にいらなければ、バングラデシュかスーダンに行くしかない。

僕はとくにバングラデシュにもスーダンにも興味が持てなかった。

だから黙々と仕事を続けた。

（『村上春樹全作品1979～1989⑦』講談社　一九九一年五月　三三頁）

ここに描かれているのは、もはや単なる現実喪失でも疎外感でもない。「僕」の中には、今にも暴発しかねない現実憎悪が生じている。それは、つまらない穴埋め仕事にも「丁寧」に「真面目に」取り組む自分自身が、否応なしに「高度資本主義社会」のシステムの末端に取り込まれ、「僕の人生」そのものが「無駄遣いされ」てゆく、そうした状況になす術のない苛立ちである。現実から距離を取り、シニカルな姿勢を保とうとしながら果たせず、日々「消耗」を深めてゆく「僕」は、自分を「現実でありながら現実でない人生」へ追い詰めてゆく「高度資本主義社会」に対する抑えがたい感情を、「それが気にいらなければ、バングラデシュかスーダンに行くしかない」という暴言にして吐き出している。しかし、バングラデシュやスーダンを故なく貶めたこの暴言は、相手構わず投げつけた石が戻ってきて自らを撃つように、「僕」の自己分裂を一層深め、どこにも逃げ場のない時代の閉塞状況を思い知らされる結果を招いている。

当時はそうは思わなかったけれど、一九六九年にはまだ世界は単純だった。機動隊員に石を投げるという だけのことで、ある場合には人は自己表明を果たすことができた。それなりに良い時代だった。ソフィストケートされた哲学のもとで、いったい誰が警官に石を投げられるだろう？いったい誰が進んで催涙ガスを浴びるだろう？　それが現在なのだ。隅から隅まで網が張られている。網の外にはまた別の網がある。何処にも行けない。石を投げれば、それはワープして自分のところに戻ってくる。本当にそうなのだ。

（『村上春樹全作品1979〜1989⑦』講談社　一九九一年五月　九二頁）

『ダンス・ダンス・ダンス』の「僕」が経験する自己分裂は、「僕」が身に着けている六〇年代以来の価値観が「高度資本主義社会」のシステムに対峙する術もなく空無化されてしまう状況から発生している。「僕」は、ユミヨシさんに、妻が出て行ったとき、自分が「どういうふうに傷つ」いたか説明しようとして、自分の「傷」は、これと言って「見せることのでき」ない「傷」なのだと言う。「僕」は、現実との齟齬が齟齬として、喪失が喪失として実感され得ないほど自分が現実から疎外されており、そうした状態に「馴れつつある」ために、自己分裂の「傷」はますます内向せざるを得ないのだと説明する。

「僕が言いたいのは」と僕は言った。「そういうのって慢性化するってことなんだ。日常に飲み込まれて、どれが傷なのかわからなくなっちゃうんだ。でもそれはそこにある。傷というのはそういうものなんだ。これといって取り出して見せることのできるものじゃないし、見せることのできるものは、そんなの大した傷じゃない」

（『村上春樹全作品1979〜1989⑦』講談社 一九九一年五月 八四頁）

「まっとうな」暮らしへの思いと、現実憎悪との間で宙吊りにされた「僕」が唯一取れる手段は、「僕」流の辛辣な皮肉と軽口で、「高度資本主義社会」の現実を皮肉り、笑い飛ばすことである。『ダンス・ダンス・ダンス』は、リズム感溢れる文体と言葉遊びの魅力に溢れている。現実との摩擦を避け、適当な距離を取るためのこうした軽妙洒脱な言葉遣いには、たしかに松本健一が「都市小説」と呼んだ[*2]魅力の一端を見出すことができる。しかし、「僕」の饒舌とウィット溢れる会話の背後には、「僕」のやり場のない思いが渦巻いている。軽佻浮薄と紙一重の「僕」の過剰な言葉の裏には、八〇年代の世相を象徴した「軽薄短小」とは裏腹の苦さが貼り付いている。ユキに「言葉にならないものを大事にすればいいんだ」と諭した「僕」が、五反田君と「真剣な話」をするために「絶え間なく冗談を」言い合う「必要」があったのは、そうする以外に、「内臓から黒い液がどっぷりと絞り出されて喉もとまで上がってくるような」自己嫌悪と現実憎悪に全身を浸されてしまわない方法がなかったからなのである。

2　内界への誘《いざな》い――「僕」の分裂を「つなぐ」媒介者《メディエーター》たち（1）

『羊をめぐる冒険』では、「僕」が日本近代の歴史的時間に自己と世界の繋がりを感得したことが現実へ帰還する手がかりとなっていたが、『ダンス・ダンス・ダンス』には、「高度資本主義社会」に放り込まれた「僕」を現実に「結びつける」役割を果たす羊男・キキ・ユキ・ユミヨシさんという媒介者《メディエーター》あるいは媒介者《メディエーター》的存在が四人登場する。[*3]『ダンス・ダンス・ダンス』に媒介者《メディエーター》あるいは媒介者《メディエーター》的存在が四人も必要とされるのは、「僕」を自己分裂に陥らせ、五反田君をキキ殺人や自殺に追い詰めたように、「高度資本主義社会」のシステムが人間存在を仮想現実と見誤らせ、生の実相を見失わせているからである。ここには、投下資本の効率的回収を唯一の目的としてあらゆる社会組織が機能化する「高度資本主義社会」において、人間存在が矮小化されればされるほど、内界の負うべき課題がそれだけ深くならざるを得ないという事態が反映している。効率と利潤を追求する現実社会に放り出された「僕」は、「今」「ここ」に手応えのある「まっとうな」生を求めるために、媒介者《メディエーター》に導かれて自己の内界に展開する「物語」を生き始めるのである。

キキや羊男のように「もう一つの世界」に属する媒介者《メディエーター》や、ユキやユミヨシさんのように「もう一つの世界」の存在を感受する媒介者《メディエーター》的存在は、現実世界の外からこちら側を見返す、いわば「他界からのまなざし」[*4]を持っている。キキが五反田君に殺害され、羊男が徴兵を忌避して森に逃げ込んだように、キキと羊男はすでに現実世界を失っている。また、ユキとユミヨシさんは霊媒的感性を持ち、日常生活においてそれが「神経症的」な現れを示すために――ユキは中学校でいじめに遭って不登校となり、ユミヨシさんは「いろんなことで傷つい」て「東京のホテルも辞め」、「今でも時々ふっと死んでしまいたくなる」と語る――「僕」同様、現実からの強い疎外感を抱いている。

しかし、湯浅泰雄は、夢や神経症に「無意識が意識の偏りを補う補償のはたらき」を見ることができ、「無意識は、心身を正しい方向へ向かわせる心的な自然治癒力を蔵している」と述べている。[*5] この言葉に従うなら、ユキとユミヨシさんは、ともに「神経症的」であることによって、「もう一つの世界」（無意識）からのメッセージを感受する（意識の俎上に載せる）霊媒的感性によって「僕」の「心身を正しい方向へ向かわせる心的な自然治癒力」を発揮し得る存在だと言える。

媒介者《メディエーター》は、現実世界から疎外され、あるいはすでに現実世界を失っている存在であるからこそ、死者があの世からこの世を見返すように、異界の側から現実世界の実相を見返す視点を持ち、「僕」が「今」「ここ」に生きて在る存在の重みを鮮やかに照らし出すことができる。それは、羊男が「僕」を現実に繋ぎ、「僕」の生を充実させようと促すこと、ユキが五反田君のキキ殺人を察知して「僕」に現実世界の実相を示唆すること、キキが「死の部屋」を示して「僕」に生の実相を逆照射して見せること、ユミヨシさんが「僕」を現実に結び付ける存在であること等に如実に表現されている。

キキの夢に導かれ、仕事から離れて再び「社会的に全くゼロ」の存在となった「僕」は、媒介者《メディエーター》たちに「もう一つの世界」との境界領域へ誘われ、現実世界を振り返り見る視点を与えられ、自身の生を再発見する契機を手にする。これが「現実性の回復をとおしての自己の回復」を目指す「僕」の、内界へ向かう「物語」となるのである。

日本古典文学にも、他界に赴き、あるいは死生の境界を超えることで主人公が自らの生に新たな意味を見出す「物語」が数多く存在するが、藤村安芸子は、『日本霊異記』に「他界からのまなざし」によって新たな自己を発見する「物語」を認めている。『日本霊異記』の編者・景戒は、「人々に因果の理を知らしめ、人々を善へ赴かせる」ために「因果応報のありさま」を説いたが、その中で「自らの行為の意味を知る方法」の一つとして、「死に直面することや病をうけること」などの「非日常的な出来事」とともに、「他界へ行くという体験」を見出していたと言う。

藤村は、「人は、くり返される日々の暮らしの中では、自らの行為を真に捉えることができない。その捉えがたい私があらわになる場面として、非日常と他界は、ひとしく位置づけられている。『日本霊異記』において他界の存在に現実感を与えていたのは、この私という存在の見通しがたさであった」[*6]と述べて、『日本霊異記』の仏教説話（因果談）[*7]に、他界へ赴くことによって「自己の行為の意味を知」り、現実に生きる自己を再認識する「他界の役割」を認めている。ここには、「現実性の回復をとおしての自己の回復」を目指す『ダンス・ダンス・ダンス』の「僕」が「『社会的に全くゼロ』の存在とな」って内界へ向かう「物語」に通ずる他界観が表明されていると言えるのではないだろうか。

『ダンス・ダンス・ダンス』の四人の媒介者《メディエーター》は、『羊をめぐる冒険』で耳のガール・フレンド（キキ）が突然姿を消し案内人《ガイド》の役割を羊男に引き継いだように、キキから羊男、羊男からユキ、ユキからユミヨシさん、という順番で役割を引き継いでゆく。まずキキは、冒頭で「僕」が繰り返し見る夢を介して、「僕」を「いるかホテル」に導くメッセージを送ってくる。この夢を見た「僕」が目覚める場面から『ダンス・ダンス・ダンス』が始まるのは、「もう一つの世界」(内界)への「冒険」を暗示しているという意味で、非常に印象的である。

目覚めは、睡眠と覚醒、夢と現を画す境界であるが、意識と無意識の境界でもあることから、存在と不在、生と死の境界を示唆しているとも言える。夢の中に現実同様の確かな感覚を覚えた「僕」は、目覚めた瞬間、自分がどちらの世界に属しているのか分からず、荘子の「胡蝶の夢」のように「自分自身に」向かって「ここはどこだ?」と問いかける。それは、目覚めの瞬間、「僕」において夢と現がほぼ等価のものと感覚されているからである。キキは、夢を通じて、現実世界で「今」「ここ」を見失っている「僕」を「いるかホテルという状況」(「僕」自身の内界)に誘い、自己の生に目覚めさせようとする。

よくいるかホテルの夢を見る。

夢の中で僕はそこに含まれている。つまり、ある種の継続的状況として僕はそこに含まれている。夢は明らかにそういう継続性を提示している。夢の中ではいるかホテルの形は歪められている。とても細長いのだ。あまりに細長いので、それはホテルというよりは屋根のついた長い橋みたいに見える。その橋は太古から宇宙の終局まで細長く延びている。そして僕はそこに含まれている。そこでは誰かが涙を流している。僕の為に涙を流しているのだ。

ホテルそのものが僕を含んでいる。僕はその鼓動や温もりをはっきりと感じることができる。僕は、夢の中では、そのホテルの一部である。

そういう夢だ。

（『村上春樹全作品1979〜1989⑦』講談社　一九九一年五月　七頁）

この夢は、現実世界では「何処にも含まれてはいない」「誰とも結びついていない」と自覚する「僕」に最も欠落した感覚――「継続性」と「そこに含まれている」という得がたい実感――をもたらしている。「僕」は、「いるかホテル」に「ある種の継続的状況」として「含まれている」という感触を与えられ、「その鼓動や温もり」を実感する。それは、自己分裂に悩む「僕」に、夢の中とは言え、唯一の生の実感と存在感をもたらしている。「いるかホテル」の「太古から宇宙の終局まで細長く延び」る「屋根のついた長い橋」というイメージは、永遠の時空の広がりを連想させる。夢の中の「僕」は、「いるかホテル」の「鼓動や温もり」に満ちたイメージを通じて、永遠の時空につながる自身の存在感を確かに感じ取っているのである。

分析心理学では、睡眠時に見る夢は、無意識内に存在するイメージを意識の主体にとって有用なメッセージとして送り届ける機能を果たすと考えているが、この夢は「僕」に二つの有用なメッセージを伝えていると言えよう。その第一は、「いるかホテル」が「僕」の存在を保証し自己の根拠となる場所であること、第二は、「いるかホテル」に赴き「僕の為に涙を流している」「誰か」を探索すべきことである。このようにして、キキは「僕」を内界の「冒険」に誘うために「新・いるかホテル」へ導き、ユミヨシさん、ユキ、羊男という三人の媒介者《メディエーター》に引き合わせる。（以下、旧「いるかホテル」と区別するため「新・いるかホテル」は「ドルフィン・ホテル」と表記する）

キキの導きによって、「僕」は「ドルフィン・ホテル」を自己存在の原点と認識するに至るが、[*8]「ドルフィン・ホテル」は、もはやキキと「僕」が泊まったかつての「いるかホテル」ではなくなっている。政治的権力と結びついたA総業が資本の力に物を言わせて無理やり「いるかホテル」を買収して創業した、いわば金満「高度資本主義社会」の象徴である。夢の中で――「僕」の内界において――唯一自己の根拠と実感されていた「いるかホテル」が、「僕」の知らぬ間に巨額の資本の力によって「ドルフィン・ホテル」にすり替わっていたという事実は、「僕」が知らぬ間に「高度資本主義社会」のシステムに取り込まれている現実を鮮やかに照らし出している。これは、八〇年代の「高度資本主義社会」が、人間存在を根底から支配する巨大なシステムと化している証であるとも言えよう。

3　ダンス・ダンス・ダンス――「僕」の分裂を「つなぐ」媒介者《メディエーター》たち（2）

村上春樹は、「僕が『ダンス・ダンス・ダンス』という小説で本当に書きたかったのは、あの羊男のことだった」[*9]、羊男は『ダンス・ダンス・ダンス』という「物語を作る力」を発揮する上で重要な存在であったと述べている。羊男という媒介者《メディエーター》の存在が『ダンス・ダンス・ダンス』という作品を発想する源であったことは、羊男の「踊るんだよ」という言葉が作品の核心であることを裏付けている。小林正明が、羊男と対面する場面を「『僕』が生きる指針を羊男から与えられる重要な山場のひとつ」[*10]と言うように、羊男の「踊るんだよ」という言葉と『ダンス・ダンス・ダンス』というタイトル[*11]は、「現実性の回復をとおしての自己の回復」を目指す「僕」のキー・ワードなのである。

「ドルフィン・ホテル」の異空間に潜む羊男に再会した「僕」は、「本当に久し振りに心を開いて正直に自分自身について語」る。「物事に対して自分なりにベストをつくしている」のに、「何処にも行けないままに年をとりつつ」ある自分が、もう「何を求めればいいのか」「わからなくなってしまっている」と訴えた「僕」は、それを「自分の体がどんどん固まっていくような気がする。体の中心から少しずつ肉体組織がこわばって固まっていくような気がするんだ。僕はそれが怖い」と、身体的感覚を表す比喩で表現する。これに対し、羊男は「踊るんだ。踊り続けるんだ。何故踊るかなんて」「意味」など考えずに「きちんとステップを踏んで踊り続け」て、「固まってしまったものを少しずつ」「ほぐしていくんだよ」と、やはり身体的な比喩表現で応えている。

古東哲明は、『他界からのまなざし』[12]で、「生ける身体を限定性（被文化性・被歴史性・被状況性）のもとにおく」「身体図式」について論じた後、M・フーコーの「社会の軍事的な夢」[13]に触れ、「自動自発の強制回路をつくりだすために、近代社会は、各人の、本来は野生体（遊体）でしかない身体を、容易に操作可能な従順体へ改造しようとする」と述べている。「近代システムが自己目的とする秩序形成と生のユーティリティー化が、各主体の側から主体的に求められ、『世話のかからぬ』仕方で実現される」「身体改造（サイボーグ化）のための調教装置」として近代がつくりだした「諸施設（学校、兵舎、工場、病棟、刑務所、孤児院）」をあげ、「その調教装置で装填されるのが」「《ミ＝プシューケー》の奥深くに住みこんで、自動的に働きだす膨大なさまざまな」「身体図式」であると言う。

そして、こうした「身体を脱組織化（遊体化）する」、すなわち「生のユーティリティー化（そのための身体図式）によって縮減され、企画化し、抑圧された《ミ》の位相を、いま一度、活性化し、もとの柔軟でしなやかな開放態（遊体）へ戻す」「手法」としての「宗教的身体行」を次の「三パターン」に「類型化」した。

（1）ボンデージ（身体拘禁）（2）ダンシング（3）ダイイング

（1）ボンデージ（身体拘禁）は、「不自然な姿勢を強要したり、人形化（肉体静止）することで、自動機械化し惰性的にはたらく身体図式システムを奪う方法。静慮や坐行」を典型とする。（2）ダンシングとは、「（1）とは逆に、体操や舞踏のように、かじかんだ肉体をほぐし、通常はつかい忘れた筋肉や器官を酷使し、身体図式をふりほどく道（ヨガやロルフィングなど）」である。「日常的に使わない肉体の回路とは、いいかえればインダストリアル」（産業的＝勤勉）「でユーティリティ的日常生活からは放逐された回路ということだが、ダンシングはそんな非目的的で非効率的な身体レヴェルを覚醒しようとするわけだ」と説明されている。（3）ダイイングは、「円滑な生理機能を可能な限り攪乱し、肉体を死体直前まで近づける。肉体を殺すことで、そこに沈殿し〈遊び〉を拘禁していた制約（身体図式）を、一旦破壊する方法」であり、「千日回峰《せんにちかいほう》に典型的な不眠不休の断食行のおおくがこの路線をすすむ」という。そして、（1）（2）（3）の共通点を「身体調教所（ユーティリティ社会）がもっとも嫌がる身体状態（止・踊・死）を逆流回路にして、空白化していた《身＝たましい》を賦活し、横溢させるということである」とまとめている。

羊男のアドバイスの意味を（2）ダンシングに沿って考えてみると、「踊るんだよ」という言葉は、「僕」が「四年のあいだ」、「高度資本主義社会」に適応するために自ら身に着けた「インダストリアル」（産業的＝勤勉）「でユーティリティ的」な「身体図式」を解体して「僕」本来の「非目的的で非効率的な身体レヴェル」としての「まともさ」を洗い出し、そうした「僕なりの考え方のシステム」に従って行動することを勧めていると理解できよう。作品冒頭で「いるかホテル」の夢を繰り返し見た「僕」は、自己の原点である「いるかホテル」から再出発せねばならないと考えながら、「社会的に全くゼロ」の状態に戻って過去の自己に向き合うことに逡巡を覚えていたが、このとき「僕」が「捨て去る」ことを躊躇したものとは、まさしく古東の「身体図式」に相当している。

でもいるかホテルに戻るのは簡単なことではない。電話で部屋を予約し、飛行機に乗って札幌に行けばそれで終りというものではないのだ。それはホテルであると同時にひとつの状況なのだ。それはホテルという形態をとった状況なのだ。（中略）そしているかホテルに戻るということは、僕がこの四年間静かにこつこつとためこんできた全てをあらいざらい放棄し捨て去ることなのだ。もちろん僕はそれほど大したものを手に入れたわけではない。その殆んどはどう考えてみても暫定的で便宜的ながらくただった。でも僕は僕なりにベストを尽し、そのようなガラクタをうまく組みあわせて現実と自分をコネクトし、僕なりのささやかな価値観に基づいた新しい生活を築きあげてきたのだ。もう一度もとのがらんどうに戻れということなのか？窓を開けてなにもかもを放り出せというのか？

でも結局のところ、全てはそこから始まるのだ。僕にはそれがわかっていた。そこからしか始まらないのだ。

（『村上春樹全作品1979〜1989⑦』講談社　一九九一年五月　一三頁）

古東がM・フーコーの『監獄の誕生』から「自ら権力による強制に責任をもち、自発的にその強制を自分自身へ働きかけ……自分みずからの服従強制の源泉になる」[*14]という一節を引用したように、「僕」は「この四年間」「高度資本主義社会」に適応するため、「暫定的で便宜的ながらくた」に過ぎない「インダストリアルでユーティリティ的」な「身体図式」を、自ら「新しい生活を築きあげ」る「僕なりのささやかな価値観」と認め、「静かにこつこつとためこんできた」。そのため、本来身に着けていた「60年代的価値観」に基づく「まともさ」や「誠実さ」が空無化される状況に陥ってしまった「僕」は、羊男に「自分の体がどんどん固まっていくような気がする」と訴えたのである。

羊男が「生の指針」として示した「踊る」「ステップを踏む」という言葉は、時代環境の変化に関わらず、「いろんなことを考え」ずに、自らの「目的を持ち」「自分のシステムを維持する」、すなわち「僕」が身に着けている個としてのモラルに沿って生きることを表している。

踊るのだ、と僕は思った。あれこれと考えても仕方ない。とにかくきちんとステップを踏み、自分のシステムを維持すること。そしてこの流れが僕を次にどこに運んでいくのか注意深く目を注ぎ続けること。こっちの世界にいつづけること。

(『村上春樹全作品1979〜1989⑦』講談社 一九九一年五月 二三四頁、傍線筆者)

「ダンス・ステップみたいなもんです。習慣的なものです。体が覚えてるんです。音楽が聞こえると体が自然に動く。回りが変わっても関係ないんです。すごくややこしいステップなんで、回りのことを考えてられないんです。あまりいろんなことを考えると踏み違えちゃうから。ただ不器用なだけです。トレンディーじゃない」

（『村上春樹全作品1979〜1989⑦』講談社　一九九一年五月　二九九頁、傍線筆者）

注目すべきなのは、「踊る」ことが「音楽が聞こえると体が自然に動く」ように、「習慣的な」体の動き、すなわち、すでに身体化した価値観やそれを体現する動作の総体として、即ち生き方の諷喩として用いられていることである。個としての自己を追求する「僕」の意識は、「高度資本主義社会」というシステムを「生き延び」る方策として、内界の「物語」を生きると同時に、自己存在の形象としての「非目的的で非効率的な身体レヴェル」としての「まともさ」を生きることを目指しているのである。

4　「まともさ」を生きる殺人者

羊男の「踊るんだよ」という言葉に裏づけを得た「僕」の「まともさ」は、「僕」とユキ、「僕」と五反田君との友情において、生きたモラルとして具現化される。「雪かき仕事」に発揮された「僕」の「まともさ」は、「誠実」、「真面目」という言葉で表現されていたが、対人関係における「僕」の「まともさ」は、「責任」、「信頼」、「信義」、「礼儀」、「節度」、「公正」、「公平」、「フェアネス」等の古今東西に通用する徳目を表す言葉で表現され[*15]、ユキとの友情、五反田君との友情・信頼関係の基盤となっている。

ユキと五反田君は、「まともさ」と現実憎悪という「僕」の自己分裂の両面を体現し、「僕」に映し返す役割を果たしている。「物語」の結末に向かって、五反田君は「まともさ」から現実憎悪へ振り切れ、ユキは「まともさ」から成長への道筋を辿ることによって「僕」から離れてゆく。両親の愛情に恵まれず不登校に陥っていたユキは、「僕」から「まともさ」という「60年代的価値観」の影響を受けたことを契機として自立に向かって歩み始めるが、こうしてユキが「僕」から他者化して行ったことは、「僕」の「まともさ」が八〇年代においても、個としての内面的成長を促すモラルであり得たことを実証している。しかしその一方で、「僕」は、キキを殺害し自殺を遂げた五反田君を自己の「存在の一部」と感覚することによって、自己分裂を一層深めてしまう。「彼は唯一の友人であり、そして僕自身だった。五反田君は僕という存在の一部だった」と言って五反田君と同一化し、キキ殺人を告白した五反田君を「忘れよう」という一言で自らの裡に引き受けようとする「僕」の心理は、『ダンス・ダンス・ダンス』の結末に破綻をもたらしている。

「僕」の五反田君との心理的同一化は、赤坂署に勾留されたことを契機として表面化してゆく。「僕」は、五反田君をかばう理由を「彼（＝五反田君・括弧内筆者）は僕を友達として信用して、遇してくれた。だから僕も彼を友達として扱う。それは信義の問題なんだ」「僕にはこうするしかないんだ。それが僕の生き方なんだ。システムなんだ。だから僕は口をつぐんで何も言わない」と、殺されたメイに語りかける。そして、メイを殺害した犯人捜索の役に立てなかった「自己を罰」するために、不法な勾留に甘んじたのだとユキに説明している。しかし、赤坂署における黙秘は、メイ殺人犯捜査に協力しないことを意味しており、そのためにユキの示唆によって五反田君がキキを殺した疑いが浮上したとき、「僕」は再び自己の「システム」を守ろうとして五反田君との同一化をさらに深めざるを得なくなる。こうして「僕」は、自己のモラルを堅持するために、五反田君が殺人者である可能性を黙認せざるを得なくなり、キキ殺人を自認する五反田君と一体化することでしか自己を堅持できないという奇妙な心理に陥ってしまう。これが、羊男の指摘した「僕」の「傾向」――「何かを失うたびに、そこに」「自分のためにとっておくべき物までそこに置いてきてしま」い、自分「自身も少しずつ磨り減ってきた」――に該当する行動と言えるのではないだろうか。キキ殺人が五反田君の手によって行われたかどうか確認するためには、たとえ五反田君の友情を失っても、「僕」は事を明らかにする姿勢を示し、自己分裂を深める事態を防ぐべきであることを、羊男はすでにアドバイスしていたのである。

しかし「僕」は、五反田君をかばおうとして自己分裂を深め、個としてのモラルさえ守れるなら社会正義は犠牲にしても構わないという心理に陥ってゆく。この地点から、「高度資本主義社会」を諸悪の根源と認識し、個としてのモラルを貫くことこそ正義だという主張が引き出されるまでは、ほんのわずかの距離しか残されていない。自己の「システム」を守るために殺人者・五反田君と同一化しようとする「僕」の心理には、個としてのモラルの主張が相手構わぬ社会的暴力へ繋がってゆく危険性が孕まれている。山下真史も指摘している[*16]ように、こうした姿勢には、一九八〇年代後半から九〇年代にかけて発生したオウム真理教教団による一連のテロリズム[*17]にも通ずる独善性が感じ取れるのである。

金属バットで殴り殺せばいいんだ、と五反田君が言った。その方が簡単だし、早い。いや、そうじゃない、と僕は言った。そんなに早く殺しちゃもったいない。ゆっくりと絞め殺してやる。それから、僕はベッドに寝転んで目を閉じた。暗闇の奥の方から「かっこう」とメイが言った。僕はベッドの上で世界を憎んだ。心の底から、激しく、根源的に、世界を憎んだ。世界は後味の悪い不条理な死で満ちていた。僕は無力であり、そして生の世界の汚物にまみれていた。

（『村上春樹全作品1979〜1989⑦』講談社　一九九一年五月　五四三〜五四四頁）

五反田君を失い、「出口のない鉛の箱のような絶望」に見舞われた「僕」の心中には、五反田君に共振する暴力的衝動とメイに対する後ろめたさが渦巻いている。しかし作者は、『ダンス・ダンス・ダンス』を「高度資本主義社会」を生きる「僕」の「現実性の回復をとおしての自己の回復」を目指す「物語」として終わらせるために、「僕」をこれ以上自己矛盾に直面させず、ユミヨシさんと結ばれて現実に帰還するというハッピー・エンドに導いている。

村上春樹は、「僕」の裡に蠢く現実憎悪と、そこから滲み出す暴力的衝動が「高度資本主義社会」において何を志向し始めるか、その危険性に当然気づいていたはずである。現実が本来暴力性に満ちた世界であるという認識は、「ドルフィン・ホテル」に潜む羊男の、「人間というのはね、心底では殺しあうのが好きなんだ。そしてみんなで殺し疲れるまで殺しあうんだ。殺し疲れるとしばらく休む。

それからまた殺しあいを始める」という言葉にもすでに表出されていたからである。

村上は、『ダンス・ダンス・ダンス』においては、「高度資本主義社会」を生きる人々の個としての生き方が社会的モラルと相容れず行き詰まってしまったとき、突破口を求めて激しい現実憎悪や暴力的衝動に駆られる危険性を描き、システムの完全に出来上がってしまった「この社会にきちっと埋めこまれて」いる現代人が、「じっと大地震を待って」いるような「自己破壊的」な心理を抱いていることを描きながら、これを作品の中心的テーマとして追求することは回避している。これらの問題は、オウム真理教など、隔離型の新新宗教教団というシステムと個人の問題として、ノン・フィクション『アンダーグラウンド』『約束された場所で underground 2』において追究され、さらに『1Q84』では、作品の核心的テーマとして取り上げられている。『ダンス・ダンス・ダンス』が「一九八三年三月」から約三ヶ月間の物語であり、『1Q84』BOOK1が、その約十ヶ月後の一九八四年四月から始まることにも、『ダンス・ダンス・ダンス』で積み残されたテーマが『1Q84』に受け渡された道筋が窺える。『ダンス・ダンス・ダンス』の「僕」が「ドルフィン・ホテル」で「スペイン戦争の本」を熱心に読んでいた「まともさ」[*18]には、やはり時代の中に生きる個としての生き方を捉えようとする「僕」の視点が確かに示されていたのである。

第七章　統合に向かう意識と身体

『眠り』『人喰い猫』『タイランド』

1 『眠り』の重層的意味

『眠り』は、眠れなくなって十七日目を迎えた「私」の語りによる物語である。作者は、この物語に重層的な意味を持つ『眠り』というタイトルを与えた以外は「私」という語り手の背後に姿を隠し、「私」の語るに任せている。不眠に陥った「私」が『アンナ・カレーニナ』の作品世界に「細工された箱のように」入れ子構造の小さな世界が「複合的な一つの宇宙を形成」しているのを発見したように、「私」も『アンナ・カレーニナ』に読み耽る自分だけの小さな世界を形成しようとしている。すべてを無意識に委ねて眠る人のように自我にこもり、自分だけの物語を生きようとしている「私」の姿、それがこの作品に『眠り』というタイトルが与えられた理由の一つであろう。

また、『眠り』というタイトルは、夢を生み出す「私」の無意識を表現している。無意識は意識の及ばない部分の自分自身であるから、無意識が夢を通じて現実に生きる自分にメッセージをもたらすこともあり得るだろう。実際、「私」は無意識を感知せずに生活しながら、夢によって人生を大きく揺さぶられている。『眠り』というタイトルは、悪夢を見て目覚めたつもりの「私」が、実はその後も眠り続け、無意識の中にいることを示唆している。しかし、「私」は夢を見続けていることに気付かず、夢を現実と取り違えている。

以上のように、この作品は、「私」が一人語りによって自我に閉じこもる姿と、夢の源泉としての無意識という二重の意味を持つ『眠り』というタイトルの下に語り出されている。

2　意識と身体の齟齬

「私」は、三十歳になる歯科医の妻で、小学校二年生の息子が一人いる。「私」は、大学生のとき一ヶ月ほど「不眠症のようなもの」を経験し、そのとき覚醒と睡眠の狭間で意識が身体を離れてさまよう感覚を体験している。

私は眠りの縁のようなものを指の先に僅かに感じる。そして私の意識は覚醒している。私は仄かにまどろむ。でも薄い壁に隔てられた隣の部屋で、その意識はありありと覚醒し、じっと私を見守っている。私の肉体はふらふらと薄明の中を流離《ただよ》いながら、私自身の意識の視線と息づかいをすぐそこに感じつづけている。私は眠ろうとする肉体であり、それと同時に覚醒しようとする意識である。

（『村上春樹全作品1979〜1989⑧』講談社　一九九一年七月　一八一〜一八二頁）

少しも眠くならないため、「私」は前回の不眠とは「何から何まで違う」と感じているが、「私」は不眠の始まった翌朝、「私の意識と肉体はどこかでずれたまま、固定してしまったようだった」と考える。この言葉に従うなら、不眠の原因は大学生のときと同じ意識と身体のずれにあることになる。しかし、前回と異なってまったく眠気を感じないのは、意識と身体の乖離が昂進して症状が重くなっている。

意識と身体の乖離が語り手の「僕」に恐怖と死の誘惑をもたらす「深い自己喪失」として描かれているからであろう。

『眠り』の約二年六ヶ月後、『村上春樹全作品1979〜1989⑧』に書き下ろされた『人喰い猫』[*1]では、

「僕」とイズミは、仕事上の関係で知り合い、互いに「自分の気持ちをあるがままにしっくりと、十全に伝えることのできる相手」だと感じ、やがて「ごく自然に」性的な関係を持つようになる。その関係がイズミの夫に知れたことから、「僕」とイズミは二人とも家庭を失い、仕事も辞め「有り金を抱えてギリシャに逃げて」行く。二人の乗った飛行機が「エジプトの上空を飛んでいるとき」、「僕」は、「突然何処かの空港で自分のスーツケースが他人のスーツケースと間違えて持っていかれるのではないか」という「自分でも信じられないほどの深い恐怖」に襲われる。

もしそのスーツケースをなくしてしまったら、僕と僕の人生を結びつけるものなんてイズミの他にはもう何もないのだ。そう思うと、僕は僕という人間の実体を見失ってしまったような気がした。それは生まれて初めて経験する不思議な感覚だった。自分という人間が自分に思えないのだ。その僕は本当の僕ではなくて、僕のかたちをした別の便宜的な何かなのだ。でも僕の意識は、それと気がつかずに、間違えてその別の僕についてきてしまったのだ。僕の意識はひどく戸惑っていた。日本に帰って、本来の体に入らなくては、と僕の意識は思った。でも僕は飛行機に乗ってエジプトの上空を飛んでいた。戻りようがなかった。今そこにある便宜的な僕の肉体は壁土で

できているみたいに感じられた。爪でひっかくとぼろぼろと崩れてしまいそうだった。やがてその体がぶるぶると震え始めた。僕にはそれを止めることができなかった。このまま震え続けたらきっと体がこなごなに割れて崩れてしまうと僕は思った。（中略）僕は死にたかった。大型拳銃の銃口を耳に突っ込んで引き金を引きたかった。そして意識と肉体を一緒くたにこなごなにしてしまいたかった。それがそのときの僕の唯一の希望だった。

（『村上春樹全作品1979〜1989⑧』講談社 一九九一年七月 二六二〜二六三頁）

日本を出るとき「必要とするものは、結局中型のサムソナイトのスーツケースに全部収まってしまった」と言う「僕」にとって、スーツケースはすべてを捨てた現在の自己の象徴である。ギリシャに向かう航空機内の「僕」は、一個のスーツケースに「収まってしまった」わずかな荷物とイズミ以外には、自己の存在根拠を見出すことができない。そのため「僕」は、「突然何処かの空港で自分のスーツケースが他人のスーツケースと間違えて持っていかれる」ことに「自分でも信じられないほどの深い恐怖」を抱く。「僕」は、日本を飛び立って初めて、自分がイズミ以外のすべてを失ったこと、失った過去のすべてが「僕という人間の実体」を成していたことを痛感する。そのとき、「僕という人間の実体」を見失い、寄る辺を無くした「僕の意識」は、日本にいるはずの「本当の僕」を求めて「便宜的な僕の肉体」からさまよい出てゆく。「僕」は、肉体の崩壊感覚に苛まれながら、「意識と肉体を一緒くたにこなごなに」する死を激しく願うのである。

『人喰い猫』の「僕」における意識と身体のずれは、自己を支える「意識存在」の深刻な危機を意味している。「僕」には不眠という症状は現れず、「ぐっすりと眠」ることによって意識と身体のずれは治まり、「僕」は心身の平静を取り戻している。これを、『眠り』の「私」が意識と身体のずれの固定化が原因で不眠に陥ることと対応させると、両作品において、「眠り」が意識と身体の関連上重要な意味を担わされていることが分る。

さて、『眠り』においては、「私」の意識と身体の間にずれが生じる背景に、両者を別物と考える二元論的発想が指摘できる。例えば、歯科医の妻である「私」は「病院に行けと言われるだろうから」と夫に何も言わず、自分でも「病院になんか行っても無駄」と考える。この考え方には矛盾も感じられるが、「私」は歯科医の妻であるだけに、医師も病院も、患者の身体や精神をいかに分析的に扱うか、よく知っているのである。大病院で「あっちこっちとたらい回しにされて、いろんな実験を受け」「山ほど検査をして」も、結局「山ほど仮説を立てる」だけで問題の解決にはならないという「私」の確信は、たしかに現今の日本の医療の傾向を反映している。「脳波やら心電図やら尿検査やら血液検査やら心理テストやら、なにやかや」は、すべて身体や心理のある時点のある一局面を切り取った数値に過ぎず、意識と身体の相互関係上に生じた問題の解決には結びつかないだろう。

さらに問題なのは、「私」自身が知らず知らずのうちに、意識と身体を別物と考えて生活していることである。「私」は、毎日スポーツ・クラブに通って三十分ほど泳ぐことを日課としている。しかし、「私」は、「別に泳ぐという行為そのものが好きなわけではない。私が泳ぐのは、ただ単に体に余分な肉をつけたくないから」である。

しかし私は私の体が好きだ。裸で鏡の前に立つのが好きだ。そしてその柔らかな輪郭や、バランスの取れた生命感を眺めるのが好きだ。そこには何かしら私にとって非常に重要なものが含まれているように感じられる。何かはわからないが、でも私はそれを失いたくないと思うのだ。（中略）もし三十になった女が自分の肉体を愛していて、そしてそれを然るべき線に沿って維持したいと本気で望むなら、それなりの努力は払わなくてはならない——ということだ。

（『村上春樹全作品1979〜1989⑧』講談社　一九九一年七月　一八八頁）

三十分ほど「かなりハードに泳ぐ」日課は、昔から「とても好き」な「自分の体の線」を維持するという一点に向って引き絞られている。しかし、ここには、意志的というより何か不自然なものが感じられないだろうか。モデルを職業としている訳でもないのに、「体の線」を維持することが「私にとって非常に重要」なのはなぜなのか。若い頃と変わらぬ「体の線」を保つことを強く望むために、毎日好きでもない水泳を自分に強いているとしたら、若い身体を維持することを望み続ける「私」の意識と、年齢に従い若さを失ってゆく自然の身体は、徐々に乖離してゆかざるを得ないだろう。

しかし、「私」は、自分がこんな風に意識と身体の間にずれを生じさせていることに気付かない。まして、意識と身体のずれが「黒い影」を生み出すことなど、思いも寄らないのである。

3　意識と無意識の懸隔

「私」は、夫と愛し合い平穏で幸せな家庭生活を送っていると自認している。しかし、「私」と夫との関係の背後には、意識と身体のずれを引き起こす意識と無意識の懸隔が存在しているようである。あるとき「私」は、「一度何かの必要があって」夫の顔を絵に描こうとして、「夫がどういう顔をしていたかまったく思い出せない」という経験をする。「私」は、夫の顔を「ただ不思議な顔だとしか思い出せ」ず、「まるで見えない壁にぶちあたってしまうみたいに」「途方に暮れて」しまったのである。しかし、「これだけ長く一緒に暮らしているのに」「夫がどんな顔をしていたかも思い出せない」のは、なぜなのだろうか。夫の顔に「ただ〈不思議〉としか表現のしようがない」「『捉えどころがない』という形容が近いかもしれない」という曖昧なイメージしか持てないのは、夫が「私」の心に明瞭な像を結ぶほどの存在感をもたらしていないこと、表面上はともかく、「私」が実際には夫と充分な信頼関係を築くには至っていないことを意味しているのではないだろうか。

だとすれば、「夫の顔を捉えがたくしている何かの要素」とは、「私」と夫の関係の希薄さだと言えよう。しかし、現実を見失った「私」の意識は、「今でももちろん私たちは幸せだと思う。家庭にはトラブルの影ひとつない。私は夫のことが好きだし、信頼している。そう思う。そして彼の方もそれは同じだと思う」と言う。（この夫に対する錯綜した感情が、「もちろん私だって彼のことが好きだ。愛しているとも思う。でも正確に表現するなら、とくに『気に入って』はいないと思う」という矛盾した言い回しに反映している。

夫は、「世間のおおかたの人に好感を持たれ」るタイプで、「普通の大人の男」にはできないような笑い方、「子どものように、とても自然ににっこりと笑うことができる」人である。しかし、この誰へだてのない如才なさは、歯科医である彼が「すごく綺麗な歯をしている」こととほとんど同じレベルの事柄に過ぎない。夫は、歯科診療所の看板のように清潔感にあふれ誰にでも好印象を与えはするが、それは、内面の表出ではないのである。

だから、この夫婦には、「全然ハンサムじゃない」夫をハンサムだと言いあう「つまらない冗談」が必要になるのだろう。この「いつも同じ繰り返し」の冗談は、この二人がほとんど互いの表面しか見ないこと、それ以上深いものを見ないですますことを了承し合うために応酬されている。例えば、「音楽を聴くのは嫌いではない」「私」が夫の好んで聴く「ハイドンとモーツァルトの違い」をいつまでたっても識別できないのも、あきれるほどの無関心さと言うほかないが、夫の方も「ハイドンとモーツァルトの違い」なんか分からなくたって「美しいものは美しい」のだからそれでいいさ、と言う。そのとき、この夫婦は、「あなたがハンサムなようにね」「そう、僕がハンサムなように」と「いつもの冗談」を言い合うのである。この冗談は、「私」と夫との心理的懸隔をその場その場でさりげなく埋め合わす安全弁の働きを果たしているように見えながら、夫婦関係をますます内実の伴わない表面的なものにしてしまうのである。

「私」は、大学時代英文科に学び、キャサリン・マンスフィールド（Katherine Mansfield）をテーマとした卒業論文で最高点を取っているが、キャサリン・マンスフィールドの短編小説『幸福』(Bliss)[*2]

には、『眠り』との共通点をいくつか見出すことができる。ヒロインのバーサ・ヤング（Bertha Young）は「私」と同じく三十歳で、可愛い赤ん坊と夫との何不自由のない生活に幸福（bliss）を感じている。そして、『眠り』が「私」の一人語りによる物語であるのと同じく、『幸福』も「物語はもっぱらバーサの視点から彼女の心理的独白によって語られ[*3]」ている。

バーサは、「30歳にもなるのに子どもじみたところ[*3]」があり、外を歩いているときに急に走り出したくなったり、ダンスのステップを踏んでみたくなったりする。この「主人公の未熟さはしかし、主に性的なものである[*3]」のだが、友人たちを夕食に招いたある晩、バーサは客が帰った後、明かりの消えた静かな家の暗い寝室の暖かいベッドで夫と二人きりになることをふと思い浮かべ、生まれて初めて夫に欲情を感じる。しかし、バーサは、夫のハリーがパール・フルトン嬢を玄関に送り出そうとした際の唇の動きとフルトン嬢の表情を見て、ハリーとフルトン嬢が通じていることに気付いてしまう。この結末には、自分自身を今を盛りと咲き誇る美しい梨の木になぞらえて「私は幸福すぎるわ――幸福すぎるわ！」と歓喜（bliss）に浸っていたバーサを裏切る苦い皮肉が込められている。

「自分が大変冷たいことを知って、彼女は最初はひどく悩んだが、しばらくして、そんなことは問題ではないように思われた。彼らはお互いに大変率直であった――仲の良い友だちだった。それこそ現代人最善の状態だった[*4]」と考える性的に未熟なバーサは、「ハリーとは以前と同じように愛し合っていて、素晴らしく仲がよかったし、実際良き友だちだった[*5]」と信じていた。バーサは性的未熟ゆえに、「自分が大変冷たいこと」が夫婦間に懸隔を生じさせることも予測できず、フルトン嬢にはある点から先は不可解なところがあると感じながら、彼女がまさか自分の夫と通じていることなど予想もしていなかったのである。バーサは結末に至って、お気に入りのフルトン嬢と夫に裏切られていたことに気付きはするものの、一人語りの繭の中で自我を紡ぎ続けていることでは『眠り』の「私」と同様、いつもバーサの話を逸らす夫との懸隔に盲目同然である。

バーサと「私」は、自身の望まない現実から目を逸らし、夫と愛し合う幸せの中にいるという幻想から覚めやらぬ点が共通している。「私」の耽読する『アンナ・カレーニナ』のアンナが「私」の無意識下の願望を描き出す分身だとしたら、「私」が卒業論文で取り上げたキャサリン・マンスフィールドのバーサは、夫との関係において現実を見失っている「私」をより鮮明に描き出す分身だと言えるだろう。

4　夢の諭し

「私」が眠れなくなってしまったきっかけは、奇怪な夢である。ある夜半、「嫌な夢」から覚めたと思った直後、「私」は自分の足元に「黒い影」を見、金縛りにあう。「黒い影」は、「黒い服を着た、痩せた老人」となって、水差しから「私」の足に水を注ぎ続ける。しかし「私」には自分の足に水がかかるのも見え、音も聞こえるのに、水の感触が感じられない。そして、どれほど水を注いでも水差しの水はなくならない。「私」は、こんなに長く水をかけられていたら「自分の足が腐って溶けてしまう」と思うと我慢できなくなり、「これ以上はあげられないくらいの大きな悲鳴」をあげる。

『蜻蛉日記』中巻には、これに類似する夢の記述がある。夫・藤原兼家にまたもや新しい女ができ

【図2】『石山寺縁起絵巻』（『図説　日本の古典6　蜻蛉日記　枕草子』集英社一九七九年八月）

たらしく、訪れの途絶えた天禄元年（九七〇）七月、道綱母は石山寺に参籠する。死ぬ思案をめぐらそうと思いつつも都に残してきた子供を思うと悲しく切なく、食事も満足にとれずに御堂で祈り申し、泣き明かして、夜明け前にとろとろまどろんだ頃、この寺の別当（寺を統轄する最上位の僧）が長い柄のついた銚子から水を作者の右膝に注ぎかけるという夢を見るのである。*6（【図2】）

さては夜《よ》になりぬ。御堂《みだう》にてよろづ申《まうし》泣《な》きあかして、あか月がたにまどろみたるに、見《み》ゆるやう、この寺の別当《べたう》とおぼしき法《ほう》師《し》、銚子《てうし》に水を入れてもて来《き》て、右《みぎ》のかたの膝《ひざ》にいかくと見《み》る。ふとおどろかされて、仏の見せ給《たまふ》にこそはあらめと思ふに、まして物ぞあはれにかなしくおぼゆる。

（新日本古典文学大系24『土佐日記 蜻蛉日記 紫式部日記 更級日記』一二三〜一二四頁）

はっと目覚めた道綱母は、仏がこの夢をお見せくださったと思うと仏の慈悲深さがいっそうしみじみと感じられた。これは、道綱母への仏の夢の告げであり、願の叶う予兆を意味する霊夢を見た場面である。道綱母は、この夢を見たこと自体に仏の救いを感じて深い感銘を受け、参籠を終えて明朝早く下山する。*7 石山寺という霊場に参籠して見た夢という特殊性はあるものの、平安時代の貴族女性にとって、夢が現実と深い関連を持つと信じられていたことの窺える記述である。

一方、『眠り』の「私」にとって、黒衣の老人の夢は偶然見た悪夢に過ぎない。「私」は、まず「夢ではないような種類の夢」と思い、次に夢ではなく金縛りだと考え、結局「もう考えるのはよそう。考えるだけ無駄だ。あれはただのリアルな夢だったのだ。」と考える。「私」は、はっきり目で見てとれるほど皮膚が震えても、夢の記憶をただちに意識の外に追い出そうとする。ここでも「私」は、無意識の生んだ夢と、夢に反応している身体から意識を逸らそうとして、「たぶん知らないうちに疲れが体にたまっていたのだ。きっと一昨日のテニスのせいだ。」という稚拙な言い訳で納得しようとする。

その結果、行き所を失った無意識は、「私」の身体に不眠という症状を現象する。「私」は、夢に現れた黒衣の老人の姿に「根源的な、まるで底なしの記憶の井戸から音もなく上ってくる冷気のような恐怖」を抱き、水を注がれた足が腐って溶けてしまうのではないかという恐怖から、「目を閉じて、これ以上はあげられないくらいの大きな悲鳴」をあげた。

でもその悲鳴は外には出なかった。私の舌は空気を震わせることができなかった。私の体の中で悲鳴は音もなく鳴り響いただけだった。その無音の悲鳴は私の体内を駆けめぐり、私の心臓は鼓動を止めた。頭の中が一瞬真っ白になった。私の細胞の隅々にまで、悲鳴はしみとおった。私の中で何かが死に、何かが溶けてしまった。爆発の閃光のように、その真空の震えは私の存在に関わっている多くのものを、根こそぎ理不尽に焼きはらってしまった。

(『村上春樹全作品1979〜1989⑧』講談社 一九九一年七月 一九二頁、傍線筆者)

「私の中」で「何かが死に、何かが溶けてしまった」という表現は、夢の中で老人に足に水を注がれて「私は私の足がそのうちに腐って溶けてしまうんじゃないかと思いはじめた」「自分の足が腐って溶けてしまうと思うと、私はもう我慢ができなくなった」という部分と照合する。そうすると、「無音の悲鳴」が体内を駆けめぐったとき死んで溶けてしまった「私の存在に関わっている」「何か」とは、「私」が夢の中で水をかけられて「腐って溶けてしまうんじゃないか」と恐れた「足」であることが分かる。

「足」とは、立ち、歩く動作の中心であるから、「私」の精神的自立と行動の自由を表す形象と言える。夢の中で水をかけられ「足」が「腐って溶けてしまうんじゃないか」と恐れるのは、「私」が無意識下で、精神的自立と行動の自由を阻害されることに強い危惧を抱いているからだろう。黒衣の老人が長い間水差しから水を注ぎ続けるのは、「私」の自由と自立を阻む結婚生活がこれから何十年も続くこと、夫が年老いるまで続くこと、そういう結婚生活を経て「私」も徐々に若さを失い、老いて自由と自立を失ってゆくことを予知していたのではないだろうか。そして、黒衣の老人が将来の夫の姿を暗示しているとするなら、不眠が始まった後「私」が夫の寝顔に老醜を見出すようになるのも、夫の年老いた姿を夢に見てしまったせいだと言えよう。その一方で、「私」は「間断のない覚醒」が二週目に入ったとき、裸の全身を鏡に映して「二十四と言っても通用する」くらいに「ひどく若返って見え」る自分の姿を見出している。ここに、老いてゆく夫という現実と、若さに拘泥する「私」の非現実性が対照的に表現されている。

「私」の「足」として精神的自立と行動の自由を具象化しているのは、「私専用の」「中古のホンダ・シティー」[*8]である。これは、「二年前に女友達からほとんどただ同然で譲ってもらった」車で、「十五万キロくらい走っている」ため、「ところどころ錆も浮いている」し、型も古いし「バンパーもへこんで」いる。しかも「一ヶ月に一度か二度くらい」「エンジンのかかりが極端にわるく」なる。だから、ブルーバード[*9]に乗る夫には「君のロバ」と揶揄されている。それでも、「私」は「何と言われようと、それは私自身の車なのだ」と考え、シティーで買い物やスポーツ・クラブに出かけてゆく。この心理は、水泳を日課とし、「体の線」を維持することに強くこだわる心理と共通している。つまり、無意識下の「私」は、家庭にあっても自由と自立を確保し、自分が家庭に従属しているだけではないことを自他ともに明らかにしておくために、結婚前と同じスリムな体型を維持することを切望しているのである。だから、不眠が始まると同時に「私」が『アンナ・カレーニナ』を貪るように読み始めるのも、アンナのように家庭を捨てて激しい恋愛に陥る可能性を確保しておくために、体型を維持しようとする無意識下の願望が反映していると説明できよう。昼食をとりに自宅に帰った夫がソファーに置かれた『アンナ・カレーニナ』にまったく無関心なのを「私」が見咎める点にも、夫婦の心理的懸隔がさりげなく表現されている。

シティーに乗るとき「私」がいつも一人なのは、この車が「私」の自我を守る繭を表象しているからであろう。夫のブルーバードよりランクの低い、ただ同然で譲り受けたシティーの中古車が「私」の自由と自立を象徴する「足」であり、自我を守る「小さな箱」なのである。眠れなくなって十七日目、再び二人の暴漢に姿を変えた「黒い影」に襲われたときも、「私」は一人でシティーの中にいる。「私」の自由と自立を保証するはずの「足」ホンダ・シティーは、暴漢の前ではまるで「ケーキの箱」のように小さく脆い。そして、二人の暴漢に両方から激しく揺さぶられると、エンジンのかからないシティーは、「私」を閉じ込める「小さな箱」になってしまう。自ら作りあげた矛盾の袋小路に閉じ込められて泣くことしかできない「私」の姿には、苦い皮肉が込められている。

5　夢を育む無意識

「黒い影」が再び姿を現したのは、「私」が「眠らない」と決心した反動であろう。「眠らない」という決意は、「傾向的に消費されること」の拒絶を意味している。「料理や買い物や洗濯や育児」、そして夫とのセックスといった「傾向」に消費され、それを治癒するための睡眠を拒絶したからである。「眠らない」という決意は、精神の自立と自由を希求しているという意味で、最初に「黒い影」が出現した時の、「足」が腐り溶けてしまうのに耐えられないという気持ちとまったく同じである。

「眠らない」と決めたとき、「私」は、「もし私の肉体が傾向的に消費されざるを得ないとしても、私の精神は私自身のものなのだ。私はきっちりとそれを自分自身のために取っておく。それを誰にも渡しはしない。治癒なんかしてほしくない。私は眠らない」と決意した。しかしこれも、自己を精神と身体に分割して考える二元論的発想である。この精神と身体を二つに切り分ける発想こそ「黒い影」を生み不眠を引き起こす元凶であるのに、それに気付かない「私」は、「眠らない」と決意することでますます精神と身体を乖離させ、「黒い影」の攻撃性に拍車を駆けてしまったことになる。

つまり、『眠り』の「黒い影」は、女性としての生き方をめぐる「私」の内心の葛藤から生じた、意識が抑圧すればするほど無意識下に増大してゆく自分ならぬ自分なのである。意識の働きすなわち精神と、身体の両者を二つに分けて発想することに慣れ親しんでいる現代人には、両者の重なり合いを体感するのは難しいことなのかもしれない。しかし、それなら尚更、精神と身体を休め両者を無意識の揺り籠の中で融合する日常的な場としての眠りは重要な意味を担うことになる。[10] 眠りは、夢を通じて「根源的な、まるで底なしの記憶の井戸」――無意識――へ下りて行く通路であり、そこには現在の時空間という限定された一局面から生の総体へ、さらに生死の根源へつながってゆく可能性が見出せるからである。

眠りは、『タイランド』[11]でも、女性主人公さつきの心を癒し、生と死の重みを支える夢に導く機能を持つものとして描かれている。さつきの年齢は明記されていないが、更年期のホットフラッシュの症状があることから、四十歳代後半から五十歳代半ば前後と想定される。病理医であるさつきは、バンコックで開催された「世界甲状腺会議」に参加した後、「完璧な休息」を求めてリゾート地で五日間過ごす。その最後の日に、運転手ニミットに連れられて「みすぼらしい村」に住む「人々の心を治療」し夢を予言する老女に会いに行く。老女は、さつきの身体の中に「長年にわたってそれを抱えて生きてきた」「子どもの握りこぶしくらい」の「白くて堅い石」が入っており、それをどこかに捨てないと「死んで焼かれたあとにも、石だけが残ります」と言う。そして、蛇の夢を見ることによって石が解消すると予言する。

「あなたは近いうちに、大きな蛇の出てくる夢を見るでしょう。壁の穴からそろそろと蛇が出てくる夢です。うろこだらけの緑色の蛇です。その蛇が一メートルほど姿を見せたら、首のところをつかみなさい。つかんだまま放してはいけません。蛇は一見して恐ろしそうですが、害を及ぼす蛇ではありません。だから恐《こわ》がってはいけません。両手でしっかりとつかみなさい。それをあなたの命だと思って、全力でつかみなさい。あなたの目が覚めるまでつかんでいるのです。その蛇があなたの石をのみこんでくれます。わかりましたね」

（『村上春樹全作品1990〜2000③』講談社　二〇〇三年三月　一九〇頁）

『蜻蛉日記』には、これに類似する夢の記述がある。天禄二年（九七一）四月、道綱母が長精進に入って二十七、八日目に蛇が身体の中を動き回って内臓を食べるという夢である。*12

七八日ばかりありて、我腹《はら》のうちなる蛇《くちはな》ありきて肝《きも》を食《は》む、これを治《ぢ》せむやうは、面《おもて》に水《みづ》なむいるべき、と見《み》る。これもあしよしも知《し》らねど、かくしるしを《(お)》くやうは、かゝる身の果《は》てを見聞《みき》かん人、夢をも仏をも用《もち》いる（ゐ）べしや用《もち》ゐるまじやと、定《さだ》めよとなり。

（新日本古典文学大系24『土佐日記　蜻蛉日記　紫式部日記　更級日記』一三五頁）

不思議に思われるのは、この陰惨とも思える夢を記述するに際して、道綱母は驚きも恐怖も書き添えていないことである。内臓を自らの我執の象徴と考え、蛇の貪り食うことを良しとしたのであろうか。あるいは、顔に水を注ぐという治療法が示されたことが救いと感じられたためなのであろうか。とにかく、この夢を見たときの道綱母は、夢の吉凶は分からないが、私の生涯の果てまで見届けた人に夢の告げ、仏のさとしというものを信じるべきかどうか判断してもらいたいと述べるにとどめ、自分の感想も記さず、夢解きを依頼しようともしていない。

これは、前年の石山寺参籠のとき見た夢の記述に比べて、大変冷静な記述態度である。また、夢にさほどの意味を見出そうとしない態度とも解することができよう。石山寺では、夢の告げによって、夫の愛情回復の願が仏に聞き届けられたという確信が得られた。しかし、翌天禄二年にかけ、やはり夫の愛情は取り戻せなかった。その現実が、道綱母の夢の告げに対する信頼を希薄化させたのだろうか。

そして、非常に興味深いのは、「かゝる身の果てを見聞かん人」にこの夢を読み解くことを委ねていることである。「かゝる身の果てを見聞かん人」とは、一人息子の道綱であるとも、同時代あるいは後世の読者を想定しているとも考えられるが、道綱母は、いわば自身の内面的現実とも言える夢を他者の前に差し出し、自分の人生の意味を判定して欲しいと望んでいるのである。夫との不仲に悩み続けた道綱母が、長精進に入って自身の孤独を極限まで突き詰め、身動きならなくなったときにもたらされたこの夢には、彼女の偽らざる生の実相が反映していたはずである。このとき道綱母は、自身の内奥から沸きあがってきた夢を冷徹に突き放して記述し、今までのように夢にご利益だけを求めるのではなく、ただそれを書き留めることによって他者に委ね、そうすることで他者に伝わるものがあるかどうか、その微かな可能性に耳を澄ましている、そういう道綱母の孤独に透徹した姿勢が伝わってくるような気がするのである。

長年、嫉妬と憎悪という我執に捉われ続け、孤独に生き抜いた女性という意味で、道綱母と『タイランド』のさつきのイメージは重なり合う。こう考えると、『タイランド』の老女の夢の予言は、まるで『蜻蛉日記』の夢解きであるとも思えてくる。蛇に対する恐怖や嫌悪感に触れない道綱母の淡々した記述態度には、自身の嫉妬にまみれた肝をすすんで蛇に食べさせようとする気配が感じられないだろうか。不思議な符合ではあるが、『蜻蛉日記』の蛇の夢が『タイランド』の老女の予言した夢を裏付けているように思われるのである。老女の予言を敷衍すれば、さつきにとって蛇の夢が待ち望まれるものであったように、道綱母にとっても、この蛇の夢は長年の苦悩を和らげ魂を癒す働きを持つものだったことになるのではないだろうか。

さつきは、デトロイトの大学病院で十年近く研究生活を送っていたが、三年前にアメリカ人の夫との間に離婚調停が成立し、日本に帰国した。夫は他に女性を作っていたが、彼は「いちばん決定的だったのは、君が子どもをほしがらなかったことだ」と主張した。

さつきは、「一人の男を三十年間にわたって憎み続け」ていた。自分がかつて「子どもを抹殺し底のない井戸に投げ込」み、その後も子どもを持つことができなかったのは、その男のせいだという憎しみから、「男が苦悶にもだえて死ぬことを求め」、「そのためには心の底では地震さえをも望んだ。ある意味では、あの地震を引き起こしたのは私だったのだ。あの男が私の心を石に変え、私の身体を石に変えたのだ」と自覚していたのである。ところが、その男の存在を知らない老女は、夢を予言した後「その人は死んでいません」「傷ひとつ負っていません。それはあなたの望んだことではなかったかもしれませんが、あなたにとってはまことに幸運なことでした。自分の幸運に感謝なさい」と付け加えたのである。

石女（うまずめ）として生きて来た三十年間、「一人の男」に対する憎しみは、さつきの心の中に怨念の石を育み、さつき自身を苦しめ続けてきた。このまま男を憎み続けていたら、石を抱いたまま死なねばならなかった上に、もし男が地震で死んでいたら、さつきはさらに深い罪障を背負わねばならなかったであろう。何より、男が地震の犠牲になっていなかったことは、地震を起こしたのはさつきの怨念ではなかったという確証になる。更年期の症状に悩むさつきが、初めて「ゆるやかに死に向かっていることを認識し」、日本に戻る飛行機の中で、老女に教えられた通り「とにかくただ眠ろう。そして夢がやってくるのを待つのだ」と考える場面で『タイランド』は終っている。

さつきは、夢を待つために眠りを求めている。この眠りは、長年の怨念の石を溶かすための眠りである。男への憎悪を忘れるためには、男を許さなければならないが、三十年間の恨みを拭い去ることは、そう容易ではない。老女の予言の意図は、夢の中でさつきがとるべき振る舞いを具体的に示すことによって、彼女が積年の怨みを捨て去る覚悟を持つよう促すことである。夢の予言は暗示かもしれないが、夢の中であれ「一見して恐ろしそう」な「うろこだらけの緑色の蛇」[*13]を自分の「命だと思って」「目が覚めるまでつかんでいる」ためには、夢の中でそのように振る舞うさつきの意志が必要なのは言うまでもないことである。

あるいは、さつきの心に救いが訪れるのは、老女の予言を信じて夢を待つ日々を過ごすこと、そのために日々の眠りを安らかに眠ることの中にこそあるのかもしれない。そうであってこそ「生きることと死ぬこととは、ある意味では等価なのです」というニミットの言葉も効いてくる。さつきが憎しみの石を捨てねばならないのは、「ゆるやかに死に向かう準備」をするためである。男への怨念を捨てることによって、さつきに残された生の重みが増せば、その重みに見合う死を迎えることもできるのではないだろうか。

ニミットの言を俟つまでもなく、生と死は、本来等価なものでなくてはならないのだろう。この言葉には、『ノルウェイの森』の**「死は生の対極としてではなく、その一部として存在している」**という言葉が響き合っているようである。「もう半分死んでいます」と言うニミットと、キズキの突然の自殺に遭った「僕」は、死に非常に近いところに身を置いているという意味で共通している。『タイランド』で、「生きることと死ぬこととは、ある意味では等価なのです」という言葉が繰り返されるのは、意識の肥大化によって死を忘れてしまった現代人への警鐘とも思える。老女がさつきを夢に導こうとするのも、夢を育む無意識の領域では、生と死が等価なものとしてその中に溶け込んでいるからであろう。

表面的な意識の働きに頼って生活する現代人にとって、無意識は、『眠り』の「私」の例に見るように、時として恐怖を生み出す深淵でもある。しかしそれは、無意識が意識の反作用として働く証左でもある。無意識は、意識が目を逸らすものや見落とすものを捉え、意識がそれと気付かないうちに総体としての生を補償する働きを保っている。[*14] それは、おそらく善悪や美醜などの価値観や感覚、時間や空間という観念を超越した混沌の世界なのであろう。無意識につながる「眠り」が「傾向的消費」を癒すことができるのは、無意識には一切の形象や価値のすべてが溶け込み、それらすべてが混沌としたまま存在しているからではないだろうか。人は昼間の営みの偏向を正し、あるいは一旦忘れてしまうために、毎晩小さな死を死んでいる。こう考えると、「眠り」には、精神と身体を休息させ、両者を統合に導くことで生命の根源に触れ得る場という第三の意味が含まれていることが分かるのである。

第八章

輻輳する物語

『ねじまき鳥クロニクル』

1　一九八四年の「路地」

『ねじまき鳥クロニクル』は、一九八四年六月、「僕」岡田亨（オカダ・トオル）が妻クミコに促されて行方不明の猫を探しに、自宅の裏の「路地」に踏み込むことから始まる。この「路地」は、『ねじまき鳥クロニクル』という長大な物語を起動する象徴的かつ多義的な空間である。

村上春樹は、一九九五年十一月に行った河合隼雄との対談で、『ねじまき鳥クロニクル』を書くとき、夏目漱石の『門』の夫婦が「イメージとして」「頭の片隅にあった」と述べている。[*1] また、二〇一〇年五月に行われたインタビュー[*2]でも、『ねじまき鳥クロニクル』の原点である短編『ねじまき鳥と火曜日の女たち』（一九八六）では、「もともと、漱石の『門』みたいな状況」――「路地の奥にひっそりとある一軒家」で「若い夫婦が」「世界から、世間から二人きりで孤立した状況」――を「書いてみたかった」と述べている。村上は、実際に自分が書いたのは『門』とは「まったく違うタイプの夫婦」だったと言うが、[*3]『ねじまき鳥クロニクル』の夫婦が『門』と同じく結婚六年目であることや、「僕」が失踪した妻の妊娠から堕胎に至る経緯を想起しながら綿谷昇（ワタヤ・ノボル）につながるクミコの過去を組み立て直してゆく展開には、御米の三回にわたる流産が夫婦の過去の記憶を繰り返し想起させる『門』に倣った可能性が感じられる。

また、安井の帰朝の報に脅えた宗助が鎌倉の禅寺に籠もっている間に、蒙古の「冒険者《アドヴェンチュアラー》」[*4]・坂井の弟とともに安井が再び中国大陸に戻ったため難を逃れたという結末は、夫婦の問題の根がまったく解決されないまま、「満洲」[5]・蒙古という、当時の日本人の意識の辺境に棚上げされたことを意味している。この結末は、『ねじまき鳥クロニクル』の夫婦の問題の根が、一九三九年当時の満州国と外蒙古の境界に発生したノモンハン戦の歴史という、現代日本人の忘却の時空に遡及する展開に見事に引き継がれている。『ねじまき鳥クロニクル』は、夏目漱石が一九一〇年（明治四三年）に大陸浪人となった安井とともに「万里《ばんり》の長城《ちょうじょう》の向側《むこうがわ》」[6]へ押しやった、日本近代における個の生き方という懸案に、新たな角度から光を当てた作品と言えるのではないだろうか。

したがって、『ねじまき鳥と火曜日の女たち』、『ねじまき鳥クロニクル』の「路地」も、『門』の「露次《ろじ》」[7]を下敷に発想されたと考えることができる。『門』の宗助と御米の住む「露次《ろじ》」の突き当りの「何時《いつ》壊《くず》れるか分らない虞《おそれ》がある」[8]崖下の貸家は、世間から身を隠すように日々を送る二人が、世間の非難と良心の呵責に脅える自己崩壊の不安を暗示している。親友であり夫である安井を裏切り、「半途で退学させ、郷里へ帰らせ、病気に罹らせ、もしくは満洲へ駆り遣《や》った罪」[9]の意識は、宗助と御米の心を蝕みながら、二人を深く結び合わせてもいる。御米が小六を同居させた気苦労から体調を崩し、宗助が仏門に救いを得られないまま終る『門』の結末は、過去に追い詰められた夫婦が、「袋小路」に追い詰められたままそこから抜け出せない状況を象徴している。

一方、『ねじまき鳥クロニクル』の「路地」は、『門』の「露次《ろじ》」とは異なり、建て込んだ「家々の裏庭のあいだを縫うようにして約三百メートルばかりつづ」く道幅「一メートルと少し」の「小径」である。「高度成長期になってかつて空き地であった場所に家が新しく建ちならぶようになってから」入口と出口が塞がれ、「袋小路でさえな」くなった「路地」は、『門』の「露次《ろじ》」にも増して孤絶し閉塞した空間である。しかし、「僕」が「路地」に踏み込むことから物語が立ち上がってくるのは、ここが「まるで放棄された運河のよう」に人々に忘却された真空地帯だからなのである。

この「路地」は、「謎の電話の女」が指摘するごとく、「僕」の「死角」を暗示している。「電話の女」の指摘は、当然ながら、結婚前クミコが水族館でクラゲを見て、「私たちは習慣的にこれが世界だと思っている」けれど「本当の世界はもっと暗くて、深いところにある」、「私たちはそれを忘れてしまっているだけ」だと言った言葉と一致している。「君はいつ路地になんか行ったんだよ?」と尋ねても、仕事中のクミコはそそくさと電話を切ってしまう。しかし、クミコは「電話の女」と交互に電話をかけきて、クミコの「実体」が「僕の意識の領域をはるか遠く離れたところに」あることに気づかせようとする。笠原メイと向かい合っている「僕」の耳に、「撫でて」という「電話の女の声」――クミコの深層の声――が不意に聞こえてくるのも、「路地」が「僕」の「意識の暗黒の辺土」に潜む「真っ暗な巨大な部屋」のような、「僕のまだ知らないクミコだけの世界」を暗示しているからである。

そもそも、「僕」が探しに行く猫は、結婚してすぐにクミコが拾ってきた猫で、それまで猫嫌いの母の下で猫を飼えなかったクミコにとって、猫は「僕」との結婚によって獲得した自由の象徴であった。しかしこの猫に、冗談とは言えワタヤ・ノボルという名が与えられていたことは、クミコが結婚後も兄・綿谷ノボルから独立できていなかったことを暗示している。クミコが仕事中にわざわざ会社から電話をかけてきて「僕」に猫を探すことを頼んだり、猫が見つからないことを「僕」のせいにして非難したりするのは、失踪直前のクミコが結婚の「大事な象徴《しるし》」である猫を失うまいと躍起になっていたと同時に、「僕」に綿谷ノボルの実体を追及すべきことを示唆していたことにもなる。つまり、「僕」が「路地」を通って猫（ワタヤ・ノボル）を探しに行くことは、綿谷ノボルの実体に迫り、クミコを取り戻す苦闘の物語の先触れだったのである。

　また、この「路地」は、高度経済成長を遂げつつある一九八四年の日本社会の「死角」を暗示しているとも言える。世田谷の閑静な一等地の一角にエア・ポケットのように取り残された「出口のない路地」には、右肩上がりの経済成長を享受する一九八四年当時の日本とは裏腹の、えも言われぬ虚無感が立ちこめている。第2部11章で、何日かぶりに井戸の底から上がってきた「僕」は、この「路地」に「いつも以上に深刻な停滞と腐敗の兆候」を見る。「路地」は、「僕」やクミコをはじめ、「路地」に面する家々に住む、あるいは過去住んでいた人々の精神的空洞を反映し、彼らが死と没落に誘引されてゆく危機を示唆しているのである。

　猫を探す「僕」は、「いつも手元に小さな双眼鏡を持って」「この路地のことを見張って」いる、「路地」の案内人《ガイド》たる笠原メイから、猫の通り道が「滝谷さんの家から」笠原家の庭をよぎって「宮脇さんの庭」へ向かっていることを知らされる。猫たちは、「僕」が下りることになる井戸を暗に示するように、滝谷家から笠原家の庭を横切り宮脇家へ向かうルートを歩んで行く。それは、一九八四年の経済繁栄の「路地」裏で現実を見失っている――「辞めて何をするというはっきりした希望や展望があったわけでもな」く仕事を辞め、妻の「実体」を見失っていることにも気づかない――「僕」を井戸へ導く道筋なのである。

　メイの言う「滝谷さんの家」とは、短編『トニー滝谷』*10の主人公の家である。『ねじまき鳥クロニクル』第1部が一九九〇年に『新潮』に掲載され、一九九一年に単行本として刊行された段階では、次のように、「滝谷さん」が短編『トニー滝谷』の主人公であると明確に分るように書かれていた。(引用文中の「娘」は、笠原メイである)

「猫はいつもあのあたりを通るのよ」、娘は芝生の向う側を指さした。「あの滝谷さんの垣根のうしろに焼却炉が見えるでしょ？　あそこのわきから出てきて、ずっと芝生をつっきって、木戸の下をくぐって、おむかいの庭に行くの。いつも同じコースよ。ねえ、滝谷さんって、有名なイラストレーターなのよ。トニー滝谷っていうの。知ってる？」

「トニー滝谷？」

娘は僕にトニー滝谷の説明をしてくれた。トニー滝谷というのが彼の本名であること。彼が非常に克明なメカニズムのイラストレーションを専門とする人物であり、先日交通事故で奥さんをなくして、一人でその大きな家に住んでいること。ほとんど家の外に出ないし、近所の誰とも付き合わないこと。

「悪い人じゃないわよ」と娘は言った。「口をきいたことはないんだけどね」

(『ねじまき鳥クロニクル』第1部　新潮社　一九九四年四月　二九〜三〇頁)

しかし、一九九七年の新潮文庫版と二〇〇三年の『村上春樹全作品1990〜2000④』では、「トニー滝谷」という名前は削除され、「うちの庭は近所の猫のとおり道になっていて、いろんな猫がしょっちゅう行き来してるのよ。みんな滝谷さんの家からうちの庭を横切って、あの宮脇さんの庭に入っていくの」という叙述と、二頁ほど後の「あの滝谷さんの垣根のうしろに焼却炉が見えるでしょ？あそこのわきから出てきて、ずっと芝生をつっきって、木戸の下をくぐって、お向かいの庭に行くの。いつも同じコースよ」[*11]という記述に書き換えられている。

藤井省三は、『村上春樹のなかの中国』[*12]第1章5、6で、この書き直しを指摘し、『トニー滝谷』と『ねじまき鳥クロニクル』の関連[*13]について考察している。藤井は、「日中戦争という『歴史に対する意志とか省察』をまったく欠いた人間」であった父・省三郎とともに「学園紛争期に『何も考えることなく黙々と精密でメカニックな絵を描き続けた』息子」・トニー滝谷は、「妻も父も失ったのち監獄のような空っぽの衣裳室で『本当にひとりぼっち』にならなければならなかった。戦争体験の忘却という罪を犯した父を持つ息子が、再び社会に対する無関心という罪を犯して孤独という罰を受ける、という父子二代の因果が『トニー滝谷』の物語ではなかったろうか」と述べている。藤井は、「初出誌版『ねじまき鳥　第1部』で歴史に対する永遠の傍観者である孤独なトニー滝谷を登場させることにより、主人公の「僕」すなわちオカダトオルに日本の現代史への参与を促したのではあるまいか」としながら、「村上春樹は『ねじまき鳥クロニクル』三部作が完成すると、トニーを善玉へと展開させてできたのがトオルであり、トニーを悪玉へと展開させてできたのが綿谷ノボルといえるのではあるまいか。そして分身たちが成長して行くにつれ、『ねじまき鳥』の物語は滝谷父子の存在を必要としなくなり、単行本版では猫の通り道の庭の家主以上の役を演じること」がなくなったと結論している。

しかし、藤井省三の論じるごとく『ねじまき鳥クロニクル』から「トニー滝谷の物語を消去した」のなら、村上は、なぜ新潮文庫版と『村上春樹全作品1990〜2000④』に「滝谷さんの家」「滝谷さん」という言葉を残したのだろうか。完全に「トニー滝谷の物語を消去」するのなら、『ねじまき鳥と火曜日の女たち』のように、「滝谷さんの家」も「滝谷さん」も削除して、「有名人気取り」の「大学の先生」である「鈴木さんの家」[*14]に戻しても良かったのではないだろうか。村上は、父・省三郎の戦時体験の忘却が、息子・トニーに社会に対する無関心として引き継がれた後、そうした滝谷父子の過去の生き方がトニーの妻の身に「精神の病といってもいい」症状として現象し、買い物依存症に陥った彼女が交通事故死を遂げたばかりの「滝谷さん」こそ、むしろ「路地」に沿って建つ「猫の通り道の庭の家主」としてふさわしいと考えたのではないだろうか。村上は、滝谷家の父から息子へその生き方が引き継がれてゆくのと同時に、彼らの歴史や社会への無関心が知らず知らず周囲にも伝わって人々の心を蝕んでゆく、それが一種の空気として漂い出し、時代の雰囲気を醸し出してゆくあり様をこそ、一九八四年の「路地」裏に描き出そうとしたのであろう。

トニー滝谷の妻は、結婚前から洋服の「着こなしが上手」く、「お給料のほとんど」が「洋服代に消え」てしまうほどの洋服好きではあったが、もともと「頭の良い娘」であった彼女は、結婚して「何事にも節度というものをわきまえ」た「かなり有能な主婦」となる。トニー滝谷にとって唯一「気になること」は、「彼女があまりにも多く服を買いすぎること」だけであった。しかしこの傾向が「とくにひどくなったのは新婚旅行でヨーロッパに行ったときから」であることは、彼女が深刻な買い物依存症に陥った要因がトニー滝谷との結婚にあることを示唆している。

「目の前に綺麗な洋服があると」「どうしても」「買わないわけにいか」なくなるというトニーの妻の症状は、彼女も自認するように「まるで薬物中毒のようなもの」である。彼女は、「生地を撫でまわし、匂いを嗅ぎ、袖を通して鏡の前に立って」は眺め、洋服を「どれだけ見ていても飽きなかった」という。こうした傾向は、クミコや赤坂ナツメグの洋服に対する執着を連想させるものでもある。しかし、いくら洋服が好きでも、「夫を深く愛し」「尊敬もしていた」妻が、トニーとの幸福な結婚生活のさなかで買い物依存症に陥らねばならなかったのは、なぜなのだろうか。

　鷲田清一は、「衣料こそ、ひとが動くたびにその皮膚を擦り、適度に刺激することでひとにじぶんの輪郭を感じさせるもっとも恒常的な装置[*15]」であり、それ故に、自分自身の身体、すなわち「私の輪郭」を補強する技法としてファッションが用いられるのだと言う。セイモア・フィッシャーは、「ある研究者（ケルナルーガン　一九六八）」が「自分の身体境界にひどく不安を感じている女子大生は、最新流行のファッション――それは確かに最も人目を引く服装である――を着る傾向があることを発見した」例を挙げ、「ある人が自分の境界に不安をもつと、その人は注意を引く服装をして、見た目に鮮やかな装いをすることで、境界を強化しようとする[*16]」と述べている。

　鷲田、フィッシャーの言に従えば、トニーの妻は、洋服の「生地を撫でまわし、匂いを嗅ぎ、袖を通して鏡の前に立って」は眺める――触覚・嗅覚・視覚において「第二の皮膚[*17]」である洋服の生地の質感や手触り（テクスチュア）を確かめ、身にまとう――ことで、自己の「輪郭を補強」し、結婚生活に充足しているはずの自分の中の何か分らない空白感を埋めようとしていたのではないだろうか。彼女が交通事故死の直前まで、その日ブティックに返品した「コートとワンピース」「がどんな色をしてどんな恰好をしていたか、どんな手触りだったか」「今目の前にあるもののように、細部まで鮮明に思い浮かべ」ていたというのも、その「コートとワンピース」が、彼女をこの世界の中で意味ある存在と実感させてくれる「第二の皮膚」に他ならなかったからであろう。

トニー滝谷の妻とクミコとナツメグに共通するのは、彼女たち自身が意識する、しないに関わらず、三人とも日中戦争に端を発する運命的な過去を背負わされ、そこから滲み出す言いようのない欠落感——現実からの乖離感——に知らず知らず駆り立てられて、ただただ美しい洋服を渇望している点である。彼女たちは、ともに運命的な過去の記憶に抗して現在を生き抜くために、「私の輪郭を補強する技法として」のファッション、自己と現実社会の接点であるファッションにおいて、自己を見出そう、自己を実現しようと努めている。[*18] しかし、そうした必死の努力も空しく、三人の女性は、運命的な過去の深淵に引き込まれしまう。

つまり、「滝谷さんの家」は、第3部で週刊誌に「首吊り屋敷」と書きたてられる宮脇さんの空き家同様、日中戦争以来の因縁によって住人が不幸に見舞われる家として描かれているのである。「僕」は家主である叔父から、宮脇さんの空き家のある地所に、かつて戦犯容疑で極東軍事裁判にかけられることを恐れ自殺を遂げた陸軍大佐夫婦や、視力を失って女優生命を断たれ絶望のうちに「風呂桶に水を張って、そこに顔をつけて自殺した」女優が住んでいたという因縁話を聞いている。宮脇さんの空き家と、一人取り残されたトニー滝谷が住む広い家に充満する虚無感は、過去の歴史を忘却してひとり経済的繁栄を楽しむ一九八四年の日本人の心を蝕む、もっとも深刻な虚妄の象徴なのである。

そして、この虚無感は、笠原家の「初夏の日差し」の下に空漠と広がる「丁寧に手入れされ」た、

「芝生がなだらかな斜面を作って広が」る庭一面にも立ち籠めている。笠原家の庭を眺めた「僕」は、「これだけ広い庭の手入れをするのはたいへんだろうね」「昔、芝刈り会社でアルバイトしてたことがあるんだ」という言葉を発して、『午後の最後の芝生』（一九八二）[*19]の「僕」が、綺麗に刈り上げた芝生の庭で味わった死と不在の影を、一瞬のうちにこの笠原家の芝生の上に蘇らせている。

バイクの交通事故で誤ってボーイフレンドを死なせ、自身も怪我を負って高校を休学している十六歳の笠原メイは、初対面の「僕」に、突然「人が死ぬのって素敵よね」と語りかけ、「僕」の耳元で「死のかたまりみたいなものを」「死んだ人の中からとりだして」「メスで切り開いてみたい」とささやく。メイは、両親や学校を支配する凡庸な社会通念に疑念を抱いて現実に生きる手応えを見失い、死の想念に傾斜するティーンエイジャー独特の危うい心理の中に生きている。[*20]生の確かな手応えを得るためには、「ぎりぎりのところまで」死に肉薄するしかないという考えにとりつかれているメイは、「私には世界がみんな空っぽに見えるの。私のまわりにある何もかもがインチキみたいに見えるの。インチキじゃないのはそのぐしゃぐしゃだけなの」と「僕」に訴える。「人生とか世界」が「基本的にシュビ一貫した場所であると（あるいはそうあるべきだと）考えて生きている」両親を「とんまな雨蛙」と揶揄するメイは、硬直した価値観から一歩も踏み出せない鈍感な大人たちに感受できない時代の虚妄を敏感に察知する、一九八四年の「路地」における孤独な〈炭鉱のカナリヤ〉と言える存在なのである。

『ねじまき鳥クロニクル』の「入口も出口もな」い「路地」は、「僕」の「死角」、すなわち「僕」の意識の域外に隠れたクミコの深層を示唆するとともに、一九八四年に生きる日本人の「死角」を示唆している。そして、この「死角」は、二つながら一九八四年の日本社会の精神的空洞――現代日本人の意識にほとんど上ることのない日中戦争の記憶――に通じている。「僕」は、クミコを追い求めて宮脇家の井戸の底に下り、二つの「死角」がその深淵においてつながっていること、すなわちクミコを連れ去った綿谷ノボルの発揮する邪悪な影響力が日本人の「集合的な記憶」に根ざすものであることを、身をもって知ることになるのである。

2　歴史の忘却――「個人的な記憶」と「集合的な記憶」の連結

村上は、一九九一年二月から一九九三年六月まで「visiting fellow」としてアメリカ合衆国ニュージャージー州にあるプリンストン大学に滞在していた。その間に、『ねじまき鳥と火曜日の女たち』を「長編のために膨らませてみよう」という考えと、プリンストン大学東洋学科の図書館で読んだノモンハン事件に関する書籍が「頭の中で自然に結びついて」『ねじまき鳥クロニクル』という作品に結晶したのだという。[*21] この一見結びつき難く思われる両者を結びつけたのは、日本人が日中戦争にまつわる過去の記憶を忘却しているために現在を見失っている、あるいは、現在の矛盾から目を逸らそうとして、意識的または無意識のうちに、過去の記憶にも目をつぶることが日本人の常習になっているのではないか、という村上の現実認識と問題意識であったと考えられる。

村上がアメリカに赴いた一九九一年二月は、折りしも、ジョージ・ブッシュ大統領の指示により一月十七日にバグダッド空爆が開始され、湾岸戦争の始まった翌月であった。村上は、「普段は清潔で穏やかなプリンストン」に、「遠い場所で行われている戦争」が「人々に与える」独特の「高揚感」が溢れているのを「ひしひしと感じ」、「そのような『準戦時体制』の切迫した空気」は、その中で書き始めた『ねじまき鳥クロニクル』に、「少なからざる影響を及ぼしたと思う」と言う。そして、「日本という社会システムを離れ、個として自由に生きたいからこそ」アメリカにやって来た村上が、「準戦時体制」下のアメリカにおいて、湾岸戦争への派兵をめぐり「日本人としての論理を求められ」、「かなり深刻なcontradiction（自己矛盾）」に直面することになった経緯を語っている。村上は、日本が「ほとんど何もせずに利益だけを享受している」のはフェアではないというアメリカの「国論」に論理的に反駁しようとすると、日本人である自分はどうしても、戦争放棄を謳う日本国憲法下に自衛隊を所有しながら海外派兵は不可能だという、戦後日本の根底を成す「ねじれ」に突き当たらざるを得なくなり、「どんなに論理を並べ立てても、いや並べ立てれば立てるほど」「果てしない無力感に」「とらわれていくことになった」と述べている。*22

一九四九年生まれの村上春樹が、戦争経験の有無を問わず、われわれ日本人の多くが日中戦争の記憶を意識的に排除し、あるいは無意識のうちに忘却して生きている姿に深刻な精神的空洞を見るようになったきっかけの一つは、こうした体験を含む四年半のアメリカ滞在において、日本と日本人のあり方を総体として外から眺めると同時に、自分の身に迫る具体的かつ現実的な問題として考えさせられた経験にあると言えよう。

村上は、二〇〇四年の柴田元幸によるインタビューで『ねじまき鳥クロニクル』に触れ、次のように述べている。

僕は歴史を歴史として独立したものとしてじゃなくて、自分自身の記憶に連結したものとして捉えていると思うんです、常に。つまり、歴史というのは、集合的な記憶みたいなものじゃないかと。（中略）第二次世界大戦の戦争責任が、今の日本人にあるかと言われれば、僕はあると思う。というのは、僕らはその記憶を受け継いでいるから。だから「私は戦争後に生まれたから戦争に責任はありません」みたいに、簡単には言えないんです。僕らはそこに集合的記憶というチャンネルを通してつながって、それなりの責任を引き受けざるを得ないと思う。集合的な記憶というのは、僕らの貴重な財産であり、同時に責任でもある。

（『ナイン・インタビューズ柴田元幸と9人の作家たち』アルク　二〇〇四年三月　二七五～二七六頁）

また、二〇〇八年十月に「サンフランシスコクロニクル」に掲載されたインタビューでも、“It has been said that history has loomed larger in your recent writing. Do you agree?”（「最近の作品では、歴史の重大性が次第に増していると指摘されていますが、あなたは同意されますか」）という質問に、次のように答えている。（このインタビューの行われた時点では、『海辺のカフカ』もすでにアメリカ合衆国内で出版されていた[*23]）

“Yes. I think history is collective memories. In writing, I'm using my own memory and I'm using my collective memory. I like to read books on history and I'm interested in the Second

World War. I was born in 1949, after the war ended, but I feel like I'm kind of responsible for that war. I don't know why. Many people say, "I was born after the war, so I'm not responsible at all – I don't know about the comfort women or the Nanking massacre." "I want to do something as a fiction writer about those things, those atrocities. We have to be responsible for our memories. My stories are not written in realistic style. But you have to see reality. That is your duty, that is your obligation."

（はい、私は歴史とは集合的な記憶だと考えています。作品を書くとき、私は自分の記憶と集合的な記憶を用いています。私は歴史の本を読むのが好きですし、第二次世界大戦に興味があります。私は一九四九年に、戦争が終ってから生まれましたが、戦争にある種の責任を感じています。なぜか、多くの人たちは「私は戦後に生まれたから責任は全然ないし、慰安婦とか南京虐殺のことも知りません」と言います。しかし、私は小説家として、こうした事態やそれらの残虐行為に対し、何かしたいのです。私たちは、私たち自身の記憶に責任があります。私の物語は、現実的なスタイルをとってはいませんが、私たちは現実を見なければなりません。それが私たちのなすべき、そしてなし得ることでもあるのです。筆者試訳）

(What Haruki Murakami talks about Heidi Benson,Chronicle Staff Writer Sunday, October 26, 2008)

このインタビューでも、村上は、自分は一九四九年の戦後生まれだが、第二次世界大戦に責任を感じると述べている。また、慰安婦・南京虐殺という具体的な言葉を挙げ、それらが生まれる前の出来事だからという理由で、戦後生まれの人々に責任がないとは言えないと述べている。村上は、戦時下の残虐行為を確かな現実として認識する――自分の記憶として繋ぎとめる――ためには、「集合的な記憶」（歴史）に通ずる通路《チャネル》としての物語が有効な機能を果たすと考え、自分が物語を書く理由を、人々が現実を現実として認識するためには物語が必要だからであり、物語を書くことが小説家として自分のなし得ることだからだと述べている。

さらに、『1Q84』では、天吾と「ふかえり」はジョージ・オーウェルの『一九八四年』をめぐって次のような会話をしている。

「正しい歴史を奪うことは人格の一部を奪うのと同じことなんだ。それは犯罪だ」

ふかえりはしばらくそれについて考えていた。

「僕らの記憶は、個人的な記憶と、集合的な記憶を合わせて作り上げられている」と天吾は言った。「その二つは密接に絡み合っている。そして歴史とは集合的な記憶のことなんだ。それを奪われると、あるいは書き換えられると、僕らは正当な人格を維持していくことができなくなる」

（『1Q84』BOOK1　新潮社　二〇〇九年五月　四五九～四六〇頁）

これら国内外のインタビューや最新作『1Q84』に繰り返し披瀝された村上の物語と歴史に関する考え方は、まさしく『ねじまき鳥クロニクル』を貫く骨格となっている。村上の、歴史とは「個人的な記憶」と連結した「集合的な記憶」であるというとらえ方は、歴史を独立した抽象的概念と見るのではなく、一人一人の人間が現実の生を生きる、その実相から醸成されてゆくという発想に基づいている。人間の記憶は、当人が死ねば消滅してしまうと考えるのが現在の日本では一般であろうが、村上は、一人一人の「個人的な記憶」は、これに連結した「集合的な記憶」に溶け込んで次世代に受け継がれ、人々に共有されるものと考えている。

だから、『1Q84』の天吾は、ジョージ・オーウェルの『一九八四年』のように、歴史を「奪われ」たり、「書き換えられ」たりすると、「僕らは正当な人格を維持していくことができなくなる」と言うのである。『ねじまき鳥クロニクル』の十数年後に天吾にこう語らせた村上は、世界に誇る経済発展の果実を享受しながら、日本人がわずか一世代あるいは二世代前の人々の体験した日中戦争の記憶すら意識の外に排除して、歴史を「奪われ」「あるいは書き換えられ」た『一九八四年』のオセアニア国の人々にも擬えられかねない精神的退廃に陥りつつある矛盾を、『ねじまき鳥クロニクル』の一九八四年の「路地」に凝縮したのである。

村上は、「サンフランシスコクロニクル」掲載のインタビューで「In writing, I'm using my own memory and I'm using my collective memory.（作品を書くとき、私は自分の記憶と集合的な記憶を用いています）」と答えているが、『風の歌を聴け』以来の村上作品は、総体として、主人公が「個人的な記憶」を遡及し現在に生きる現実を取り戻そうとする物語の系譜と見ることができる。しかし、そうした系譜の中でも、『ねじまき鳥クロニクル』以前に、「個人的な記憶」が「集合的な記憶」に連結していることを示唆した作品もある。それが、『中国行きのスロウ・ボート』（一九八〇）であり、『トニー滝谷』（一九九〇・一九九一）である。

「個人的な記憶」と「集合的な記憶」の連結という観点から見ると、『羊をめぐる冒険』(一九八二)は、日中戦争を含む日本近代史に触れてはいるものの、「個人的な記憶」の物語が「集合的な記憶」に連結する接点に触れないまま終っていると言わざるを得ないだろう。『羊をめぐる冒険』では、「僕」が「個人的な記憶」を過去に向かって遡及する物語に重ねて、日中戦争前から戦後まで、日本社会を一貫して支配するシステムを構築する陰の権力主体が「羊」という概念として描かれている。しかし、「羊」が取り憑いたのは「鼠」であって「僕」ではないために、「僕」の「個人的な記憶」への遡及が直接「集合的な記憶」の一元型である「羊」と切り結ぶ展開は見られなかった。

また、四十年以上にわたって「羊抜け」の人生を虚無のうちに生きてきた羊博士、日露戦争に駆り出され中国大陸で戦死した息子を思い孤独のうちに死んでいったアイヌ人の羊飼い、日露戦争時に徴兵を忌避して森に逃げ込んだまま帰る場所を失った「羊男」など、歴史の陰で故なくその人生を深く損なわれた、『ねじまき鳥クロニクル』の間宮徳太郎を髣髴とさせる人物も登場するが、彼らが各自の人生の現実を「集合的な記憶」に連結するべく(間宮や岡田トオルのように)「個人的な記憶」を遡及する物語は語られてはいない。同じく日中戦争の記憶に触れてはいても、「個人的な記憶」と「集合的な記憶」の連結という視点から見ると、『ねじまき鳥クロニクル』は、岡田トオルの「壁抜け」を必然的なできごととして描く物語という意味合いから、主人公が現実をより確実につかむ結末に至っていることが分るのである。

一方、『ねじまき鳥クロニクル』以降、日中戦争に関わる日本人の「集合的な記憶」に触れた作品としては、『海辺のカフカ』(二〇〇二)、『1Q84』(二〇〇九~二〇一〇)が挙げられる。『風の歌を聴け』（一九七九）で、主人公の「僕」が、日中戦争時地雷を踏んで死んだ叔父のエピソードを語って以降、村上が「個人的な記憶」としての日中戦争に触れ続けてきた背景には、彼自身の幼少時からの体験が指摘できる。二〇〇九年二月十五日に行われたエルサレム賞受賞スピーチにおいて、村上は父の思い出を語った。次の一節は、村上春樹としては大変珍しく、公式の場で自身の家族にふれた貴重な言葉である。

My father passed away last year at the age of ninety. He was a retired teacher and a part-time Buddhist priest. When he was in graduate school in Kyoto, he was drafted into the army and sent to fight in China. As a child born after the war, I used to see him every morning before breakfast offering up a long, deep-felt prayer at the small Buddhist altar in our house. One time I asked him why he did this. He told me he was praying for the people who died on the battlefield. He was praying for all the people, he said, who died, both ally and enemy alike. Staring at his back as he knelt at the altar, I seemed to feel the shadow of death hovering around him.

My father died, and with him he took his memories, memories I can never know. But the presence of death that lurked about him remains in my own memory. It is one of the few things I carry on from him, and... one of the most important.

（私の父は昨年九十歳で亡くなりました。父は元教師ですでに引退していましたが、ときに僧侶の仕事をしていました。父は京都の大学院にいたとき召集されて中国戦線に送られました。戦後生まれの私は、父が毎朝食事の前に自宅の小さな仏壇の前で長く深甚な祈りを捧げるのをいつも目にしていました。それで私はあるとき、父になぜお祈りをするのかと尋ねました。父は戦場で亡くなった人々のために祈っているのだと答えました。父は、敵も味方もなく、亡くなったすべての人のために祈っていると教えてくれたのです。仏壇の前に正座して祈っている父の背中をじっと見つめていると、死の影が父の回りにつきまとっているような気がしました。／戦争の記憶とともに父は亡くなりました。ですから、私には父の記憶を知ることはできません。けれども、父の身の回りに潜んでいた死の影は私の記憶の中に残っています。それは、私が父から受け継いだ数少ないもののうちの一つであり、もっとも大切なもののうちの一つなのです。筆者試訳
(Haruki Murakami's Jerusalem Prize acceptance speech (Mainichi Japan) March 3, 2009)

ここには、日中戦争に従軍した父親がほとんど口にしなかった記憶が、父親から受け継いだもののうち最も重要なものだという認識が語られている。村上は、言葉にされず目にすることもできない、暗い死の影のまとわり付く、おそらく悲惨を極めたに違いない亡父の戦場の記憶を、そっくりそのまま自身の記憶として引き継ぐことを決意しているのである。

一九九六年に村上春樹にインタビューをしたイアン・ブルマは、村上から父親の戦争の記憶をめぐる貴重な発言を引き出すのに成功している。[*24] その内容は、右に引用した二〇〇九年のエルサレム賞受賞スピーチの内容を裏づけるものである。

村上は子どもの頃に一度、父親がドキッとするような中国での経験を語ってくれたのを覚えている。その話がどういうものだったかは記憶にない。目撃談だったかもしれない。あるいは、自らが手を下したことかも知れない。とにかくひどく悲しかったのを覚えている。彼は、内証話を打ら明けると言った調子でもなく、さり気なく伝えるように抑揚のない声で言った。「ひょっとすると、それが原因でいまだに中華料理が食べられないのかも知れない」

父親に中国のことをもっと聞かないのか、と私は尋ねた。「聞きたくなかった」と彼は言った。「父にとっても心の傷であるに違いない。だから僕にとっても心の傷なのだ。父とはうまくいっていない。子供を作らないのはそのせいかもしれない」。

私は黙っていた。彼はなおも続けた。「僕の血の中に彼の経験が入り込んでいると思う。そういう遺伝があり得ると僕は信じている」。(中略)

「僕は事実を知りたくない。想像力の中に閉じ込められた記憶がどんな結果を生み出すのか、それだけにしか興味がない」。

(「村上春樹　日本人になるということ」イアン・ブルマ石井信平訳『イアン・ブルマの日本探訪』ティビーエス・ブリタニカ　一九九八年十二月　九二～九三頁)

父親の戦争の記憶の事実を知るよりも「想像力の中に閉じ込められた記憶がどんな結果を生み出すのか、それだけに」興味を抱くという姿勢は、異なる時空の出来事が「想像力の中に閉じ込められた記憶」においてつながり合い、それらがみな現実と結びついていることを描き出す村上の物語の手法そのものである。言葉にならず目にすることもできない何ものかが、時に人を根底から激しく揺り動かす村上の物語は、目の前の現実を現実として成り立たせているもう一つの現実が、ここ以外のどこかに存在することを呼びさます複眼的視点を読者に提供する。そして、こうした視点があればこそ、村上は、湾岸戦争開戦直後のアメリカ国内に「社会的なうねり」として沸き立った高揚感を肌身に感じながら、テレビの画面に決して映し出されない「血と死体と痛み」[*25]を『ねじまき鳥クロニクル』に描き出したのである。

3　血と死体と痛み

日中戦争にまつわる日本人の「集合的な記憶」に向かって遡及する『ねじまき鳥クロニクル』において、暴力が今までの村上作品になくクローズ・アップされているのは、当然と言えば当然のことである。村上は、戦争という国家の権力による「組織的暴力」[*26]が人々にどれほど深刻な「血と死体と痛み」の犠牲をもたらすか、それが人々にいかなる「個人的な記憶」として刻みつけられるか、その惨状をあくまでも個の視点から克明に描こうと努めているからである。

したがって、『ねじまき鳥クロニクル』において、暴力を振るう主体となり、暴力を受ける対象となる身体が従来の作品とはまったく異なる相貌を伴って立ち現れているのも、当然のことと言える。従来の村上作品においては、身体は何よりも個の存在根拠として描かれていた。現実からの乖離感・疎外感に悩む主人公たちは、食べ眠り排泄し性交をして常に生命保持に努める身体、意識の唯一の寄る辺として具体的形象を堅持する身体、そして岡田トオルもしているように、プールで泳ぎアイロンをかけるといった日常の具体的なしぐさを担う身体に、自己存在の確証を見出そうとするのが常であった。しかし、『ねじまき鳥クロニクル』において、圧倒的暴力に巻き込まれる身体は――それが暴力を振るう主体としての身体であれ、暴力を受ける対象としての身体であれ――人間としての尊厳を削ぎ落とされた、ただの「肉のかたまり」[*27]としての相貌を露にしている。

その最たるものは、ハルハ河のほとりで生きながら皮を剝がれた山本の血まみれの肉塊である。全身の「皮をすっかりはぎ取られ、赤い血だらけの肉のかたまり」になった「山本の死体」が「血の海」となった地面に「ごろんと転がっている」光景が、人間のなし得る限りの残虐と、戦争の凄惨の極限を象徴していることは言うまでもない。しかし、山本はなぜ皮膚を剝がれねばならないのか。「皮剝ぎ」という拷問が選ばれた必然性はどこにあるのか。ロシア人将校は、拷問を始める前に山本に恐怖を与えて自白を引き出そうと、蒙古人の残忍さと羊の皮を剝ぐ技術の優秀性を強調している。しかし、ロシア人将校に「皮剝ぎ」でなければならない理由をわざわざ説明させた作者の意図はどこにあるのだろうか。

鷲田清一は、「皮膚とはもちろん二つの異なったものの界面であり、境界である。それは自己と他者、私秘的《プライヴェート》な領域と公的な領域、内部と外部の境界であると同時に、男性と女性、人間と機械、正常と異常などといった社会生活にとってひじょうに重要な意味をもつボーダーラインやバウンダリーを象徴的に意味するような境界でもある[*28]」と述べている。ここでは、皮膚が社会生活上「ひじょうに重要な意味をもつボーダーラインやバウンダリー」としての多様な象徴的意味を表し得ることに注目しながら、「皮剝ぎ」の意味をめぐってしばらく考察を進めたい。

満州国側への渡河に備えて眠っている間に外蒙古の警備軍に捉えられた山本と間宮は、本田が書類とともに身を隠してしまったことに初めて気づく。山本は、機密書類を守るために命を捨てる覚悟をすでに固めてはいたが、書類の行方が分からなくては、どんな拷問が行われたところで、自白のしようもない。山本の苦痛の度合いによって、書類の所在が明らかにされることはあり得ない。しかしこうした状況下で、山本は、その断末魔を最大限に引き延ばされるために、全身の皮膚を「桃の皮でも剝ぐように」「ゆっくりと丁寧に」剝がれ、空しく死んでいく。

山本惨殺は、満蒙国境をめぐるノモンハン事件勃発約一年前の、日ソ両国の諜報活動のせめぎ合いのさなかに設定されている。ハルハ河流域は、翌一九三九年のノモンハン事件において、日本の作りあげた傀儡国家・満州国と、当時ソ連の「衛星国家」とされていた外蒙古との国境（ボーダーライン）をめぐる紛争の焦点となる国境地帯（バウンダリー）であった。[*29] そのハルハ河左岸（外蒙古領土内）に「ごろんと転が」された山本の血まみれの肉塊は、彼が地獄の苦しみのうちに皮膚を引き剝がされたことに象徴される、国境（ボーダーライン）を争う軍事的衝突であるノモンハン事件勃発を予兆し、日ソ両国の「組織的暴力」の衝突が、いたましいまでの無意味さしか残さないことを予知している。山本惨殺の二日前、「根っからの兵隊」である浜野軍曹は、「軍歴のほとんどない新任の」間宮少尉に、次のように語っていた。

しかし私たちが今ここでやっている戦争は、どう考えてもまともな戦争じゃありませんよ、少尉殿。それは戦線があって、敵に正面から決戦を挑《いど》むというようなきちんとした戦争じゃないのです。私たちは前進します。敵はほとんど戦わずに逃げます。そして敗走する中国兵は軍服を脱いで民衆の中にもぐり込んでしまいます。そうなると誰が敵なのか、私たちにはそれさえもわからんのです。だから私たちは匪賊《ひぞく》狩り、残兵狩りと称して多くの罪もない人々を殺し、食糧を略奪します。戦線がどんどん前に進んでいくのに、補給が追いつかんから、私たちは略奪するしかないのです。捕虜を収容する場所も彼らのための食糧もないから、殺さざるを得んのです。間違ったことです。南京《ナンキン》あたりじゃずいぶんひどいことをしましたよ。

（『村上春樹全作品1990〜2000④』講談社 二〇〇三年五月 二一六頁）

浜野は、この戦争の実態が、前年（一九三七年）の南京虐殺なども含め、戦線（ボーダーライン）の錯綜と混乱から生じる見境のない暴虐だと見抜いている。浜野の言葉には、広大な中国大陸への侵略を図った日中戦争が元来「まともな戦争」ではなく、本来犯すべからざる国境（ボーダーライン）を侵犯し、中国の領土と良民を際限もなく蹂躙するのは「間違ったこと」だという認識が滲み出ている。日中戦争当時、浜野のような認識を持った日本人兵士が実際にどれほどいたかは不明であるが、現代の読者は、浜野の言葉に導かれて、さらなる侵略のために満蒙国境（ボーダーライン）内に不法に侵入し軍事機密を秘密裏に持ち出そうとした山本の皮膚（ボーダーライン）が徹底的に蹂躙される「皮剝ぎ」という非人間的行為が、中国大陸における日本帝国陸軍の愚劣極まりない暴虐への報復の凝縮であることに気づかされるのである。

ヒトの皮膚は、「体表面を覆って」「身体の内部環境の恒常性を維持」する「膜状の器官で」あり[*30]、「広範囲にわたる化学的、物理的、生物学的な有害因子に対するきわめて効果的な障壁[*31]」として機能しているという。傳田光洋は、「人間を含む陸上生物の皮膚に与えられた」もっとも「重要な課題は」、「体液が流出して生命機能が維持できなくなる」のを防ぐことと、「外部から細菌などの異物の侵入を抑制すること」にあると述べている[*32]。すなわち、皮膚の機能とは、身体を覆って体外環境から保護し、一個の有機体としての恒常性を維持することにあると言えるだろう。これを社会的存在である人間に敷衍すれば、人は皮膚によって、自己を世界から分節化し、他者と区別することで、自己を保持していると言えよう。皮膚の描き出す身体のさまざまな形象や触覚によって全身を隈なく縁どられているという感覚は、何より明らかに自己の輪郭を保証している。鷲田清一が、人は「衣服という皮膚」である「ファッション」を「私の輪郭を補強する技法として」用いる[*33]と言うのも、人々がまずは身体を覆う皮膚こそが「私の輪郭」だと認識しているからだろう。

山本の死のもっとも悲惨な点は、顔面も皮膚を剝がれ、耳、鼻や生殖器まで削ぎ落とされて、もはや一人の人間の死体としての様相を呈することすら許されなかった点にある。「おそらく特務機関」の「上級将校」であった山本は、日ソ両国の諜報戦のつばぜり合いの犠牲になりながら何ひとつ報われることなく、ただ一人の人間として死ぬことすらできなかった。山本は、皮膚を剝がれることによって、まさしく自己をかたどる「私の輪郭」を剝奪され、個としての存在を蹂躙され無化されたまま、忘却の闇に葬り去られたのである。

4　暴力の記憶

『ねじまき鳥クロニクル』において、山本惨殺をはじめ、身体がしばしば過酷な暴力にさらされ、ただの「肉のかたまり」と化すありさまが繰り返し描写されているのは、（それが国家権力の発動する「組織的暴力」の愚劣さの表出であることは勿論）生命を宿す身体が、ひいては、身体に宿る自己がこの上もなく脆弱なものであり、しかしそれ故にこそかけがえのない存在なのだという作者の認識の表れであろう。

たとえば、『ダンス・ダンス・ダンス』の「僕」は、ディック・ノースが突然交通事故死を遂げた後、ユキに次のように言い聞かせていた。「人というものはあっけなく死んでしまうものだ。人の生命というのは君が考えているよりずっと脆いものなんだ。だから人は悔いの残らないように人と接するべきなんだ。公平に、できることなら誠実に。そういう努力をしないで、人が死んで簡単に泣いて後悔したりするような人間を僕は好まない。個人的に」[*34]また、先に引いた二〇〇九年のエルサレム賞受賞スピーチでも、村上は、人間を堅い壁に叩きつけられて壊れる卵に喩え、その意義を、第一には、爆撃機や戦車、ロケット弾、白リン弾に押し潰され、焼かれ、銃で撃たれる人間の比喩であるとし、第二には、一人一人独自な、かけがえのない存在である人間も、体制という高く堅固な壁に直面すれば、脆い殻に魂を包まれた卵のように、いともたやすく潰れてしまう脆弱な存在の比喩であると解説していた。[*35]

ハルハ河河畔にうち捨てられた「真っ赤な肉の塊」と、剝ぎ取られた皮膚とは、各々それ自体として、また、暴力によって無残に引き剝がされたという意味においても、『ねじまき鳥クロニクル』全編を貫くもっとも重要な身体イメージを形成している。そして、エルサレム賞受賞スピーチの卵の殻と殻に包まれた魂という比喩――Each of us is, more or less, an egg. Each of us is a unique, irreplaceable soul enclosed in a fragile shell.（私たちはそれぞれ、多かれ少なかれ卵なのです。私たちは、脆い殻に包まれた、一人一人がみな唯一無二のかけがえのない魂なのです。著者試訳[*36]）――は、当然ながら、まさしく『ねじまき鳥クロニクル』における皮膚と「肉のかたまり」のイメージに対比し得るものである。すなわち、“a fragile shell”（脆い殻）に対応する皮膚は、「自己の輪郭」を象徴し、身体境界の認識を表象している。そして、“a unique, irreplaceable soul”（唯一無二のかけがえのない魂）に対応する「肉の塊」は、生と死の交錯する場としての身体、ひいては、生の実相を経験する自己を表象している。そして、両者の強制的剝離が、“The System”（体制[*35]）の発動する「組織的暴力」による個の圧殺を意味していることは言うまでもないだろう。

　昭和十三年（一九三八年）、ハルハ河河畔にうち捨てられた「赤い血だらけの肉のかたまり」と「剝かれた皮膚」とは、昭和五十九年（一九八四年）、東京の岡田トオルの悪夢の中に現れる。「僕」は、新宿の雑踏の中に、三年前の三月初旬、クミコが堕胎手術を受けた日の夜、札幌のバーでギターの弾き語りをしていた男を見つけ、彼の跡をつける。「僕」がこの男を我知らず尾行したのは、その男が「余興」と称して、蠟燭の炎に手のひらをかざして焼いたように見せ、焼かれているのが自分の手でなくとも、人は「そこにあるはずの痛みを、まるで我がことのように感じ取る」「共感する力」を持っていると言ったからである。「僕」は、この三年間、一人で堕胎を決意し手術を受けたクミコの絶望と孤独の背後に何が隠されていたのか思いが至らず、彼女の「肉の痛み」にも「心の痛み」にも「共感する」ことがなかった。クミコが失踪する直前に、「あなたは私と一緒に暮していても、本当は私のことなんかほとんど気にとめてもいなかったんじゃないの？　あなたは自分のことだけを考えて生きていたのよ」と言った真意にも、気付かなかったのである。

クミコが堕胎手術を受けたとき、二人にはまだ「子供を産んで育てるほどの経済的余裕」がなかった。しかし、クミコの妊娠を知った「僕」は、とっさに「大学二年生のときに」「ひとつ年下の女の子」を堕胎させたことを思い出し、「クミコ」には「堕胎手術を受けてほしくな」いと考える。大学時代の経験から、堕胎という行為にこだわりを抱いていた「僕」は、井戸の底で、当時の記憶をいくら克明に辿り直しても、彼女が妊娠自体に苦悩していたことに気付かない。つまり「僕」は、本当の理由を隠すために経済的な理由を盾にして堕胎したクミコが「僕」に引け目を感じ、あるいは堕胎という事実を「僕」の耳目から遠ざけようとして、「僕」が札幌に出張した日を選んで手術を受けた、その心情を忖度したり、その背景にある事情を推し量ったりすることができなかったのである。

だから、新宿のギターケースを提げた男が本当に札幌で歌っていた男であるかどうかは問題ではなく、むしろ彼が「僕」に堕胎手術の晩の記憶を鮮明に想起させ、「都会の真ん中に、見過ごされたようにぽつんと残され」た「奇妙なほど」「人通りのない路地」を通って、「僕」を「あの井戸の底でかいだのとよく似た黴《かび》の匂《にお》い」のする木造アパートに誘導し、突然「僕」に野球のバットを振り下ろして、「僕」の暴力を触発するトリガーの役を演じることに注目すべきなのである（傍線筆者）。

このとき「僕」は男の跡をつけながら、堕胎より妊娠こそが「僕ら二人にとって、非常に重要な意味を持つ出来事だった」ことにようやく気付いてクミコ探索の端緒をつかむ。「僕」は、三年前のその晩、クミコが電話で**「本当のことなのかどうかまだ確信が持てない」**から**「まだ口に出せない」**と言った「何か」の秘密――「綿谷家の血筋に」は「遺伝的に」「ある種の傾向」が伝えられているのではないか、それが「自分の子供の中に」も「現れてくる」のではないかという不安と恐怖――を「解きあかさ」ないまま過ごしてきた迂闊さに思い至り、「僕の子供」が闇に葬られ、「僕ひとりだけが、暗闇《くらやみ》の中に置き去りにされ」てきたことに「静かな怒り」を「感じはじめ」る。そして、その「哀しい怒り」が「水のように音もなく、僕のからだの隅々《すみずみ》までを浸し」たとき、野球のバットで殴りかかってきた男に向かって、「僕」の暴力は噴出する。

この経緯は、「僕」が「路地」を通って「あの井戸の底」に下り、クミコの潜む２０８号室へ「壁抜け」をし、まさしくこの男の手から奪った野球のバットで綿谷ノボルを打ち据える場面を予告している。セイモア・フィッシャーは、「怒りを感じるという行為には、まさしく、自己の輪郭を明らかにさせるという効果がある」、「怒りの体験は、自分を死んだもののように感じ、自己との一体感に欠け、凶暴な行為に走るときにだけ、自己を躍動する総体としてかいま見ることができるという、カミュの小説に登場する典型的な人物を思い起こさせる」[*37]と述べている。この言葉ほど、「何か」の秘密にようやく気付いてその身体を「哀しい怒り」に充たされ、我知らず「凶暴な行為に走」る岡田トオルを的確に表現した言葉はないだろう。

その翌朝、「僕」は「真っ赤な肉の塊」と剝ぎ取られた皮膚の悪夢を見る。夢の中では、昨日と同じく「僕」に叩きのめされた男が、自分で「裸になり、まるで林檎《りんご》の皮でも剝《む》くように、自分の皮膚を」剝く。そして、男が「真っ赤な肉の塊だけになった」まま「暗黒の穴のような口を開けて」哄笑するうち、「その剝がれた皮膚が床を這《は》って、ずるずると音をたてながらこちらに近づ」き、「血糊《ちのり》の臭い」とともに、「ゆっくりと」「僕」の「身体を這い上が」り、「僕の皮膚を上からべっとりと覆《おお》って」ゆく。

この不気味な夢は、「僕」における暴力の衝動的噴出が、ハルハ河河畔の暴虐に根ざすことを物語ると同時に、この暴力が「集合的な記憶」の深淵から湧き上がり「僕」の身体に充満したものである以上、「僕」は、この暴力的衝動から容易には逃れられないということを示唆している。悪夢から覚めた「僕」は、「どうしようもなく混乱し」「怯《おび》え」ながら、自らのうちに突如頭をもたげた暴力の衝動から、その衝動の赴こうとする綿谷ノボルとの対決から、自分は「逃げられない、、、、、し、逃げるべきではない、、、、、のだ」と悟るのである。

「僕」がこの血塗られた暴力の記憶を自らの身体に受け継がねばならない理由は、クミコ失踪と同じ日に訪れた間宮徳太郎の手から本田老人の遺品を受け取り、間宮からは、彼が四十六年間胸に秘めてきたハルハ河河畔とノモンハンの井戸における壮絶な体験を聞き、その後シベリアの収容所における凄惨な抑留生活を綴った長い手紙を受け取ったことによって、間宮の戦中から戦後にわたる記憶を「引き渡」されていたからである。

本田老人の遺品は、カティーサークの「空っぽの箱」であった。間宮は、本田老人の遺品が「空っぽの箱」で、中に何も入っていなかったのは、本田が間宮を「僕」のもとに「行かせるということが、すなわち本田さんの形見わけであったのだろう」と解釈した。しかし、「僕」とクミコの結婚を「絶対に反対してはいけない」、クミコが結婚するなら「僕」ほど「素晴らしい相手はまたといない」と彼女の両親に断言した本田老人の遺品である「空っぽの箱」は、「僕」が井戸の底から「壁抜け」をしてカティーサークの瓶の置いてあるクミコの潜む208号室へ赴き、綿谷ノボルと暴力的な対決をしてでもクミコを取り戻さねばならないことを示唆してもいたのである。

5　加納クレタという身代わり

加納クレタは、その身体に多種多様の痛みと売春、そして暴力という過酷な遍歴を経ることによって、トオルとクミコ、トオルと間宮を、[*38]その身体を介してつなぎ合わせ、『ねじまき鳥クロニクル』という作品世界を成り立たせる媒介者《メディエーター》である。

たとえば、加納マルタの霊媒――「通過させるもの」であり「通過されるもの」でもある――としてはたらくクレタは、「僕」を眠りに陥らせ、夢の中でクミコのワンピースを身に着け、「意識の娼婦」として「僕」とセックスしながら途中で「電話の女」と入れ替わる。そうすることによって、「激しい性欲」をあらわにして、「お互いよくわかりあう」ことを求めて繰り返し電話をかけてくる「謎の女」が、実は「僕」の「死角」に隠れたクミコであることに付かせようとする。[*39]

クレタがクミコに通ずる媒介者《メディエーター》であることは、まず「体つき」が「おどろくくらいクミコに似て」いる――身長も体重もほぼ同じ、クミコの残していった洋服が「不思議なくらいぴったり」で、「靴のサイズまで同じ」――という身体的特徴に現れている。また、（クミコは小学校一年生のとき姉を亡くすが）二人とも五歳年上の姉を心のより所にして成長を遂げようとすることも、クレタとクミコの共通点である。そして何より重要なのは、クレタは、クミコとクミコの姉同様、綿谷ノボルに「汚《けが》された」経験を持っており、クミコに代わって綿谷ノボルの「暴力的な能力」の実態を克明に語り、「僕」にクミコ探索のヒントを与えることである。

加納マルタはクレタのその経験を、「妹の体の組成」が「汚《けが》された」、「暴力的に犯された」と表現したが、第2部13章には、クレタ自身の言葉によって、その経験が逐一語られている。それは、クレタの言うとおり「通常の意味でのレイプでは」ない。と言うよりむしろ「通常の意味でのレイプ」にも増して、人間存在の尊厳を「汚《けが》す」、忌むべき暴力行為である。*40

綿谷ノボルは、「肉体の娼婦」であったクレタを愛撫し、「痛みと快感の中で」「ぱっくりとふたつに裂けた」クレタの「肉の中から」「かきわけるようにして抜け出して」きた「まるで生まれたての赤ん坊のようにぬるぬるしたもの」――「もともと」クレタの中に「あるものでありながら」クレタの「知らないもの」――を「引き出し」、「痛み」を「かなてこ」として、「性的な絶頂に達し」たクレタの「意識の蓋をこじあけ」、「寒天のようなかたちをした」クレタの「記憶をずるずるとひきずりだし」たという。

私はからだを痙攣《けいれん》させながら、枕の上に涎を垂らしつづけていました。失禁もしていました。それをなんとか止めなくてはと思いました。でも自分の肉の動きを止めることができなくなっていました。私のからだのねじはひとつ残らずほどけて落ちてしまっていました。朦朧《もうろう》とした意識の中で私は自分という人間がどれほど孤独で、どれほど無力な存在であるかということをひしひしと感じていました。自分の肉からいろんなものがどんどんこぼれて抜けていきました。かたちのあるもの、かたちのないもの、すべてのものが涎や尿と同じように、液体になってだらだらと私の外に流れて出ていくのです。こんなまま何もかもをこぼしてしまうわけにはいかないと私は思いました。それは私自身なのだ、このまま無駄《むだ》にこぼして失ってしまうわけにはいかない。でもその流れを止めることはできませんでした。私はその流出をただぼんやりと手をこまねいて見ているしかなかったのです。それがどれくらいの時間続いたのか、私にはわかりません。なんだかすべての記憶とすべての意識がすっかり抜け落ちてしまったみたいでした。何もかもが自分の外に出ていってしまったように思えました。

（『村上春樹全作品1990〜2000④』講談社　二〇〇三年五月　四四五〜四四六頁）

これは、生きたままのクレタの身体から「内臓やら何やかやがずるずると引きずり出され」、自己存在の中核たる意識（現在）と記憶（過去）が根こぎにされて、「私」が見る見る失われ損なわれて「私自身」でなくなってしまうという、あり得べからざる凄惨な光景である。生き身の身体から中身がそっくり抜き取られこぼれ落ちてゆくのをクレタ自身が感覚しているという超現実的光景は、自己存在を徹底的に破壊し個を圧殺する暴力の凄まじさを衝撃的に描き出している。このときクレタの身体が受けた暴力は、ハルハ河河畔の「皮剝ぎ」とまったく対照的に、身体から中身を引きずり出され身体を〈からっぽ〉にされるという形を取ってはいるが、個を蹂躙し圧殺する暴力であるという意味で、その本質は「皮剝ぎ」とまったく変わらない。クレタがその体験を「まるで既に死んでしまった人間が、自分が解剖される光景を目にしているような感じ」と表現したのは、彼女の身体が綿谷ノボルによって、あたかも手術台か処刑台に括りつけられた身体同様――地面の杭に縛りつけられた山本の身体同様に――徹底的に対象化され、モノとして扱われたことを示している。

この場面で注目すべきなのは、「体つき」が「おどろくくらいクミコに似て」いるクレタの身体[*41]から、綿谷ノボル自身の手によって、「まるで生まれたての赤ん坊のようにぬるぬるしたもの」が引きずり出されたことである。この比喩は、綿谷ノボルの暴力的意志によって、クミコの身体において堕胎が行われることを示唆している。しかも、この行為が「今から六年前」、すなわちトオルとクミコの結婚したしばらく後[*42]に行われたことは、本来クミコに向けられるはずだった暴力が、「体つき」がクミコと瓜二つのクレタを身代わりとして発動されたことを意味している。綿谷ノボルは、クミコをトオルに奪われた腹いせに、クレタの身体に対して代償的行為を行った、しかしそれが本来クミコに向かうはずの暴力であったのなら、結婚後もクミコを自分のもとへ取り戻す機会を虎視眈々と狙っていたことになる。

こういう意味で、メイの言葉どおり[*43]、トオルとクミコが結婚によって「それまでに存在した」自分自身から「抜け出し」、「本来の自分に相応《ふさわ》しい自分自身というものを手に入れようとした」試みは、当初から見込み違いだったことになる。トオルとクミコの結婚後に行われていた、綿谷ノボルのクレタに対する暴力行為は、結婚三年目のクミコの堕胎、六年目のクミコ失踪の予兆であり萌芽でもあったからである。

さて、ここでもうひとつ注目すべきことは、クレタの身体から中身が引きずり出され、あとに〈抜け殻〉が残される、すなわち身体が全身を覆う表皮部分と中核部分とに引き剝がされるというイメージが、ハルハ河河畔の「皮剝ぎ」にそっくり重なることである。つまり、クレタの身体の中核部分が外郭部分から無理矢理引き剝がされるという、この超現実的光景は、ハルハ河河畔における暴虐同様、個の徹底的蹂躙を意味し、人間存在に対する冒瀆のメタファーであると理解されるのである。

しかし、「汚《けが》す」あるいは「汚《けが》される」とは、具体的に何がどうなることを意味しているのだろうか。クミコは、コンピューター通信において、現在の自分の状態――綿谷ノボルに「汚《けが》された」状態――を表現しようとして、「**人間というのは**」「**ある場合には変形して駄目《だめ》になってしまうものです**」と言い、それを「**ゆっくりと死に向かって、身体《からだ》や顔かたちが崩れてゆくような種類の治る見込みのない病にかかっている**」と「**たとえ**」ている。また、第3部40章「ねじまき鳥クロニクル#17（クミコの手紙）」では、綿谷ノボルを殺す決意を伝えた後、「もしあなたがいなかったら、私はおそらくずっと前に正気を失っていたでしょう。私は自分を完全にべつの誰かに明け渡し、もう二度と回復することのかなわない場所まで落ちていたことでしょう。兄の綿谷ノボルはそれと同じことを、ずっと昔私の姉に対しておこない、そして姉は自殺しました。彼は私たちを汚《けが》したのです。正確にいえば肉体的に汚したわけではありません。でも彼はそれ以上に私たちを汚したのです」[*44]と告白している。

綿谷ノボルに「汚《けが》される」とは、具体的には、何がどういう状態になることなのか、作者は最後まで詳らかにしていない。しかし、「自分を完全にべつの誰かに明け渡」す、すなわち何ものかに自己を占拠されて自己喪失を来すという表現から連想されるのは、やはり『羊をめぐる冒険』に描かれた、「羊憑き」から「羊抜け」に至る状態である。「羊」に取り憑かれ、去られた「羊博士」と「右翼の先生」、そして「羊」を殺すために自殺を遂げた「鼠」は、「羊」の思念に支配されるおぞましい恐怖と「羊」に去られた底なしの虚無によって、生きながらにして自己を根こぎにされ、個として生きる自由を失い、人生を失う羽目に陥っている。

また、ここで注目すべきことは、綿谷ノボルの伯父に、『羊をめぐる冒険』と類似する経歴が与えられていることである。すなわち、綿谷ノボルの伯父は、かつて「陸軍大学を出たロジスティクス（兵站学）を専門とするテクノクラート」として「陸軍参謀本部に勤務」し、「北方で長期的な対ソビエト戦争を戦い抜くため」「満蒙《まんもう》地域における安定した羊毛（および兎《うさぎ》等の毛皮）の供給」の「状況視察のために昭和七年、建国直後の満州国にわた」って石原莞爾と親交を深め、帰国後に提出した「満州国内における綿羊飼育状況、およびその加工施設について」の報告書が「高い評価を受け」たという。彼は、こういう意味で「満州国やノモンハンでの戦争に関係」した人物であり、終戦後は「マッカーサー占領軍による公職追放を受け」たが、「やがて追放指令が解けると担《かつ》がれて政界に進出し、保守党から立って参議院議員を二期つとめたあと衆議院に移った」という経歴の持ち主である。

こうした綿谷ノボルの伯父の経歴は、『羊をめぐる冒険』の「羊博士」が、「羊」に憑かれるまでは、農政を学んだ「スーパー・エリート」として「本土と満州とモンゴルにおける緬羊増産計画」に携わって「東亜の農政を担うべき」将来を嘱望された農林省のテクノクラートであったという経歴と、「羊」に憑かれた「右翼の先生」が「羊博士」と入れ替わるように満州に赴き、戦前・戦中を通じて築いた富と権力を基盤に、戦後日本において政治・経済・情報産業を牛耳る陰の支配者となったという経歴を折衷したものと見ることができる。また、「右翼の先生」が「一九三六年の春」に、脳内に致命的な血瘤が生じると同時に「羊」にとり憑かれ、その血瘤の巨大化により死亡したのに対し、綿谷ノボルが「脳の血管にもともと何か問題があっ」たために「一種の脳溢血《のういっけつ》」の発作に倒れたという顚末にも、明らかな相似が認められるのである。

さすれば、今まさに伯父からその政治的地盤を引き継いで政界に打って出ようとしている綿谷ノボルとは、戦前から戦後日本に一貫して根を張る陰の権力主体「羊」を継承する「羊憑き」の再来と言えるのではないだろうか。そして、クミコは、「羊」の息の根をとめるために「羊」が眠っている間に自殺を遂げた「鼠」のごとく、脳溢血の発作に倒れて病院に眠っている綿谷ノボルを殺す決意をしたと解釈できるのである。

もちろん、『ねじまき鳥クロニクル』に『羊をめぐる冒険』の「羊」という概念をそのまま持ち込むことはできないか、『羊をめぐる冒険』で追究しきれなかった「満蒙地域《まんもう》」にしわ寄せされた日本近代の矛盾が、『ねじまき鳥クロニクル』において、まさしく満蒙国境に展開されたノモンハン事件、ひいては日中戦争の記憶の継承という問題として再現し深化されていることは間違いない。それは、綿谷ノボルが伯父から引き継ごうとする政治的な力が「満蒙《まんもう》地域」に由来することによって「羊」同然の邪悪な力を帯び、クミコの姉やクミコを「汚《けが》し」、加納クレタを犠牲に巻き込んでゆくありさまに描き出されているのである。

6　輻輳する物語

クミコを「汚《けが》し」、「多くの人々を結果的に損ない、失わせる」暴力の淵源は、近代日本の矛盾が凝縮した「満蒙《まんもう》地域」をめぐる歴史の暗闇にある。「僕」は、クミコ失踪を契機として、次第に「歴史の因縁の中に引き込まれ」自己と歴史の関連を自覚させられてゆくが、当初は、歴史認識を持つことが現在を生きる自分とどう関連しているのか実感できなかった。*45 しかし作者は、クミコを探索する「僕」を日中戦争の記憶の継承という問題に直面させ、現在に生きる自分が過去の歴史に支えられていること、すなわち、現実を認識する意識が「個人的な記憶」の集合体である「集合的な記憶」に支えられているという認識に到達させようと意図している。

第1部以降、ハルハ河河畔、ノモンハンの井戸、そしてシベリアの炭坑における十二年間の戦中・戦後体験を、歴史の記憶として「僕」に「引き渡」す役割を担っていたのは間宮だった。第2部で「壁抜け」を体験した「僕」は、第3部に入ると、右頬に刻印されたあざを目印に赤坂ナツメグに発見されて彼女の「仕事の後継者」となり、「無意識のレベル」において「個人的な記憶」の物語を紡ぐことを心の支えとして戦後を生き抜いてきたナツメグ・シナモン親子に出会う。*46 第3部で「僕」がナツメグ・シナモン親子に出会う意味、すなわち作者が新たに第3部を書き加えた目的のひとつは、間宮が「僕」に伝えた記憶をはじめ、数多くの「個人的な記憶」がシナモンの手になる「ねじまき鳥クロニクル」に流れ込んでゆくこと、それは単なる「偶然の一致」ではなく「無意識のレベル」における必然的な結びつきであること、数多くの「個人的な記憶」が引き継がれ綯い合わされて「集合的な記憶」を形成してゆくということを描くことにあったと考えられる。

一九四五年八月、新京の動物園で獣医を務める父と別れ、母とともに日本に帰ったナツメグは、洋服への強い憧れを抱いて生い立ち、[*47]彼女と同じく職業軍人を父に持ち「戦後に身ひとつで朝鮮からの引き上げ船で帰って」貧しい生活を経験した夫とともに、デザイナーとして華々しい成功を収めた。一九六三年に二十八歳で結婚し翌年シナモンを産んだナツメグは、それまで「長いあいだ誰にも話さずに一人で抱えこんできた」「潜水艦と動物園の話」を、シナモンが「言葉を理解しないうちから」「何度も何度も話して聞かせ」、「二人だけの」「神話体系のようなもの」を「作りあげ」ていった。それは、一九四五年八月十五日、日本へ向かう輸送船のデッキで「アメリカの潜水艦が大砲をまわして私たちの乗った船を沈めようとしているあいだに」突然眠りに落ちたナツメグが鮮明に見た「日本の兵隊さんたちがお父さんの動物園の動物たちを射殺してまわった」情景である。

そのとき十歳だったナツメグにとって、新京の動物園は、子供時代の「いちばん幸福な時間」を過ごした場所であった。アメリカ海軍の潜水艦に撃沈されようとする輸送船のデッキ上にいたナツメグが、動物たちが次々殺されて行く新京の動物園の情景をありありと見たというのは、「二十時間以上一度の中断もなく意識を失ったように眠り続けた」ナツメグの意識がその身体から離れて新京の動物園に赴いていたことを意味している。いずれにしろ、ナツメグはその「実際には見なかった情景」を一人息子シナモンに繰り返し物語り、そうすることで「二人だけの」「神話体系のようなもの」を「作りあげ」、「自分の知らない過去の空白を埋める」ことを心のより所として戦後を生き抜いてきたのである。

一方、母の物語を何百回も聞かされて育ったシナモンは、自分が「生まれるずっと前に起こった」それらの出来事を想像力によってふくらませ深化させて、1から16に及ぶ「ねじまき鳥クロニクル」という「長大な物語群」を書き綴り、コンピューターに保存している。シナモンは、ナツメグが繰り返し語り聞かせた、動物園の動物たちが次々と射殺されてゆく光景をそっくり自分の記憶として引き継ぎ、獣医であった祖父に自己の本源を求め、自分が歴史につながる存在であることを確認しようとしている。そのために、ナツメグにも自分にも見えない過去の「物語を自分の手で作り上げ」、「個人的な記憶」として熟成させて、自己を「集合的な記憶」に根ざす存在として同定しようとする。彼は、そうすることで現在に生きる「自分という人間の存在価値を真剣に探」そうとしているのである。

シナモンによって書き記された「ねじまき鳥クロニクル#8」は、ナツメグが語った動物虐殺の翌日、「同じ動物園を舞台にした」物語である。シナモンは、妻と娘（ナツメグ）に別れた後、一人新京に残った祖父の獣医がその運命をいかに生きたか、さらには戦争の渦中に置かれた一人一人の人間がいかに生き得たかを問い、人間存在を圧殺するものの正体を問うている。中国人の処刑に立ち会いながら、獣医が「自分は相手を刺すものであり、同時に刺されるものだった。彼は突き出した銃剣の手ごたえと、切り刻まれる内臓の痛みを同時に感じることができた」という分裂の感覚を持つのは、シナモンが祖父の獣医に自分を重ね合わせているからである。昨日、無辜の動物を片端から射殺した戦争は、今日は平然として人間を銃剣で刺し殺し、野球のバットで撲殺もする、しかしそこで圧殺されているのは、処刑される者だけではないということを、獣医は、あるいは獣医であるシナモンは凝視している。
エルサレム賞授賞スピーチで、村上は、「The System is supposed to protect us, but sometimes it takes on a life of its own, and then it begins to kill us and cause us to kill others—coldly, efficiently, systematically.」[*48]（本来、体制は、私たちを護るはずのものなのですが、ひとたび自らの命を持つと、冷酷に、効率的に、組織的に、私たちを殺したり、私たちにほかの人々を殺させたりするものにもなるのです。筆者試訳）と述べたが、獣医が中国人処刑に立ち会う場面には、まさしくこの言葉が表現されている。システムに強制されて殺す者は、他を殺しながら己も殺される——システムに自己を損なわれた間宮のようにただ身体が生きているだけの「虚《うつ》ろな人間」[*49]にされてしまうという理——をシナモンは見つめているのである。

「壁抜け」をしてクミコの深層に通ずる２０８号室に達した「僕」が右頬にあざを刻印されたように、シナモンは声を失ったことと引き替えに、「個人的な記憶」が「集合的な記憶」に連結する意識の深層まで到達し、ナツメグから受け継いだ記憶をもとに、自分が生まれる前に大陸の土と化した祖父を物語の中に蘇らせている。その結果として、シナモンの「ねじまき鳥クロニクル＃８」は、「僕」の「無意識のレベル」にも通底し、「僕」の記憶に関わる内容を含む物語となったと言えるだろう。

たとえば、クミコと「僕」しか知らないはずの「ねじまき鳥」[*50]の鳴き声が、ナツメグの物語とシナモンの「ねじまき鳥クロニクル＃８」のどちらにも出てくること。シナモンの「長大な物語群」に、「ねじまき鳥クロニクル」という題名が付けられていること。右頬の青いあざや野球のバットなど、「僕」のクミコ探索に深く関わるものが「ねじまき鳥クロニクル＃８」に描き込まれていること。これらは、ナツメグ・シナモン親子の物語が「無意識のレベル」で親子に「共有」されると同時に、「僕」とも「無意識のレベル」で通じ合い、「ねじまき鳥クロニクル」に合流していることを示している。

「ねじまき鳥クロニクル#8」の最後、「若い兵隊」――（やがてイルクーツク近くの炭坑でソビエトの監視兵にシャベルで叩き殺されることになる男だ）という説明が付されている――は、中尉の命令により野球のバットで「中国人の四番バッター」を殺した直後「放心状態」に陥り、ねじまき鳥の声を耳にしながら、その場にいる人々の未来を見てしまう。この場面には、明らかに死んだ本田老人以外「僕」しか知らないはずの間宮の記憶がいくつも織り交ぜられている。

そのねじの音に耳を澄ませているうちに、さまざまな断片的なイメージが彼の前に現われて、そして消えていった。あの若い主計中尉はソビエト軍に武装解除されたあとで中国側に引き渡され、この処刑の責任を問われて絞首刑《こうしゅけい》に処される。伍長はシベリアの収容所でペストで死ぬ。隔離された小屋に放り込まれ、そこで死ぬまで放っておかれるのだ。しかし伍長は栄養失調で倒れただけで、ペストには感染していなかった――その小屋に放り込まれるまではということだが。顔にあざのある獣医は一年後に事故で死ぬことになる。彼は民間人ではあったが兵隊たちと行動をともにしていたためにソビエト軍に拘留され、やはりシベリアの収容所に送られる。強制労働に就かされていたシベリアの炭坑で、深い竪穴《たてあな》に入って作業をしているときに出水があって、ほかの多くの兵隊たちと一緒に溺《おぼ》れ死ぬ。そして俺は――しかしその若い兵隊には自分の未来は見えなかった。未来だけではない。今ここで自分の目の前で起こったことすら、彼には何故《なぜ》か本当のことには見えなかった。彼は目を閉じて、ただねじまき鳥の声に耳を澄ました。

(『村上春樹全作品1990〜2000⑤』講談社 二〇〇三年七月 二七九〜二八〇頁)

ここに登場する主計中尉が「間宮中尉の姿を僕に思い出させ」る存在であること、「ねじまき鳥」の鳴き声を聞いた「若い兵隊」が予見した伍長と獣医の二人の運命が、大陸で命を落とすことを除いて、間宮中尉の戦後の運命をなぞるように予見されていること——「ソビエト軍に拘留され」「シベリアの収容所に送られ」「シベリアの炭坑」で「強制労働に就かされ」る——など、シナモンの「ねじまき鳥クロニクル#8」は、「僕」が間宮から受け継いだ記憶と重なり合う部分を多分に含んでいる。こうした「偶然の一致」に気付いた「僕」は、「それも彼らの話を僕の存在が『侵食した』結果起こったことなのだろうか?」と自問する。たしかに、「僕」が間宮から受け継いだ「個人的な記憶」は、シナモンがナツメグから受け継いだ記憶同様、いつの間にか「ねじまき鳥クロニクル#8」に流れ込んでいる。これは、数え切れないほど多くの「個人的な記憶」が輻輳し綯い合わさって壮大な坩堝に流れ込み「集合的な記憶」を形成してゆくありさまを髣髴とさせる描写である。

クミコを綿谷ノボルの呪縛から解き放った鍵は、208号室の中で一度も「僕」に顔を見せない「謎の女」に、「僕は君のことをクミコだと思っている」と断言し、今までクミコが「僕」に話せずにいた綿谷ノボルの秘密と、クミコと綿谷ノボルとの関係を解き明かしたことにある。しかし、そこに辿り着くまでの「一年と五ヵ月」の間に、「僕」は、「憎しみの根源」である綿谷ノボルという存在を生み出した過去の歴史を遡及し、その中でクミコ同様、いかに多くの人々が損なわれ失われていったかを知らねばならなかった。すなわち「僕」は、間宮とナツメグからは、直接日中戦争の記憶を「引き渡」され、シナモンからは「ねじまき鳥クロニクル」――「僕」の呼び名である「ねじまき鳥」と、クロニクル（年代記・編年史）という歴史認識を表す言葉が結び付けられている――という物語を提示されたことにより、クミコと自分が巻き込まれている問題に気付き、現在に生きる自分を支える歴史に新たな認識を持つことができたのである。

間宮は、自身の戦時体験を「僕」宛ての手紙に書き綴る前に、次のように書いた。「おそらく世間の大方の人々の耳には、私のこの話は荒唐無稽《むけい》な作り話として響くことでしょう。多くの人間は、自分に理解可能な範囲内にない物事はすべて不合理なものとして、考慮を払う価値のないものとして、無視し黙殺してしまうものです[*51]」間宮は、自分が実際に体験した戦中・戦後の記憶が、一九八四年の「大方の」日本人にとっては、もはや「荒唐無稽《むけい》な作り話」に過ぎないことを承知していた。しかし、シナモンの「ねじまき鳥クロニクル」は、十歳だったナツメグの動物園における動物虐殺の記憶から、戦後消息不明となった祖父の人生を描き出し、祖父や間宮のように終戦後も中国大陸に残された人々の運命を描き出して、歴史が現実に生きた無数の人々の生の集積であり、何ものにも替えがたい一人一人の命の痕跡であることを物語っている。

物語においては、「真実が事実とは限らないし、事実が真実とは限らない」。しかし、物語は決して「荒唐無稽《むけい》な作り話」ではない。シナモンの「ねじまき鳥クロニクル」には、「僕やクミコが生まれるずっと前に起こったこと」を単なる過去とせず、一人一人の人間が生きた記憶を現前させる力がある。

また、そういう意味で、現在に生きる「僕やクミコ」の自己を「無意識のレベル」において支える力を発揮している。だからこそ、「僕」がクミコと、そして綿谷ノボルとコンピューター通信で会話しているのを察知したシナモンは、その後すぐに「僕」に「ねじまき鳥クロニクル#8」を読ませたのである。

「僕」がクミコを綿谷ノボルの呪縛から解き放つことができた（あるいはクミコ自身が綿谷ノボルの呪縛を断ち切ることができた）のは、「僕」が井戸の底から「壁抜け」をして「無意識のレベル」に身を置き、自己の淵源をたどって歴史の深層に錯綜する問題の根を突き止め、クミコも「無意識のレベル」において——クミコは夢の中で「僕」の努力を察知していた——「僕」のそうした動きに反応することができたからである。（「僕」が井戸に下り「首吊り屋敷」で仕事を始めたことに綿谷ノボルが警戒心を抱いたのは、「無意識のレベル」において「僕やクミコ」の、そして綿谷ノボルの存在の淵源を遡及し探索していることを、彼がやはり「無意識のレベル」で察知したからである）[*52]

第1部では、「路地」に面して建つ宮脇家の雑草の生い茂る庭と井戸の周辺は、「その場所だけ時間が停まっている」ような、「何か強大な力で自然な流れ」が「無理にせきとめられた淀み」のような場所として描かれていた。「飛べない鳥、水のない井戸」「出口のない路地」という言葉は、「路地」の閉塞と停滞を象徴していた。しかし、綿谷ノボルと対決した直後、この井戸には突然水が溢れだす。力を使い果たした「僕」は、井戸の中で溺れかけるが、水の流れは、この地所に長年わだかまっていた何かを洗い流し、閉塞と停滞を打開する新たな動きを象徴している。「僕」は、「**しかしどうして突然ここに水が湧き出たのだろう？**　井戸は長いあいだ涸れて乾いて死んでいた。そして今、井戸は唐突に回復し生命を取り戻した。それは僕があそこでやったことと関係しているのだろうか？　たぶんそうだろう」と考える。井戸は、「僕」が２０８号室で綿谷ノボルと対決したことによって「生命を取り戻し」――今まで「無理にせきとめられ」ていた「無意識のレベル」における「集合的な記憶」への通路《チャンネル》が「唐突に」開かれ――まさしく無意識の表象たる水が滾滾と湧き上ってきたのである。これと同時に、「僕」の頬のあざが消え、地上に帰還した「僕」はナツメグに「この土地はたぶん因縁も何もない普通の場所に戻っているはずです」「もうここは首吊り屋敷じゃない」と断言する。これらの現象は、みな「僕」がクミコの「汚れを払い落とし」「呪《のろ》いを打ち破」って、新たな地点に立ったことを表現している。

こうして、「憎しみの根源」たる綿谷ノボルと闘い終わって地上に帰還した岡田トオルは、以前、笠原メイや加納クレタに自称した「ねじまき鳥」という存在[*53]に、一歩近づいたように見える。「ねじまき鳥」とは、「毎朝木の上で」「世界の一日分のねじ」を巻き――人々に日々新たな時間の流れをもたらし、過去と現在をつなぐ――それでいて誰の前にも姿を見せない鳥である。

「ねじまき鳥は実在する鳥なんだ。どんな恰好《かっこう》をしているかは、僕も知らない。僕も実際にその姿を見たことはないからね。声だけしか聞いたことがない。ねじまき鳥はその辺の木の枝にとまってちょっとずつ世界のねじを巻くんだ。ぎりぎりという音を立ててねじを巻くんだよ。ねじまき鳥がねじを巻かないと、世界が動かないんだ。でも誰もそんなことは知らない。世の中の人々はみんなもっと立派で複雑で巨大な装置がしっかりと世界を動かしていると思っている。でもそんなことはない。本当はねじまき鳥がいろんな場所に行って、行く先々でちょっとずつ小さなねじを巻いて世界を動かしているんだよ。

（『村上春樹全作品1990〜2000⑤』講談社 二〇〇三年七月 四六五〜四六六頁）

ここで「僕」は、こう言っているのではないだろうか。「世界を牛耳って『動かしている』のは、巨大なシステムなどではない、あるいはシステムであってはならない、本当は、鳴き声だけで姿の見えない『ねじまき鳥』が『いろんな場所に行って、行く先々でちょっとずつ小さなねじを巻いて世界を動かしている』のだ。この世界に生きることとは、『ねじまき鳥』のように、一人一人が『行く先々でちょっとずつ小さなねじを巻いて世界を動か』すことなのだ」と。

「ねじまき鳥」たることを自認した新たな「僕」は、歴史の過去とつながる流動的な時間の中に、今日という新たな時間を生きることを求めている。かつてのクミコや「僕」のように、歴史と断絶し過去を忘却しようとすれば、入口も出口もない「路地」同然、停滞と閉塞に行き詰まってしまう。過去とつながらない生き方は、現在との断絶を意味するからである。『ねじまき鳥クロニクル』――歴史《クロニクル》に対する認識を持ち、過去から現在に、現在から未来へ流れる時間につながり日々新たな時間を生きることを求める物語《クロニクル》、これが作品の題名の意味するところだろう。

井戸の底から帰還した「僕」は、夢の中で、加納クレタが「半分の父親は僕で、あと半分は間宮中尉」だという、コルシカと名付けられた赤ん坊を胸に抱く姿を見る。「僕」をクレタ島に誘ったクレタは、この夢の中で「クレタ島にはいかずに日本にいて」「今は広島の山の中で間宮中尉と一緒に野菜を作りながら平和にひっそりと暮らしている」と「僕」に告げる。加納クレタの抱く赤ん坊は、間宮中尉から「僕」に受け渡された歴史の記憶を、さらに未来へむけて引き継いでゆく意志的存在の象徴と言えるだろう。その身体において、クミコと「僕」、間宮中尉と「僕」をつなぐ役割を担い続けてきたクレタは、「半分の父親は僕で、あと半分は間宮中尉」だという子供の母親となることによって、初めて自分自身にふさわしい『新しい名前を見つけ』――自分自身にふさわしい生き方を見出して――「僕」の前から姿を消してゆく。クレタは、間宮中尉の「個人的な記憶」が「僕」や、その次の世代へ引き継がれるべく「集合的な記憶」に流れ込んでゆく連結点を子供の成長の上に見届けることによって、媒介者《メディエーター》としての役割を全うしたのである。

一九七九年、自己との和解・世界との和解を求め、個に生きる現代人の救済を求めて書き始めた村上春樹は、『ねじまき鳥クロニクル』において、現代日本人の見失っている存在感の本源を、個々の生が紡ぎだす総体としての歴史《クロニクル》――日本近代史――に遡及し、「個人的な記憶」が「集合的な記憶」に流れ込んでゆく連結点に、一人一人の生の実相の積み重ねとしての物語《クロニクル》を見出そうとした。また、村上は、『ねじまき鳥クロニクル』に至って初めて自らの歴史観を明確に打ち出し、現代日本の虚妄の根源が人々の歴史認識の欠如――日中戦争の記憶の欠落――にあることを描き出した。前述したように、村上の物語において、過去への遡及が「個人的な記憶」の範囲を超えて「集合的な記憶」にまで至ったのは『ねじまき鳥クロニクル』が初めてであり、こうした社会的事象への積極的姿勢には、村上の新局面が現れている。特に、システムに対峙する個の問題、人の生を支える物語に関する問題は、一九九五年のオウム真理教教団による地下鉄サリン事件に取材した『アンダーグラウンド』(一九九七)、『約束された場所で underground 2』(一九九八)に引き継がれ、深化されている。

しかし、綿谷ノボルの呪縛からクミコを解放するために、トオルが歴史の闇から引き継いだ暴力を行使せざるを得なかったという結末には、止むことなき暴力の連鎖を連想させる一面がある。暴力と、暴力を行使し、あるいは暴力にさらされる身体とそのイメージは、『ねじまき鳥クロニクル』における主要なテーマであった。一九八四年から八五年を舞台とする『ねじまき鳥クロニクル』は、一九八三年を舞台として描かれた『ダンス・ダンス・ダンス』の積み残した、現代人の身体に噴出する暴力衝動の根源を歴史の暗闇に遡及している。しかし、システムの行使する組織的暴力と、システムに対峙する個における暴力行使に関する問題意識は、『アンダーグラウンド』、『約束された場所で underground 2』そして『海辺のカフカ』(二〇〇二)、『1Q84』(二〇〇九~二〇一〇)に引き継がれ、それぞれの作品において主要なテーマとして深化されつつある。論者は、こうした問題を注視しつつ、さらなる考察を深めてゆきたいと考えている。

註

序章

＊1　「僕は日本語で小説を書く日本人の作家として、それなりの責任のようなものを感じていたし（それは正直言ってアメリカに来る前にはほとんど意識しなかったことだ）」（「解題『ねじまき鳥クロニクル』2『村上春樹全作品1990～2000⑤』講談社 二〇〇三年七月 四三三頁）ほか、「村上春樹　日本人になるということ」（イアン・ブルマ石井信平訳『イアン・ブルマの日本探訪』ティビーエス・ブリタニカ 一九九八年十二月）、「現代の物語とは何か」（『河合隼雄対談集こころの声を聴く』新潮社 一九九五年一月）、「特集村上春樹ロングインタビュー」（『考える人』新潮社 二〇一〇年夏号）などにも、ほぼ同じ意味の発言が見られる。

＊2　『群像』講談社 一九七九年六月号、『村上春樹全作品1979～1989①』講談社 一九九〇年五月

＊3　「今、僕は語ろうと思う。／もちろん問題は何ひとつ解決してはいないし、語り終えた時点でもあるいは事態は全く同じということになるかもしれない。結局のところ、文章を書くことは自己療養の手段ではなく、自己療養へのささやかな試みにしか過ぎないからだ。／しかし、正直に語ることはひどくむずかしい。僕が正直になろうとすればするほど、正確な言葉は闇の奥深くへと沈みこんでいく。／弁解するつもりはない。少くともここに語られていることは現在の僕におけるベストだ。つけ加えることは何もない。それでも僕はこんな風にも考えている。うまくいけばずっと先に、何年か何十年か先に、救済された自分を発見することができるかもしれない、と。そしてその時、象は平原に還り僕はより美しい言葉で世界を語り始めるだろう」（『風の歌を聴け』第1章『村上春樹全作品1979～1989①』講談社 一九九〇年五月 八頁）

＊4　第1部『新潮』一九九二年十月号～一九九三年八月号、第1部・第2部 新潮社刊 一九九四年四月、第3部 一九九五年八月 新潮社刊、第1部・第2部『村上春樹全作品1990～2000④』二〇〇三年五月 講談社、第3部『村上春樹全作品1990～2000⑤』同年七月講談社、村上は、アメリカ滞在中、「個人的なフィクショナルな世界を創り上げ」るだけでは不十分だ、「もっとポジティブで建設的なものを創り上げなくてはならないんだ」と考えつつ書いた『ねじまき鳥クロニクル』が、「僕にとっての転換点のようなもの

にな」ったと述べている。(『夢を見るために毎朝僕は目覚めるのです』文藝春秋 二〇一〇年九月 三三八頁〜三三九頁)

*5 『群像』一九八二年八月号、同年講談社刊、『村上春樹全作品1979〜1989②』講談社 一九九〇年七月

*6 一九八五年六月 新潮社刊、『村上春樹全作品1979〜1989④』講談社 一九九〇年一一月

*7 一九八七年九月 講談社刊、一九九一年三月『村上春樹全作品1979〜1989⑥』講談社 一九九一年三月

*8 一九八八年十月 講談社刊、一九九一年五月『村上春樹全作品1979〜1989⑦』講談社 一九九一年五月

*9 二〇〇二年九月 新潮社刊

*10 BOOK1・2 二〇〇九年五月 新潮社刊、BOOK3 二〇一〇年四月 新潮社刊

*11 村上春樹は、『国境の南、太陽の西』(一九九二)『スプートニクの恋人』(一九九九)『アフターダーク』(二〇〇四)を中編小説と呼んでいる。

*12 (『村上春樹全作品1979〜1989④』講談社 一九九〇年十一月 四九八〜四九九頁)

*13 大島は、これに続けて、次のように田村カフカに語りかけている。「でも僕らの頭の中には、たぶん頭の中だと思うんだけど、そういうものを記憶としてとどめておくための小さな部屋がある。きっとこの図書館の書架みたいな部屋だろう。そして僕らは自分の心の正確なありかを知るために、その部屋のための検索カードをつくりつづけなくてはならない。掃除をしたり、空気を入れ換えたり、花の水をかえたりすることも必要だ。言い換えるなら、君は永遠に君自身の図書館の中で生きていくことになる」(『海辺のカフカ』下 新潮社 二〇〇二年九月 四二二頁)

*14 異界への通路《チャネル》、媒介者《メディエーター》については、第一章に詳述する。

*15 『群像』一九八〇年三月号、一九八〇年六月 講談社刊、『村上春樹全作品1979〜1989①』講談社 一九九〇年五月

*16 「自作を語る」「100パーセント・リアリズムへの挑戦」(『村上春樹全作品1979〜1989⑥』講談社 一九九一年三月 別冊子)

*17 日本文芸社 一九八九年四月

＊18 「村上春樹の風景」『海燕』一九八九年十一・十二月号、『終焉をめぐって』福武書店 一九九〇年所収、『定本柄谷行人集』第5巻 二〇〇四年七月
＊19 平田武靖／浅輪幸夫 監訳『千の顔を持つ英雄』人文書院 一九八四年八月
＊20 『物語論で読む村上春樹と宮崎駿』角川 one テーマ21 二〇〇九年七月
＊21 『村上春樹〈物語〉の認識システム』若草書房 二〇〇七年六月 八頁
＊22 「『海辺のカフカ』について」『波』新潮社 二〇〇二年九月号
＊23 「夢の中から責任は始まる」（『夢を見るために毎朝僕は目覚めるのです』文藝春秋 二〇一〇年九月 三四五頁）
＊24 柘植光彦は、「メディウム（巫者・霊媒）としての村上春樹――『世界的』であることの意味」（『国文学 解釈と教材の研究 別冊』村上春樹 テーマ・装置・キャラクター 学燈社 二〇〇八年一月、今井清人編『村上春樹スタディーズ2008―2010』若草書房 二〇一一年五月）で、「村上春樹は〈メディウム〉である」という仮説に基づけば、「春樹文学の本質をとらえやす」く、「なぜ春樹文学が世界の読者に迎えられるかという理由も解明しやすい」と述べている。
＊25 「現代の物語とは何か」一九九四年五月（『河合隼雄対談集 こころの声を聴く』新潮社 一九九五年一月所収）、『村上春樹、河合隼雄に会いにいく』岩波書店一九九六年十二月、「『アンダーグラウンド』をめぐって」（『現代』一九九七年七月号、『約束された場所で』文藝春秋 一九九八年十一月所収、所収に際し「村上が構成しなおした」部分があると明記されている）、「『悪』を抱えて生きる」一九九八年十月（『約束された場所で』前掲書）など。
＊26 「現代の物語とは何か」（前掲書所収）
＊27 『I N・P O C K E T』一九八三年十月号、『回転木馬のデッド・ヒート』一九八五年十月所収、『村上春樹全作品1979～1989⑤』講談社 一九九一年一月
＊28 『文学界』一九八九年十一月号、『T Vピープル』文藝春秋 一九九〇年一月所収、『村上春樹全作品1979～1989⑧』講談社 一九九一年七月

＊29 「僕はそれらの思いを外に追い出すために、プールのことを考えようとした。僕の通っていた区営の二十五メートル室内プールのことを。自分がそのプールをクロールで往復しているところを想像してみる。スピードのことは忘れて、ただ静かにゆっくりといつまでも泳ぐ。余計な音を立てないように、余計な水しぶきを立てないように、肘《ひじ》を静かに水から抜き、指先からそっと差し込む。水の中で呼吸をしているように、口の中に水を含みゆっくりと吐き出す。しばらく泳いでいるうちに、自分の身体がまるで穏やかな風に乗るように、自然に水の中を流れていることを感じる。耳に届くのは僕が呼吸する規則的な音だけだ。僕は空を飛ぶ鳥のように風の中に浮かんで、静かに地上の光景を見おろしている。遠い町や小さな人々や河の流れを目にしている。僕は穏やかな気持ちに包まれていく。うっとりすると言ってもいいくらいだ。泳ぐことは、僕の人生に起こったもっともすばらしいことのひとつだった」（『村上春樹全作品1990~2000⑤』講談社 二〇〇三年七月 三三三~三三四頁）

＊30 クミコの内界を表象する208号室から「壁抜け」して井戸の底に帰ってきた「僕」の右頬に青あざが残されるのは、「僕」が身体ごと異界へ赴いた証と理解される。

＊31 『村上春樹、夏目漱石と出会う』若草書房 二〇〇七年四月 九頁

＊32 『身体の文学史』新潮社 一九九七年一月

第一章 耳という身体宇宙

＊1 他に、『1963／1982年のイパネマ娘』（イパネマの娘）『サウスベイ・ストラット』『中国行きのスロウ・ボート』『ニューヨーク炭鉱の悲劇』『今は亡き王女のための』（亡き王女のためのパヴァーヌ）『世界の終りとハードボイルド・ワンダーランド』（エンド・オブ・ザ・ワールド）『国境の南・太陽の西』（『国境の南』）『神の子どもたちはみな踊る』（ALL GOD'S CHILLUN GOT RHYTHM）『蜂蜜パイ』（ハニー・パイ）など。『 』は作品名、（ ）は楽曲名。

＊2 他に、『風の歌を聴け』のビーチ・ボーイズ「カリフォルニア・ガールズ」、『ノルウェイの森』のビー

トルズ「ノルウェーの森」、『国境の南・太陽の西』のナット・キング・コール「国境の南」「スタークロスト・ラヴァーズ」など

*3 「ぐぜり鳴き」とは、「雄がさえずりを発達させる過程で発する音声。サブソング」（山岸哲・森岡弘之・樋口広芳監修『鳥類学辞典』昭和堂二〇〇四年九月）カササギは「キュルリギュッギュッ、ジェージエージュッ、ギギィギッ」などと低い声でぐぜることがある。普通に聞かれる声は「カシャカシャカシャ」とか「カッカッカッ」などである。（高野信二編 浜口哲一 森岡照明 叶内拓哉 蒲谷鶴彦著『山渓カラー名鑑日本の野鳥「特装版」』山と渓谷社 一九八五年九月）

*4 「《泥棒かささぎ》はブッファでもセーリアでもない、オペラ・セミセーリアという中間ジャンルに属している。オペラ・セミセーリアは18世紀後半に登場した新しい劇区分で、抒情的なシーンや涙を誘うシチュエーションを持つのが特徴となっている。その起源は18世紀中頃のフランス演劇で流行した「救出物 pieces a sauvetage」や「お涙頂戴劇 comedie larmoyante」にあり、身分社会を背景に農民や庶民が不当に罪を負わされ、最後に救われるという構図が基本にある。そのセンチメンタルな部分はピッチンニの《良い娘》(1760) やパイジェッロの《ニーナ》(1789) に採り入れられ、救出劇としてはケルビーニの《二日間》(1800) や、一連の《レオノール〔又はレオノーラ、レオノーレ〕》作品（ガヴォー〔1798〕、パエール〔1804〕、ベートーヴェン〔1805〕など）を生んでいる。ロッシーニ作品では《トルヴァルドとドルリスカ》(1815)、《泥棒かささぎ》(1817)、《マティルデ・ディ・シャブラン》(1821) がこれに当たるが、《幸せな間違い》(1812) を含めても間違いではない（ファルサ・セミセーリアという言葉があった）。この4つの中で最も重要なのが《泥棒かささぎ》である」（水谷彰良《泥棒かささぎ》作品解説『ロッシニアーナ』（日本ロッシーニ協会紀要）第16号「ロッシーニ全作品事典（11）」

*5 『海辺のカフカ』第34章では、喫茶店主が「ルービンシュタイン＝ハイフェッツ＝フォイアマンのトリオ」によるベートーヴェンの『大公トリオ』は、1941年の「古い録音」と説明する。また、『タイランド』では、ニミットの運転するリムジンの中で、カーステレオで『言い出しかねて』がかかると、その演奏について主人公「さつき」が「ハワード・マギーのトランペット、レスター・ヤングのテナーサックス」「J

ATPでの演奏」と説明するなど、枚挙に暇がない。

＊6　「僕は外国を訪れたとき、音によって最も鋭くその異国性を認識することがよくある。視覚や味覚や嗅覚や皮膚感覚やそういう他の感覚がたどりつけない何かがそこにはあるような気がする。何処かに座って僕自身の体を静かに鎮めて、耳の中にまわりの音を吸い込ませる。すると彼らの――あるいは僕自身の――異国性が柔らかな泡のようにふうっと浮かびあがってくるのだ」（『遠い太鼓』講談社文庫　一九九三年四月　八七頁～八八頁）

＊7　オットー・ベッツ　西村正身 訳『象徴としての身体』青土社　一九九六年十月一七二～一七三頁

＊8　翌日も星野は同じ喫茶店を訪れ、「ハイドンの協奏曲、一番。ピエール・フルニエのチェロ」に「耳を傾けながら」「子どもの頃のことを思い出し」人生に思いを深め、店主から「ハイドンの人間と音楽について」話を聞く。（『海辺のカフカ』下　新潮社　二〇〇二年九月　一七四頁～一七六頁）

＊9　彼女の祖父は、計算士である「私」の脳に人工的処置を施す理論と技術を開発した博士であるが、孫娘の音声を「音抜き」「音入れ」という特殊な技術で操作したり、地下に蠢く「やみくろ」を遠ざけるために「音声バリヤー」という装置を用いて自分の実験室を防御し、地下世界に安定した「音場」を保持したりする技術を持っている。このように、「ハードボイルド・ワンダーランド」では、音（あるいは無音、音のコントロール）は、特別な意味を持っている。

＊10　村上は、『回転木馬のデッド・ヒート』の「聞き書き」という設定について、『村上春樹全作品1979～1989⑤』（講談社　一九九一年一月）の別冊付録「自作を語る」で、次のように説明している。「この連載のテーマは「聞き書き」だった。書いているのは「僕」という一人称だが、話をするのは誰か他の人間である。僕はその話を聞いているだけだ。しかしこれらは――今だから告白するけれど――全部創作である。これらの話には一切モデルはない。隅から隅まで僕のでっちあげである。僕はただ聞き書きという形式を利用して話を作っただけのことなのだ。そういう意味ではこれらの作品は創作された「小説」である。しかしお読みになっていただければわかると思うのだけれど、ここに収められた作品はどれも「小説」ではない。それらはあくまで聞き書きにすぎないのだ。／僕がこの連載でやろうとしたことは、とて

もはっきりしている。それはリアリズムの文体の訓練である。自分がどこまでリアリズムの文体で話を作っていけるか、というのが僕のそのときのテーマだった。そしてその練習をするためには「聞き書き」というカモフラージュがどうしても必要だったのだ」

＊11　一九九七年三月　講談社刊、『村上春樹全作品1990〜2000⑥』講談社　二〇〇三年九月

＊12　一九九八年十一月　文藝春秋刊、『村上春樹全作品1990〜2000⑦』講談社　二〇〇三年十一月

＊13　「そういう意味では『1973年のピンボール』に出て来る双子は耳（双耳）なのであり、彼女らは〝耳の女〟であるといってもよいのだ」（川村湊「耳の修辞学」『村上春樹をどう読むか』作品社　二〇〇六年十二月　一九七頁）

＊14　村上は『風の歌を聴け』は、「トルーマン・カポーティのある短編小説の最後の一節にあった『もう何も思うまい、何も考えるまい。ただ風の音にだけ耳をすまそう』という文章からイメージとしてとりました」と述べている。（『「そうだ、村上さんに聞いてみよう」と世間の人々が村上春樹にとりあえずぶっつける282の大疑問に果たして村上さんはちゃんと答えられるのか？』朝日新聞社　二〇〇〇年八月　二二頁）それは、トルーマン・カポーティの “Shut a Final Door” の最後の言葉 “So he pushed his face into the pillow, covered his ears with his hands, and thought: think of nothing things, think of wind” 傍線筆者）であろう。

＊15　ガストン・バシュラール宇佐美英治訳『空と夢』法政大学出版局　一九六八年二月（訳注91）「ヴェーダ（リグヴェーダ・（　）内著者）の後にあらわれた古代インドの一大文学で、梵我一如の要請を説く、ヴェーダ附属の哲学的文献（奥義書）である。チャーンドーグヤ＝ウパニシャッドは三ヴェーダに所属する十一篇のウパニシャッドのひとつで、散文で書かれ、最古のウパニシャッドとしてもっともすぐれたものである」、引用部分は、《火が出てゆくとき、それは風の中に出てゆく。太陽が出てゆくとき、それは風の中に去ってゆく。月が去るとき、それは風の中に去ってゆく。かくて、風はあらゆるものを吸収する……人間が眠るとき、その声は息の中に去る。彼の視覚も、聴覚も、思惟も同様である。かくて息はすべてのものを吸収する》

*16 チベット仏教圏の人びとは、「ルンタ」という呪文を刷り込んだ護符を吹き抜ける風が呪文の力を運び、風の流れが仏の加護と生活の平穏をもたらすと信じており、チベット仏教の修行僧は、「大宇宙の呼吸（プラーナ）」たる「生命の風」を深い呼吸のくりかえしに乗せて体内に導入し、体内エネルギーの流れである「気脈」の働きを活性化し、悟りの境地に至ると信じているという。（杉浦康平『宇宙を叩く』工作舎 二〇〇四年十月 三二～三五頁）

*17 『ブリタニカ国際大百科事典3』ティービーエス・ブリタニカ 一九七二年七月 四二六頁

*18 「ラテン語のアニマ・アニムスは、ギリシャ語のanemos（風）と同じ言葉で、心、あるいはたましいは、「息《いき》」や風の表象と深い関連を有している」（河合隼雄『無意識の構造』中公新書 一九七七年九月 一一頁）

*19 「鼠」が「聞こし召す」存在である「昔の天皇」の古墳を眺めながら宇宙の生命に触れる「風を聴く」体験をするのは、非常に興味深い。「聞こし召す」は、中世までは天皇・皇后などの動作を表す高い敬意を表す語で、「聞く」の尊敬語としてお聞きあそばす、「聞き入る」の尊敬語としてお聞きになってお許しになるなどの意味を表すとともに、「飲む」「食ふ」「思ふ」、（天皇が臣下から政事をお聞きになることから）「治む」の尊敬語でもあった。「お治めになる」という意味の用例としては、「やすみしし わが大君の所聞見為（きこしめす）背面（そとも）の国の真木立つ不破山越えて〈柿本人麻呂〉」（万葉集巻二〇・四三六一）など。（『日本国語大辞典』〈縮刷版〉第三巻 小学館 一九七三年九月）

*20 桜井徳太郎は、次のように述べている。「わが国では、ことさらにことわるまでもなく、巫祝の業に携わるものに男巫と女巫の両者が存在する。この両者のうちでは、いずれが正統を保っているか、また歴史的発生の順序から何れが早く出現したかについて、いちおうの解決はついている。いうまでもなく、それは女性巫者である。（中略）一般にわが国では巫女の入巫の時期を初潮以前としなければならないとする例が多い。月事の表れる成女に達してからの入巫が全く存在しないわけではないが、いろんな理由をつけて、これを避けようとしている」（桜井徳太郎『日本のシャマニズム』上巻 吉川弘文館 一九七四年十一月 五二頁）

＊21 岩波新書 二〇〇九年四月

＊22 「ラフカディオ・ハーンは片目で、しかもその目もひどい近視だったが、耳はなかなかさとい人であった」（平川祐弘『小泉八雲――西洋脱出の夢』新潮社 一九八一年 七頁）、「『耳なし芳一の話』を英文で再話したハーンじしん、片目に障害があったことはよく知られている。視覚の不自由なかれが、霊《スピリチュアル》的な世界に関心を寄せる「耳の人」だったことは平川祐弘《すけひろ》が述べている」（兵藤裕己『琵琶法師』岩波新書 二〇〇九年四月 九頁）、「ハーンが隻眼であり、またもう一方の目も視力が弱かったことは、彼についての伝記作品がみな触れている通りであり、そうした視力を補うかのように〝聴力〟においては人一倍の鋭敏さを持っていたことは、小泉節子の『思い出の記』や小泉一雄『父「八雲」を憶う』などの回想文や評論文にしばしば書かれている通りだろう」（川村湊「八雲の耳」『言霊と他界』講談社学術文庫 二〇〇二年十二月 一三四頁）

＊23 山田陽一編『音楽する身体』昭和堂 二〇〇八年十二月所収

＊24 バリではトランスのことをクラウハン karauhan という。動詞 rauh（「来る」）に名詞化する接頭辞 ka と接尾辞 an がついた言葉だ。「来ること」という意味。何が来るのか。神、熱、あるいは震えか。いずれにせよ、何かがやって来て、心身喪失になる状態をクラウハンという。クラウハンはもっぱら儀式のときに発生し、日常のバリの村のなかではほとんど起こらない。つまり、オダランという特定のセッティングのなかにおいてのみあらわれる文化的な行為なのである。／そのクラウハン（トランス）には音が深く関係しているように思われる。祈る人々のなかにトランスの初期状態を発見した演奏者たちはガムランのテンポと音量をあげていき、それに乗せられたかのように、トランスは深く進行していく。（前掲書『音楽する身体』一四〇頁）

＊25 「東南アジアで一番有名な音楽は、活気に満ちた、轟き渡るようなガムランである。これは、「ボナン（組になったゴング・チャイム）、鉄琴、ゴング類などで構成される打楽器のオーケストラで、ジャワ島とバリ島で演奏される」（マックス・ウェイド＝マシューズ著 別宮貞徳監訳『世界の楽器百科図鑑』東洋書林 二〇〇二年十一月 二一一頁）

＊26　突然姿を消す前、「札幌から旭川に向かう早朝の列車の中」の場面には、すでにガール・フレンドの生命力の低下を示唆する叙述が見られる。「彼女は向いの席で腕を組んで眠っていた。窓から射し込む秋の朝の太陽が彼女の膝に薄い光の布をそっとかぶせていた。どこからか入り込んだ小さな蛾が風に揺られる紙片のようにひらひらと漂っていた。蛾はやがて彼女の乳房の上にとまり、しばらくそこで休んでから、またどこかに飛び去っていった。蛾が飛び去ったあとでは、彼女はほんの少しだけ年老いたように見えた」（『村上春樹全作品1979～1989②』講談社　一九九〇年七月　二五八頁）蝶や蛾などのソウル・アニマルが眠る人から飛び立つ情景は、魂が身体から離れることを意味すると考えられている。この場面は、ミディアムとしての彼女の生命力あるいは存在感の減衰の予告とみることができよう。

＊27　『日本国語大辞典』〔縮刷版〕第三巻　小学館　一九七三年九月　一三六頁「雷」の項［語源説］には、「(1)カミナリ（神鳴）の義〔俚言集覧・言元梯・大言海〕。(2)カミは「皇」Kamの転音で、雷を霊物視したもの。ナルは「鳴」の別音Nyaoの省音Naにラ行音の語尾を添えて動詞化したもの〔日本語原考＝与謝野寛〕」とある。

＊28　『漢字百話』一六「神のおとずれ」（『白川静著作集1漢字Ⅰ』二〇四頁）

＊29　平凡社　二〇〇五年一月　七八九頁、六二九頁

＊30　講談社学術文庫　一九九四年六月　二七八頁

＊31　『村上春樹全作品1979～1989⑦』講談社　一九九一年五月　二八一頁

＊32　『めくらやなぎと眠る女』「文学界」一九八三年十二月号、『螢・納屋を焼く・その他の短編』新潮社一九八四年七月、『村上春樹全作品1979～1989③』講談社一九九〇年九月、『めくらやなぎと、眠る女』「文学界」一九九五年十一月号、『レキシントンの幽霊』文藝春秋　一九九六年十一月、『村上春樹全作品1990～2000③』講談社　二〇〇三年三月

＊33　ブルーノ・ベッテルハイムは、昔話『眠れる森の美女』における眠りは、「自己の確立のためには欠くことのできない、自己への長い静かな集中」を意味すると述べる一方、「眠っている間の眠れる森の美女や白雪ひめの美しさは、冷たい美しさである。そこには孤立した自己愛しかない」と述べて、外界を排除

し自己愛に閉じこもる危険性に警告を発してもいる。（波多野完治・乾侑美子共訳『昔話の魔力』評論社一九七八年八月 二九六〜三〇五頁）河合隼雄は、おとぎ話『いばら姫』の眠りについて、「乙女の眠りの主題」は、北欧神話のブリュンヒルト・モチーフや「グリム童話の白雪姫」と関連すると指摘しながら、「女性の思春期の発達と関連づけてみると、いばら姫は案外すべての正常な女性の心理的発達の過程を描いているかも知れぬ」、「女性性が素晴らしく開花する、『ある時』が来るまで、彼女はいばらのとげによって守られる。（中略）少女の眠りをこのように発達の過程に必要なものとしてみると、いばら姫の話は一般の女性の経験との親近性を増す」と述べている。（「昔話の深層」『河合隼雄著作集5昔話の世界』岩波書店 一九九四年三月 九四〜九六頁）また、マドンナ・コルベンシュラーグは、眠りによって表象される「『眠れる森の美女』は第一に受動性の象徴であり、その拡大解釈として、女性の精神状態——つまり男性中心社会における女性の自律性と自己超越からの切断、自己実現と倫理的決断能力からの切断——のメタファーとなっている」と述べている。（野口啓子・野田隆・橋本美和子訳『眠れる森の美女にさよならのキスを』柏書房 一九九六年十一月）

＊34 『めくらやなぎと、眠る女』に付された〈めくらやなぎのためのイントロダクション〉で説明されているとおり、『めくらやなぎと眠る女』は『螢』と同じく『ノルウェイの森』にまとまってゆく系統の作品であり、『ノルウェイの森』の一挿話として用いられている。「青いパジャマ」のガール・フレンドに直子の原像を見るなら、詩に描かれた娘は、直子の内的イメージを表現していることになるだろう。

＊35 前掲書十三頁

＊36 前掲書九六頁

＊37 前掲書三〇四〜三〇五頁

＊38 ブルーノ・ベッテルハイム前掲書三〇五頁

＊39 前掲書三九四頁

＊40 小山書店一九三四年六月

＊41 『中央公論』一九二七年十一月初出

＊42　菊岡沾涼 著 寛保三年（一七四三）

＊43　善也が男の後をつけて「狭い路地の入り口」に入っていくと、「すれ違うのも難しいくらい狭く、夜の海底のように暗い」「両側を高い壁ではさまれたまっすぐな隘路《あいろ》」に突き当たった。その「正面」は「金属のフェンスでふさがれて」「袋小路」になっていたが、「よく見るとそこには、人が一人やっと通り抜けられるくらいの穴が開いて」いた。「善也はコートの裾をまとめ、身をかがめて穴をくぐった」。初め「広々とした野原」と見えた空間は、「淡い月明かり」の下に広がる「野球場」だった。野球場までの道筋、象徴としての「月明かり」などから、善也は擬似母胎というべき空間に招き寄せられたと読むことができよう。

＊44　講談社二〇〇四年九月

＊45　『アフターダーク』講談社 二〇〇四年九月 一一一〜一一二頁

＊46　清水克行は、戦場における耳鼻削ぎの歴史と結びついた耳鼻削ぎ刑と、その対象部位である「耳鼻」について次のように述べている。「このように中世社会の戦場では、一方で「殺害した証拠として耳鼻削ぎ」がひろく行われていたのである。これと、さきの「本来ならば殺害するところを耳鼻削ぎ」という論理をあわせて考えるならば、中世社会においては人間の「耳鼻」が、それが失われることが生物学上の「死」に匹敵するほど、その人間の人格を象徴する部位であったということができるだろう。これは耳鼻が欠けるということが外面的な特徴であるらい者（ハンセン病患者）が、中世社会の非人《ひにん》身分の中核をなしていたという事実（黒田日出男　一九八二年）とも、相互規定的な関係をもつものといえよう」（清水克行「「耳鼻削ぎ」の中世と近世」黒田弘子 長野ひろ子 編『エスニシティ・ジェンダーからみる日本の歴史』吉川弘文館 二〇〇二年六月 一八八頁）

＊47　『海』臨時増刊「子どもの宇宙」一九八二年十二月号、『中国行きのスロウ・ボート』中央公論社一九八三年五月、『村上春樹全作品1979〜1989③』講談社 一九九〇年九月

＊48　前掲論文

＊49　『羊をめぐる冒険』におけるガール・フレンドと羊男、『ダンス・ダンス・ダンス』のキキ、ユキ、羊男、

ユミヨシさん、『ねじまき鳥クロニクル』の本田老人、加納マルタ、加納クレタ、ナツメグ、シナモン、『１Ｑ８４』の「ふかえり」など。村上文学における媒介者《メディエーター》たちには、特異な耳や聴力の持ち主が多い。

＊50 小此木啓吾『対象喪失』中公新書 一九七九年十一月

＊51 ここでは、前掲書「まえがき」ⅰ頁の「愛情・依存の対象」の喪失という意味で用いた。

＊52 一九九〇年一月 文藝春秋

＊53 『ＴＶピープル』文藝春秋 一九九〇年一月 書き下ろし、『村上春樹全作品1990〜2000①』講談社 二〇〇二年十一月

＊54 「水は、もろもろの感情を表すきわめてありふれた象徴である。海や湖のような大量の水は、しばしば無意識を表す象徴になる。セックスは体液を伴うゆえに、フロイトは夢に現われた水をセックスの象徴とした」『夢の事典』（ジェイムズ・Ｒ・ルイス 彩流社 二〇〇五年二月）

＊55 本田老人と加納マルタの言葉にあるように、『ねじまき鳥クロニクル』において、身体の主要な組成成分であり、無意識を表象する水は、重要な意味を担っている。それは、第3部巻末において、井戸に水が溢れ出す現象に、もっともよく象徴されている。また、トオルが全身を水に浸して「泳ぐこと」は、身体そのものを無意識に浸すことを表現している。たとえば、『ねじまき鳥クロニクル』第2部18章では、「二十五メートル・プールをゆっくりと何度も何度も往復」しているうち、「僕」は「区営プールでありながら井戸の底」にいる自分を発見し、日蝕の「幻影」を見、「２０８号室の暗闇に漂っていた」匂いを嗅ぐ。そうするうち、トオルは、「奇妙な電話の女」がクミコであったことにようやく気付き、自分にはまだ「何か温かく美しく貴重なものがちゃんと残されている」という「啓示」を得る。また、第3部33章では、井戸の底に置いてあった野球のバットがなくなっていることに気付き、「意識をひとつに集中」させるため、プールで泳ぐというイメージを思い描くことによって、「深い暗闇」から「壁を抜け」、クミコの潜む２０８号室に辿りついている。

第二章　歴史への助走　『中国行きのスロウ・ボート』『羊をめぐる冒険』

＊1　『海』一九八〇年四月、『中国行きのスロウ・ボート』中央公論社　一九八五年五月所収、『村上春樹全作品1979〜1989③』講談社　一九九〇年九月、『象の消滅』新潮社　二〇〇五年三月所収。『村上春樹全作品1979〜1989③』収録の際改稿が行われているが、本論は特に断った部分以外、『村上春樹全作品1979〜1989③』のテクストによって論じた。

＊2　川村湊は、「コトバをめぐる冒険」(『群像』一九八三年八月号、『村上春樹をどう読むか』作品社　二〇〇六年十二月所収)で「『中国行きのスロウ・ボート』は〝中国人〟というコトバに触発された〈僕〉のとりとめのない回想譚にしかすぎない」、「村上春樹は言うだろう。『僕はただ中国人や羊のことを書きたかっただけだし、そこには意味もなきゃ形もない。あえて言うならそれは概念的な記号のようなものだし』と論じた。

＊3　田中実は、「港のない貨物船」(『国文学解釈と鑑賞』一九九〇年十二月号)で、「『僕』にとっての中国は、基本的には『僕自身のニューヨーク』、『僕自身のペテルスブルグ』『僕自身の地球』『僕自身の宇宙』であると併置されているように、これは『僕』とある特定の歴史的空間との関係を述べたものでなく、『僕』と世界のあり方、『僕』の世界観を表したものであり、『僕』が中国に行き着けないという意味は、〈私〉から自分自身がいかに離れられないかということである」と論じている。因みに、ジェイ・ルービンは、『ハルキ・ムラカミと言葉の音楽』(新潮社　二〇〇六年九月　七七頁)で、「実際、この短篇は婉曲な書かれ方をしていたために、一九八三年に評論家青木保からこう論じられた。『ここまでくると、読む側にとっては、中国人のことはもうどうでもよくなってしまって、語られようとするのは六〇年代から八〇年代にかけての『僕』の辿った道筋の里程標であることがわかる……『スロウ・ボート・トゥ・チャイナ』の曲が鳴って、曲がおわってみると、そこに時代があって、しばし読者は己れの辿った道筋を考えさせられる』。たしかに初期の村上読者にとっては、こうした力が働いたかもしれない。だがいまでは、日本人にとってかなり厄介な記憶として、村上が中国と中国人を一貫して意識してきたと見ることができるだろ

う」と述べている。

＊4　山根由美恵「対社会意識の目覚め――『中国行きのスロウ・ボート』――」(『村上春樹〈物語〉の認識システム』若草書房 二〇〇七年六月 五四頁)

＊5　中国・中国人に関する記述のある作品は、『風の歌を聴け』(一九七九)、『1973年のピンボール』(一九八〇)『中国行きのスロウ・ボート』(一九八〇)、『羊をめぐる冒険』(一九八二)『シドニーのグリーン・ストリート』(一九八二)、『駄目になった王国』(一九八二)、『トニー滝谷』(一九九〇・一九九一)、『ねじまき鳥クロニクル』(一九九二～一九九五)、『アフターダーク』(二〇〇四)、『1Q84』(二〇〇九～二〇一〇)などである。

＊6　中央公論社版四〇頁。「プライドと自己憐憫の限りない振幅」という語句は、『村上春樹全作品1979~1989③』では削除されている。

＊7　鑪幹八郎は、『夢分析入門』でフロイトの「イルマの夢」分析における「語呂合わせ的な連想」に触れた後、次のように述べている。「語呂合わせの意義の重要性は、日本語の場合もっと大きいのではないかと思われる。言語を構成する音素としては、日本語は欧米語の六分の一ぐらいしかないということであり、それだけ多く、同音意義が多くなる可能性が高いという。また、日常生活の中でも、商店の電話番号を一《い》一四七《いしな》(いい品)、花屋さんが一一八七《いいはな》(いい花)と言い換えたり、タクシー会社の電話番号が一九五五《いくゴーゴー》(行く、ゴーゴー)と読みかえられたり、枚挙にいとまがない。また、同音意義として、セックスに関係した「性」が、驚いたことに、「聖」「制」「征」「姓」など、一三八通りもある(角川『漢和中辞典』、索引、一九五九)。性交の「交」に至ってはものすごい数となる。例えば、「口」「公」「孔」「広」「坑」「高」など、三八〇通りのものがある。(右同、索引)。時にはこのような語呂合わせが、夢の分析の中で重要な意味を持っていることを、日本人であるわれわれは特に無視することができないであろう」(鑪幹八郎『夢分析入門』創元社 一九七六年十二月 二八七頁~二八八頁)

＊8　忘却/記憶という心理の対比は、差別/被差別という関係以外に、支配/被支配、加害/被害という関係における心理も髣髴とさせる。

＊9　山根由美恵は、「『中国行きのスロウ・ボート』は、内なる差別を行っていた自分に気づいていく『僕』の姿が描かれていた。注目したいのは、内なる差別の問題を社会に即して描かなかった村上の問題意識である。（中略）つまり、アジアとの関係の解消の方法として、自身の内なる差別、自分自身の探求という方向へ向かったことである。」と述べている。（前掲書六七頁）

＊10　兵藤裕己『平家物語――〈語り〉のテクスト』ちくま新書　一九九八年九月七～八頁

＊11　四方田犬彦「聖杯伝説のデカダンス」（『新潮』一九八三年一月号）

＊12　『村上春樹イエローページ①』幻冬舎文庫　二〇〇六年八月　一一〇～一一一頁

＊13　前掲書一一九頁

＊14　『謎とき 村上春樹』光文社新書　二〇〇七年十二月　二〇〇頁

＊15　『村上春樹と日本の「記憶」』新潮社　一九九九年七月　一三九頁

＊16　計見一雄は、「人間が過去に完全に支配されて、現在に生きることから閉ざされた状態」が「幻覚妄想状態」であると述べ、「現在を失い時間を見失うことを『これ以上大きな不幸というものはない』と喝破《かっぱ》した」吉田健一が、その著『時間』において、「現在を喪《うしな》う悲惨というのは、実は戦後日本の『進歩的文化人』の悲惨である」と述べたことを紹介している。（『統合失調症あるいは精神分裂病』講談社メチエ　二〇〇四年十二月　二四八頁）

＊17　木村敏は、ある離人症者の訴えを「自我の喪失感、自我の離隔感、感情の喪失感、事物の非実在感、時間的経過や時間そのものの非連続感、自我の非連続感、空間の非連続感」とまとめ、「これを一言で言ってしまえば、自我、時間、空間、事物などのすべてに通じての『現実感の喪失』と言ってもよい」と述べている。（『自覚の精神病理』紀伊國屋書店　一九七八年一月　一九～二〇頁）特に、「現実感の喪失」が「時間的経過や時間そのものの非連続感、自我の非連続感」として感覚される点は、「僕」の現実喪失感を髣髴とさせるものである。

＊18　真木悠介『時間の比較社会学』岩波書店　一九九七年十一月　二八一頁

＊19　アントワーヌ・ド・サンテグジュペリ 訳者 池澤夏樹『星の王子さま』集英社　二〇〇五年八月　二九

〜三〇頁

＊20 前掲書一一一頁

＊21 『ダンス・ダンス・ダンス』2章（『村上春樹全作品1979〜1989⑦』講談社 一九九一年五月 二八頁）

＊22 ジェイは、十二滝町の別荘で「鼠」を待つ間、「ジェイ、もし彼がそこにいてくれたなら、いろんなことはきっとうまくいくに違いない。全ては彼を中心に回転するべきなのだ。許すことと憐れむことと受け入れることを中心に」（『村上春樹全作品1979〜1989②』講談社 一九九〇年七月 三二二頁）と想起するほど「僕」の心のよりどころとして信頼されている。

＊23 前掲書二二六頁

＊24 前掲書二二九頁

＊25 「僕」は、耳のガール・フレンドに自己紹介する際、「プルーストの『失われた時を求めて』も揃いで持ってるけど、半分しか読んでない」（『村上春樹全作品1979〜1989②』講談社2 一九九〇年七月2五七頁）と言う。そこには、「真の〈現在〉を求めてはいるが未だ見出してはいないという含みが読み取れるのではないだろうか。

＊26 『羊をめぐる冒険』第7章2には、引用のとおり「歴史年表」を書くことによって、一見無関係に見える物事の間につながりを発見する「僕」の姿が描かれていたが、『ねじまき鳥クロニクル』第3部24章にも、これに類する記述が見られる。「僕と『客』たちはこの顔のあざによって結びついている。僕はこのあざによって、シナモンの祖父（ナツメグの父）と結びついている。シナモンの祖父と間宮中尉《ちゅうい》は、新京という街で結びついている。間宮中尉と占い師の本田さんは満州と蒙古の国境における特殊任務で結びついて、僕とクミコは本田さんを綿谷ノボルの家から紹介された。そして僕と間宮中尉は井戸の底によって結びついている。間宮中尉の井戸はモンゴルにあり、僕の井戸はこの屋敷の庭にある。ここにはかつて中国派遣軍の指揮官が住んでいた。すべては輪のように繋《つな》がり、その輪の中心にあるのは戦前の満州であり、中国大陸であり、昭和十四年のノモンハンでの戦争だった」（『村上春樹全作品1990〜2000⑤』講談社 二〇〇三年七月 二三六頁）

＊27　『羊をめぐる冒険』から『ねじまき鳥クロニクル』への発展の結節点には、日本の満州経営に関連した人物として、『羊をめぐる冒険』の「羊博士」「右翼の先生」と『ねじまき鳥クロニクル』の綿谷ノボルの伯父を挙げることができる。この点については、第七章5節において詳述する。

＊28　河合隼雄は、「物語の特性のひとつは『つなぐこと』である。物語による情動体験が、話者と聴き手をつなぎ、過去と現在をそして未来をもつなぎ、個人の体験を多数へとつなぎ、意識と無意識をつなぎ……さまざまの『つなぎ』をしてくれる」と述べている。（『岩波講座宗教と科学1宗教と科学の対話』一九九二年九月　二二頁）

第三章　自己回復へ向かう身体　『世界の終りとハードボイルド・ワンダーランド』

＊1　「ハードボイルド・ワンダーランド」の約六日間と「世界の終り」の初秋から冬の期間がそれぞれ20章で交互に展開するため、「ハードボイルド・ワンダーランド」のストーリー展開はスピーディーで躍動的に感じられるのに対し、「世界の終り」は静穏な印象を与える。

＊2　何もかも失くし社会的にゼロになった主人公が渋々冒険に駆り出され、それが自己探求の旅になるという展開は、『羊をめぐる冒険』のほか、『ダンス・ダンス・ダンス』『ねじまき鳥クロニクル』にも共通している。「ハードボイルド・ワンダーランド」の「私」は、15章で記号士の二人組に襲撃された後、次のように述懐する。「私の人生は無だ、と私は思った。ゼロだ。何もない。私がこれまでに何を作った？何も作っていない。誰かを幸せにしたか？誰をも幸せにしていない。何かを持っているか？何も持っていない。家庭もない、友だちもいない、ドアひとつない。勃起もしない。仕事さえなくそうとしている」（『村上春樹全作品』1979〜1989④　講談社　一九九〇年一一月　二二二頁）

＊3　記号士と「やみくろ」に襲われた「博士」の救援を「私」に求め、渋る「私」を「博士」のもとに導く孫娘は、『羊をめぐる冒険』における耳のガール・フレンド同様、「異界」への案内人《ガイド》としての役割を果たしている。また、暗闇の中を「博士」の居場所を探しながら「私」を先導する孫娘が、「私」には聞こえ

ない「やみくろ」の発する音声を聴き分け、懐中電灯のかすかな光を反射して「キラキラ光りながら揺れ」る金のイヤリングを両耳に着けていることから、「私」を「異界」へ導く媒介者《メディエーター》としての特徴を備えた耳の持ち主であることも分る。「私」より十八歳も年下の彼女が、暗闇の恐怖の中でつねに「私」を鼓舞激励し「私」を先導する姿や、意識の「消滅」直前の「私」に、「消滅」後の「私」の身体を回収し冷凍保存することを約束して、意識回復の可能性を示すことなどに、地下世界や脳内世界（「世界の終り」）という「異界」との往還を手助けする媒介者《メディエーター》としての姿勢が現れている。

＊4 「『物語』のための冒険」（『文學界』一九八五年八月号）で、川本三郎が「一つの極端な読み方でいえば、〈私〉のほうだけ読んで、〈私〉が最後に死んだところから、今度、死後の世界として、〈僕〉の世界のほうに入っていくという読み方も可能かもしれないですね」という問いかけに、村上春樹は同意を避けている。

＊5 「『意識の底の方には本人に感知できない核《コア》のようなものがある。僕の場合のそれはひとつの街なんだ。街には川が一本流れていて、まわりは高い煉瓦の壁に囲まれている。街の住人はその外に出ることはできない。出ることができるのは一角獣だけなんだ。一角獣は住人たちの自我やエゴを吸い取り紙みたいに吸いとって街の外にはこびだしちゃうんだ。だから街には自我もなくエゴもない。僕はそんな街に住んでいる――ということさ。僕は実際に自分の目で見たわけじゃないからそれ以上のことはわからないけどね』（中略）私は彼女に説明してから老人が川のことなんて一言も話さなかったことに気づいた。どうやら私は少しずつその世界に引きよせられつつあるようだった」（『村上春樹全作品1979〜1989④』講談社 一九九〇年一一月 二二二頁）

＊6 計算士に施された「脳手術」は、25章で「博士」により、「精神性てんかん患者に対して現在も行われて」いる「定位脳手術」――頭蓋骨に孔を開けて電気的刺激を与える外科的治療――を「いくらか応用した」脳外科手術であると説明されている。

＊7 計算士として始終身の危険にさらされている「私」も、外出の際はナイフを持ち歩き、ガス点検を装って頭骨を盗もうとした男を脅すのにもナイフを使っている。

＊8　「相棒」は、「右翼の先生」を知らなかった「僕」に、「つまり先生は政治家と情報産業と株という三位一体の上に鎮座ましましているわけさ」（『村上春樹全作品1979〜1989②』講談社　一九九〇年七月　八四〜八五頁）と説明している。

＊9　「私」は、先の引用部分のすぐ後に、「料理というものは十九世紀からほとんど進化していないんだ。少くとも美味い料理に関してはね。材料の新鮮さ・手間・味覚・美感、そういうものは永久に進化しない」と述べて、科学技術の急激な進化とは裏腹に、「永久に進化しない」「美味い料理」を裏付ける「味覚」「美感」という身体にもとづく感覚を人間性の根拠としてさりげなく挙げている。（『村上春樹全作品1979〜1989④』講談社　一九九〇年一一月　五三一頁）

＊10　ハワード・ダリー『ぼくの脳を返して』WAVE出版　二〇〇九年十一月　五頁「解説」

＊11　監督 ミロス・フォアマン、原作 ケン・キージー "One Flew Over the Cuckoo's Nest"（邦題『カッコーの巣の上で』一九六二）、主演 ジャック・ニコルソン、一九七五年度アカデミー賞主要5部門受賞作

＊12　ジャック・エルハイ 岩坂彰 訳『ロボトミスト』ランダムハウス講談社　二〇〇九年七月　四一五〜四二二頁「政治的マインドコントロールとしてのロボトミー」「犯罪者矯正法としてのロボトミー」に詳述。また、シャフリングより簡易に行える「洗いだし」に、洗脳を意味する「ブレイン・ウオッシュ」というルビが付されているのも、何か示唆的である。

＊13　「私」は、3章で、自分の計算士のランクを標準料金の二倍を意味する「ダブル・スケール」だと「博士」に述べている。

＊14　河合隼雄『影の現象学』思索社　一九七六年六月　一四一頁

＊15　『1973年のピンボール』では、「僕」がピンボールと再会するのは、冥府を思わせる暗闇の中である。『羊をめぐる冒険』では、「僕」が死後の「鼠」と会話する場面は冷気のたちこめる闇の中である。『螢』、『ノルウェイの森』では、「僕」は闇の中で直子の霊魂を思わせる螢を逃がす。『ダンス・ダンス・ダンス』で「僕」が「羊男」に会う「いるかホテル」の十六階の廊下は、真っ暗闇である。『ねじまき鳥クロニクル』では、「僕」が妻との思い出をたどる井戸の底、そこから「壁抜け」をして訪れるホテルの208号室は、

いつも真っ暗である。地下鉄サリン事件被害者へのインタビュー集である『アンダーグラウンド』というタイトルは、東京の地下鉄の走行する地下空間とともに、サリン事件を起こしたオウム真理教信者あるいは現代人の深層心理を表現している。『アフターダーク』は、新宿の夜の闇の中に展開する、登場人物たちの深層心理の闇を描く物語である。阪神大震災をテーマに書かれた短編集『神の子どもたちはみな踊る』に収録されている『かえるくん、東京を救う』では、東京に起きようとする地震を食い止める闘いは、片桐の夢の中の地下世界で展開する。

＊16 「博士」は、25章で「私」に次のように説明している。「人間ひとりひとりはそれぞれの原理に基づいて行動をしておるです。誰一人として同じ人間はおらん。なんというか、要するにアイデンティティーの問題ですな。アイデンティティーとは何か？ 一人ひとりの人間の過去の体験の記憶の集積によってもたらされた思考システムの独自性のことです。もっと簡単に心と呼んでもよろしい。人それぞれ同じ心というのはひとつとしてない。しかし人間はその自分の思考システムの殆んどを把握してはおらんです」（『村上春樹全作品1979〜1989④』講談社 一九九〇年一一月 三七三頁）

＊17 二重身の現象とは自分が重複存在として体験され、「もう一人の自分」が見えたり、感じられたりすることである。精神医学的には、自分自身が見えるという点から、自己視、自己像幻視と呼ばれ、また二重身、分身体験などとも言われる。ドッペルゲンガー（Doppelganger）という言い方は、ドイツの民間伝承に基づくものである。（河合隼雄『影の現象学』思索社 一九七六年六月 五九頁）

＊18 『闇と影』青土社 一九八四年十一月 二十四〜二十七頁

＊19 この記憶を「でも幻覚じゃありません。きちんとした記憶です。それはたしかです」と言う「私」に対し、「博士」は、「私」には確かな「記憶のように感じられ」ても、それは「自らの存在を正当化するべく」「自身のアイデンティティと」「博士」が「編集してインプットした意識のあいだ」の「誤差」を埋めようとする「人為的なブリッジ」であり、「博士」が「第三の回路を解放してしまった」ために起きた現象だと説明している。

＊20 『闇と影』青土社一九八四年十一月十六頁この後、暗闇の中で再会を果たした「博士」も、『組織《システム》』の行

った「脳手術」が人間の心の「ブラックボックス性を」「完璧な暗号」として利用しようと企図して行われたことを認め、ドッペルゲンガーの記憶が「私」に伝えたメッセージが正鵠を射ていたことを裏付ける。

＊21　「街」に留まることを決意した「僕」は、「僕は自分の勝手に作り出した人々や世界をあとに放りだして行ってしまうわけにはいかないんだ」という言葉に続けて、「僕は自分がやったことの責任を果たさなくちゃならないんだ。ここは僕自身の世界なんだ。壁は僕自身を囲む壁で、川は僕自身の中を流れる川で、煙は僕自身を焼く煙なんだ」と言う。(『村上春樹全作品1979〜1989④』講談社　一九九〇年一一月　五九〇頁)

＊22　「ハードボイルド・ワンダーランド」から「消滅」する一時間余り前に、「私」は自らの三十五年の人生を振り返り、やはり「義務」と「責任」という言葉を用いて、次のように述懐している。「私の人生の輝きの93パーセントが前半の三十五年間で使い果たされてしまっていたとしても、それでもかまわない。私はその7パーセントを大事に抱えたままこの世界のなりたち方をどこまでも眺めていきたいのだ。何故かはわからないけれど、そうすることが私に与えられたひとつの責任であるように私には思えた。私はたしかにある時点から私自身の人生や生き方をねじまげるようにして生きてきた。(中略)／しかし私はこのねじまがったままの人生を置いて消滅してしまいたくはなかった。私にはそれを最後まで見届ける義務があるのだ」(傍線部筆者)(『村上春樹全作品1979〜1989④』講談社　一九九〇年一一月　五七八〜五七九頁)

＊23　幻冬舎文庫二〇〇五年八月

＊24　「博士」は「僕」に、「世界の終り」には「今のこの世界に存在しておるはずのものがあらかた欠落して」おり、「そこには時間もなければ空間の広がりもなく生も死もなく、正確な意味での価値観や自我もありません」と説明している。(『村上春樹全作品1979〜1989④』講談社　一九九〇年一一月　三九二頁)

＊25　村上春樹はこの結末について、「最後の部分は五回か六回は書き直し」「僕と影が最後にどうなるかという結末のつけ方は書き直すたびに全部がらっと違っていた」、「僕がひとりで『森』に残るという選択肢は苦しみに苦しんだ末にやっと出てきたものだった」と言い、「もちろん今ではこれ以外の結末はありえないと確信している」と述べている。(『村上春樹全作品1979〜1989④』講談社　一九九〇年一一月　別冊解説

「自作を語る」）そして二〇〇二年九月、『海辺のカフカ』刊行直前に『海辺のカフカ』執筆の動機に触れて、「もともとは『世界の終りとハードボイルド・ワンダーランド』の続編みたいなものを書こうと考えていたんです。小説の最後の方で森に入っていった人々のその後のことが、僕自身気になっていたから、そういうことについて書いてみたいという気持ちはあった」と言い、「15年以上たって」作者の心中に残っていた『世界の終りとハードボイルド・ワンダーランド』の結末が『海辺のカフカ』執筆につながったことを吐露している。（「［インタビュー］村上春樹『海辺のカフカ』について」『波』新潮社　二〇〇二年九月号）

第四章　物語を生きる身体と言葉　『ノルウェイの森』

＊1　私のように、障害のあったものを除いては、言葉は意識的操作として発せられるものではなく、食べるとか眠るとかと同じように、無意識にうながされて発する動作であり、意識はあとからそれをコントロールするだけにとどまる。これが主体としての人間のことばの本来のあり方だろう。すれば、ことばもまた「からだ」としてとらえられねばなるまい。（『ことばが劈かれるとき』思想の科学社　一九七五年八月　二四〇〜二四一頁）

＊2　「自作を語る」100パーセント・リアリズムへの挑戦（『村上春樹全作品1979〜1989⑥』講談社　一九九一年三月　別冊子VII頁）

＊3　前掲別冊子VIII頁

＊4　「この小説の中では沢山の登場人物が次から次へと死んで消えていく。そういうのは余りにも都合の良い話ではないかという批判も多く頂いた。でも弁解するのではないけれど、正直に言って物語がそれを僕に求めていたのである。本当に僕としてはそうする以外に方法を持たなかったのだ。そしてこの話は基本的にカジュアルティーズ（うまい訳語を持たない。戦闘員の減損とでも言うのか）についての話なのだ。それは僕のまわりで死んでいった、あるいは失われていったすくなからざるカジュアルティーズについて

の話であり、あるいは僕自身の中で死んで失われていったすくなからざるカジュアルティーズについての話である。僕がここで本当に描きたかったのは恋愛の姿ではなく、むしろそのカジュアルティーズの姿であり、そのカジュアルティーズのあとに残って存続していかなくてはならない人々の、あるいは物事の姿である。成長と言うのはまさにそういうことなのだ。それは人々が孤独に戦い、傷つき、失われ、失い、そしてにもかかわらず生き延びていくことなのだ」（村上春樹「自作を語る」「100パーセント・リアリズムへの挑戦」『村上春樹全作品1979〜1989⑥』別冊子IX〜X頁）

＊5　小熊英二『1968』上（新曜社　二〇〇九年七月）には、「現在写真などに写っている大学闘争の服装をみると、六五年や六六年の慶應大学や早稲田大学の学費値上げ反対闘争では、男子学生は詰襟の学生服姿が多い」（七九頁）とあり、次頁には、「学費値上げ反対をとなえバリケード封鎖をする詰め襟の学生たち」（早大闘争、一九六六年一月）」というキャプションの付いた、短髪で詰襟の学生服の上にコートを着用した男子学生たちの写真が掲載されている。また、その直後には、「もっとも、高度成長による社会の激変と並行して、若者たちの服装の変化も急激ではあった。一九六八年の日大闘争や東大闘争になると、アノラックに綿パンツ姿が多くなり、詰襟の学生服姿はほぼいなくなる」（八〇頁）とある。この記述からすると、東京都内の大学では、「僕」が大学に入学した一九六八年頃を境として活動家たちの詰襟姿は激減したものの、男子大学生の服装として学生服の詰襟姿はまだ一般的に見られるものだったと推測される。

＊6　『ラジオ体操の誕生』青弓社　一九九九年十一月

＊7　『素晴らしきラジオ体操』（小学館　一九九八年九月　二六頁）高橋秀実は、同書「あとがき」に「考えるに日本人の行動のほとんどはただやってる、つられてやってる、やるものだからやってるわけで、理由というのも説明用にこしらえるものです。ラジオ体操はそうした行動性を様式化したにすぎないような気がします。ラジオ体操、そして共振現象を描くことは〝日本人〟そして〝昭和〟を描くことにきっとなるであろう、と私は考え本書を執筆した次第です」と述べている。

＊8　前掲書二七頁。山崎光夫も「日本人のアイデンティティは何かと問われれば、わたしは「ラジオ体操」

と答えたい。試みに、パリのシャンゼリゼ通りやニューヨークの五番街でラジオ体操の曲を流してみたい誘惑に駆られる。すると、自然に手足を動かし、腰を曲げ、体を左右に振る人たちがきっといるはずである。老若男女を問わない。その人たちこそ紛れもないニッポン人である」と述べている。(『健康の天才たち』新潮選書 二〇〇七年十月 七九頁)

＊9 武満徹は、「どもりはあたりまえのことすらも、あたりまえには言えない。発声のたびに言葉と格闘しなければならないからだ。そして、ちゃちな論理というものを壊してしまう。言葉をまず肉体のものにする。どもりは同じ繰りかえしをすることはできない。いつでも新しい燃料で言葉のロケットを発射しなければならない」と述べて、吃音が「あたりまえのこと」を「あたりまえには言えない」障害である故に、発声の都度、むしろ言葉を「肉体のものにする」すなわち、身体化する機能を発揮すると述べている。(「吃音宣言」『音、沈黙と測りあえるほどに』新潮社 一九七一年十月 七七頁)

＊10 小熊英二は、全共闘運動世代の学生たちが「高度成長で出現した大衆消費社会に直面したとき」「『豊かさ』にたいする不安感」や「疎外」感をいだき、失われた「生の実感」を取り戻すべく「『リアリティ』を『学生運動』によって確保しようとする者も出現」したと述べ、当時の「若者をおおっていた『閉塞感』『空虚感』『リアリティの欠如』」を、従来の「貧困や戦争といった『近代的不幸』」に対し、「高度成長で大衆消費社会に突入しつつあった日本社会で出現した『現代的不幸』」と名付けている。そして、「既存の社会と大学を拒否し『人間として生きたい』」という「もがき」の中にあった学生たちが「ゲバルトによる直接行動」に走ったのは、それが「『自分で自分をもう把握できない』状態のなかで」「言葉にできない自分の不満をもっとも手っとり早く表現する方法」だったからだと述べ、「『あの時代』の叛乱」は、「自分たちを表現する言葉をもたない」「若者たち」による「将来に対する明確なビジョンのない」「妥協なき実力闘争」であり、「自己のアイデンティティの確立」をもとめる「反抗」であったとしている。(『1968』上新曜社 二〇〇九年七月 第2章)

＊11 その日直子は、病院、入院などと口にはしないまま、学生寮で暮している「僕」に、「共同生活ってどう？ 他の人たちと一緒に暮すのって楽しい？」「ねえ、私にもそういう生活できると思う？」と尋ねて

いる。

*12　森山公夫は、「人間の精神病発病に際して」は「一方では仕事の世界で、規範的な役割的な人間として生きる場面での挫折と、もう一方で家庭という、自分の愛する存在といっしょに生活する世界の崩壊、というその両方が問題」になることをふまえて、「精神病、心の病いとはなにかと」「規定する」と、「世界との対立（世界というのは仕事的世界と家庭的世界ですね）」「の中で親和的関係を喪失した自己が、自己身体との対立を媒介として今ここに生きることを消失した状態が精神病の状態である」と述べている。（『和解と精神医学』筑摩書房　一九八九年九月　三一〜三二頁）

*13　「森山公夫氏の概括によれば、精神の「病い」とは、自己と世界の関係の違和が、自己と身体への違和へと内化したことによるという。とすると私が「自分を受け入れる」と仮りに呼ぶことは、自己と身体の和解を意味すると言っていいだろうか？　それは心理の操作でも考え方の変革でもなく、たいてい思いがけずやってくる。からだまるごと全体で受けとる「感じ」である」（「からだとの和解――または自分を受け入れること――」『岩波講座精神の科学4精神と身体』月報　岩波書店　一九八三年八月、『子どものからだとことば』晶文社　一九八三年九月）

*14　五味渕隆志は、吃音という「浅いレベルの障害」が「分裂病に対する防衛」としての「身体症状」である例を紹介している。五味渕は、「精神症状と身体症状の交代（症候移動）」について論じるなかで、「明確な分裂症症状の出現、悪化にともない、反対に心身症の症状が消失し」「精神症状の軽減とともに」「心身症症状が再び出現」した例として、「幼少時より激しい吃音に悩んでいた」少年の症状経過を以下のように紹介した。「彼は幼少時より激しい吃音に悩んでいたが、中学時代に分裂病を発病し、その急性期の精神症状が活動的な間は、吃音は逆に沈静化し、ほとんど目立たなくなり、薬物を中心とする治療により分裂病症状が消退すると同時に吃音はまた悪化したが、まだ以前ほどひどいものではなかった。しかし発病後数年たち、面接時の印象や家族から得られた情報などから病状が安定したと考えられる時期にほぼ一致して、昔ながらの激しい吃音が再開した。この症例は身体症状（吃音）→精神症状→身体症状（吃音）という経過をたどって分裂病が治癒して行ったが、発病後約五年たった今でも吃音は相変らず激しく、家

族も本人も困るようであり、言語療法士などを紹介する方法もないではないが、本人が良く社会復帰できているためもあり吃音は正面きって治療せず、できればそっとしておきたいところである。吃音は、すでに述べたようにより深いレベルの障害である分裂病に対する防衛と見なすことができ、下手に吃音を治療すれば、分裂病症状が再燃するとまでは行かなくても、現在の病者のそれなりに安定した心身のバランスを再び乱すことになるのではないかと恐れるからである」(「精神の病いにおける心と体――分裂病を中心にして――」『岩波講座精神の科学4精神と身体』岩波書店　一九八三年八月)

*15　直子は、小学校六年生の秋、縊死した六歳年上の姉の遺体を発見したときに、意識と身体の乖離を感覚し、言葉を失った経験を次のように語っている。「でも体の方が言うことを聞かないのよ。私の意識とは別に勝手に体の方が動いちゃうのよ。私の意識は早く下に行かなきゃと思っているのに、体の方は勝手に動いてお姉さんの体をひもから外そうとしているのよ。(中略)『それから三日間、私はひとことも口がきけなかったの。ベッドの中で死んだみたいに、目だけ開けてじっとしていて。何がなんだか全然わからなくて』」(『村上春樹全作品1979~1989⑥』講談社　一九九一年三月　二一三頁)また、直子は「もっと肩の力を抜きなよ」と言った「僕」に対し、「肩の力を抜けば体が軽くなることくらい私にもわかっているわよ。そんなこと言ってもらったって何の役にも立たないのよ。ねえ、いい?　もし私が今肩の力を抜いたら、私バラバラになっちゃうのよ。私は昔からこういう風にしてしか生きてこなかったし、今でもそういう風にしてしか生きていけないのよ。一度力を抜いたらもうもとには戻れないのよ。私はバラバラになって――何処かに吹きとばされてしまうのよ」と答えている。(同書一五頁)レイコも、三度目に発病したとき自殺未遂の直前に、夫に「今あなたと離れればなれになったら私バラバラになっちゃうわよ」と訴えている。(同書二三三頁)

*16　中里均は、「分裂病者の身体体験」を論じる中で、「慢性期の患者には非常に寡黙な人が多い」一方、「ひとつの特徴的なこととして、慢性分裂病者の中には非常に長い距離を歩く人がいる」ことを紹介している。彼らは「お金も持っているし、乗り物にも乗れるのに、わざわざ徒歩で行く」ことを選ぶという。「閉鎖病棟内で年中歩き回っている慢性患者も多」く、これらは「徘徊」と呼ばれる「分裂病の症状のひ

とつ」であるが、中里は「徘徊」や「常同症」などの「リズミカルな身体運動」には、「自らの覚醒水準を変化させ」「『抑制』と『賦活』の布置を変える」機能があることから、それらが「ある極限状態におけるせめてもの環境適応努力」「であると解釈することも不可能ではない」と述べている。(「身体感覚とリズム」『岩波講座精神の科学4精神と身体』岩波書店 一九八三年八月)

＊17 しかしどう考えてみたところで死は深刻な事実だった。僕はそんな息苦しい背反性の中で、限りのない堂々めぐりをつづけていた。それは今にして思えばたしかに奇妙な日々だった。生のまっただ中で、何もかもが死を中心にして回転していたのだ。(『村上春樹全作品1979~1989⑥』講談社 一九九一年三月 四十頁)

＊18 我々はどこにも行けないというのがこの無力感の本質だ。我々は我々自身をはめこむことのできる我々の人生という運行システムを所有しているが、そのシステムは同時にまた我々自身をも規定している。それはメリー・ゴーラウンドによく似ている。それは定まった場所を定まった速度で巡回しているだけのことなのだ。どこにも行かないし、降りることも乗りかえることもできない。誰をも抜かないし、誰にも抜かれない。しかしそれでも我々はそんな回転木馬の上で仮想の敵に向けて熾烈なデッド・ヒートをくりひろげているように見える。(『村上春樹全作品1979~1989⑤』講談社 一九九一年一月 二四七頁)

＊19 緑と初めて食事をしに四ツ谷に行った「僕」は、十数ヶ月前の直子との偶然の出会いをむしろ必然的な出来事として思い返している。「四ツ谷の駅の前を通りすぎるとき僕はふと直子と、その果てしない歩行のことを思いだした。そういえばすべてはこの場所から始まったのだ。もしあの五月の日曜日に中央線の電車の中でたまたま直子に会わなかったら僕の人生も今とはずいぶん違ったものになっていただろうな、と僕はふと思った。そしてそのすぐあとで、いやもしあのとき出会わなかったとしても結局は同じようなことになっていたかもしれないと思いなおした。たぶん我々はあのとき会うべくして会ったのだし、もしあのとき会っていなかったとしても、我々はべつのどこかで会っていただろう。とくに根拠があるわけではないのだが、僕はそんな気がした」(『村上春樹全作品1979~1989⑥』講談社 一九九一年三月 八九頁)

＊20 レイコは「男の人にこの話するの」は「はじめて」で「すごく恥かしい」けれど「あなたには話した方

がいいと思うから話してるのよ」と言って、レズビアンの少女の誘惑に自分がどのように反応したか詳細に語っている。レイコは、少女の行為を「そんなの駄目だったらって馬鹿みたいに言いつづけるだけ」で、「体がいうことをきかなくて」「はねのけること」ができなかったが、「あんなに濡れたのはあとにも先にもはじめてだった」、「主人とやるよりその子とやってる方がずっと良かったし、もっとしてほしかったのよ」と語り、そのとき自分の身体が意識とは裏腹の反応を示したことを明言している。そのため、「一時は自分でも私はレズビアンなんじゃないかと」「真剣に悩んだ」が、その後「私の方から女の子を見て積極的に欲情するということはない」自分は「レズビアンではない」という結論を得たと語っている。

*21 直子が「僕」に物語をする一晩目は「明るい月」の晩である。直子が「私、あの二十歳の誕生日の夕方、あなたに会った最初からずっと濡れてたの。そうしてずっとあなたに抱かれたいと思ってたの。抱かれて、裸にされて、体を触られて、入れてほしいと思ってたの。そんなこと思ったのってはじめてよ。どうして？　どうしてそんなことが起るの？　だって、私、キズキ君のこと本当に愛してたのよ」と「僕」に打ち明ける場面では、直子が「窓の外の月を眺め」ると、「月は前にも増して明るく大きくなっているように見えた」と、月が印象深く描写されている。これに対し、その後すぐ散歩に出た「僕」とレイコは、月光ではなく「街灯に照らされた道をゆっくりと歩いて、テニス・コートとバスケットボール・コートのあるところまで来て」「ベンチに腰を下ろし」、プロのピアニストを目指して挫折したレイコが十三歳のレズビアンの美少女を弟子に取るまでの経緯を話す。この晩遅くに、「僕」は部屋に射し込む明るい月光の下に直子の「完全な肉体」を見る。二晩め、レイコの話が始まるときは、「空には」「雲が多くなり、月もその背後に隠されてしまっていた」とあり、彼女がレズビアンの美少女との顚末を語り終えたときには、念を押すように「空はさっきよりもっと暗く雲に覆われ、月もすっかり見えなくなってしまっていた」とあって、すぐに雨が降り始めている。(『村上春樹全作品1979~1989⑥』講談社　一九九一年三月　一六五頁)

*22 「なんでこんなところ（＝阿美寮）にわざわざそんな本持ってくるのよ」とレイコさんはあきれたように言ったが、まあ言われてみればそのとおりだった。(『村上春樹全作品1979~1989⑥』講談社　一九九一年三月　一五四頁、（　）内筆者)

＊23　でも「車輪の下」はいささか古臭いところはあるにせよ、悪くない小説だった。僕はしんとしずまりかえった深夜の台所で、けっこう楽しくその小説を一行一行ゆっくりと読みつづけた。（『村上春樹全作品1979〜1989⑥』講談社　一九九一年三月　三三六頁）
＊24　『経験の政治学』みすず書房　一九七三年十一月　第7章「十日間の旅」一七五頁
＊25　『キャンベル選集』Ⅱ『生きるよすがとしての神話』第十章「精神分裂病―内面世界への旅」二四三頁〜二四四頁

第五章　物語る力　『ノルウェイの森』『蜂蜜パイ』

＊1　二〇〇〇年二月　新潮社
＊2　収録作品六編のうち五編は、当初『地震のあとで』と題した連作として書かれ、その一『UFOが釧路に降りる』、その二『アイロンのある風景』、その三『神の子どもたちはみな踊る』、その四『タイランド』、その五『かえるくん、東京を救う』まで、『新潮』の一九九九年八月号から十二月号に掲載された。その六『蜂蜜パイ』一編のみ書き下ろし作品として、改題された短編集『神の子どもたちはみな踊る』に収録された。
＊3　「村上春樹大インタビュー『ノルウェイの森』の秘密」（『文芸春秋』一九八九年四月号）
＊4　『村上春樹全作品1979〜1989⑥』別冊「自作を語る」ix頁
＊5　石原千秋『謎とき　村上春樹』光文社新書　二〇〇七年十二月
＊6　イヴ・K・セジウィック『男同士の絆　イギリス文学とホモソーシャルな欲望』二〇〇一年二月
＊7　前掲書二七八頁
＊8　前掲書二七九頁
＊9　前掲書二七九〜二八〇頁
＊10　前掲書二八〇頁

＊11　『村上春樹全作品1990〜2000⑥』講談社　二〇〇三年九月　六六三頁
＊12　前掲書六五三頁
＊13　前掲書六六四頁
＊14　『約束された場所で』（文藝春秋一九九八年十一月、『村上春樹全作品1990〜2000⑦』講談社　二〇〇三年十一月所収）「この対話は平成九年五月十七日、『アンダーグラウンド』が刊行された約二ヵ月後に、京都市内で行われた。雑誌「現代」九七年七月号に掲載されたが、本書収録にあたって村上が構成しなおした」という前言が付されている。
＊15　『村上春樹全作品1990〜2000⑦』講談社　二〇〇三年十一月　二〇五頁
＊16　古川日出男は、『蜂蜜パイ』と『ダンス・ダンス・ダンス』のラスト・シーンの類似性に触れ、「そう言われると、『蜂蜜パイ』のエンディングで『これまでとは違う小説を書こう』と決意するところが、たとえば『ダンス・ダンス・ダンス』の頃とは違って、村上さんがもう一段柔らかく、市民と言うか生活のにおいがする場所に下りてきた感触が、『蜂蜜パイ』や『日々移動する腎臓のかたちをした石』にはあります。それはこれらの短編が三人称で書かれることで達成されたって気がするんです」と述べている。（「『成長』を目指して、成しつづけて――村上春樹インタビュー」『モンキービジネス』ヴィレッジブックス 2009 Spring vol. 5　四十五頁）

第六章　分裂をつなぐ物語　『ダンス・ダンス・ダンス』

＊1　『村上春樹全作品1979〜1989⑦』講談社　一九九一年五月　別冊子「『自作を語る』羊男の物語を求めて」III頁
＊2　「主題としての『都市』」（『文藝』一九八二年一月号）
＊3　柘植光彦は、『村上春樹の秘密』で、「長編小説十二編全部」に登場する「メディウム（霊媒）や、それに近い人物や動物や品物」のリストを示し、『羊をめぐる冒険』には「耳のモデルの女の子／羊博士／羊

男」をあげ、『ダンス・ダンス・ダンス』には「少女ユキ／ユミヨシさん／羊男」の三人をあげている。（アスキー新書 二〇一〇年四月 二〇八～二〇九頁）

＊4 古東哲明は、他界からこの世を見る視線を「他界からのまなざし」と呼び、その姿勢を「臨生」「臨生する精神」と名付けている。（『他界からのまなざし』講談社選書メチエ 二〇〇五年四月）

＊5 「これに対してユングは、無意識の深い部分には未来を直感するはたらきが潜在している、と考えた。そういう観点からみると、夢や神経症は、無意識が意識に対して発している警戒信号という意味をもってくる。『そういう生き方をしていると、あなたの未来によくない』と無意識が教えるのである。こういう心の作用を補償というが、これは意識の作用の偏りを補うということである。予知夢のような超常的性質をもった現象は、このことを示している。言いかえれば、無意識は、心身を正しい方向へ向かわせる心的な自然治癒力を蔵しているのである」（湯浅泰雄『叢書 現代の宗教④宗教経験と身体』岩波書店 一九九七年一月 二二九頁）

＊6 「日本古代の他界観」（熊野純彦・下田正弘〔編〕『死生学2死と他界が照らす生』東京大学出版会 二〇〇八年十二月 三五～三六頁）

＊7 『日本霊異記』中巻の第七、第十一

＊8 前掲別冊子Ⅴ頁には、「『ダンス・ダンス・ダンス』の主人公の「僕」がことあるごとに、いわば宿命的に、羊男とドルフィン・ホテルというデフォルメされた自己核に引き戻されていくように」とある。（傍線著者）

＊9 村上は、『村上春樹全作品1979～1989⑦』別冊子「自作を語る」に、「僕が『ダンス・ダンス・ダンス』という小説で本当に書きたかったのは、あの羊男のことだった」と書き、『羊をめぐる冒険』に「単なるその場の思いつき」で登場させて以来、「ずっと長く僕の頭の中に残っていた」「羊男を描くことによって、羊男というものの存在をなんとかもっと明確に規定し」、そうすることで「僕自身を発見」したいと考えるほど、羊男は『ダンス・ダンス・ダンス』という「物語を作る力」を発揮する上で重要な存在であったと明言している。この記述は、『ダンス・ダンス・ダンス』における羊男と彼のアドバイスの重要性を裏

付けるものと言ってよいだろう。

＊10 「塔と海の彼方に――村上春樹論――」(『日本文学研究論文集成46村上春樹』若草書房 一九九八年一月 三七頁)

＊11 村上は、『ダンス・ダンス・ダンス』というタイトルは、「『ザ・デルズ』という黒人バンドの古い曲」から取った、「『ダンス・ダンス・ダンス』の場合は書き始める前にまずタイトルが決まった」、「その曲をローマで毎日聴くともなくぼんやり聴いているうちに、タイトルにふとインスパイアされて書き始めた」(『遠い太鼓』(講談社文庫 一九九三年四月 三八一～三八二頁) と書いている。したがって、羊男の「踊るんだよ」という言葉は、「書き始める前に」「決まっ」ていたタイトルから導き出されたと考えられる。

＊12 前掲書(注4)

＊13 「社会の軍事的な夢とは、身体調教を通じ、人間主体の奥深くにインダストリアル(産業的＝勤勉)な精神をうえつけ、自動的かつ自発的に、ユーティリティー化をほどこす社会秩序が出来上がるようにしようとする、近代社会特有の『生―政治』の行き方のことである。『自動的』『自発的』とは、身体が、従順に主体的に社会秩序に反応するという意味。つまり外部から無理矢理にではなく、『みずから権力による強制に責任をもち、自発的にその強制を自分自身へ働きかけ……自分みずからの服従強制の源泉になる』、ということである」(前掲書一八〇頁)

＊14 前掲書第五章「遊体論――プラトンの変身術」(監獄と処罰)(邦訳『監獄の誕生』)

＊15 例えば、「僕」は、母親としての責任を認識せずユキと友達になりたいと言うアメに次のように語る。「『あなたは彼女と友だちになりたいと言う。それは良いことです。もちろん。でもいいですか、あなたは彼女にとって友だちである前にまず母親なんです』と僕は言った。『好むと好まざるとにかかわらず、そうなってるんです。そして彼女はまだ十三なんです。そしてまだ母親というものを必要としている。暗くて辛い夜に無条件で抱き締めてくれるような存在を必要としているんです。(中略)彼女に必要なのは中途半端な友達じゃなくて、まず自分を全面的に受け入れてくれる世界なんです』(中略)『彼女はまだ子どもだし、傷ついている。誰かが守ってやらなくちゃならないんです。手間のかかることだけれど、誰かが

やらなくちゃならない。それは責任なんです。わかりますか？」』」（『村上春樹全作品1979〜1989⑦』講談社　一九九一年五月　三六九〜三七〇頁）

＊16　「作者は〈僕〉の自己救済の方法の危険性に気づきながらも、この小説ではあえてそれに踏み込むことを避けたのだろう。〈僕〉の生き方は、少しずらせば、隔離型の宗教団体の問題にもつながっていくのだが、作者はそのような問題を避け、とりあえず、この小説をハッピー・エンドで終わらせて、初期三部作の主人公を救い出した。しかし、この小説で積み残した問題は、作者をやがて社会問題にコミットする方向に導いていくことになる。『ダンス・ダンス・ダンス』はその意味で、村上春樹の転機となった作品と言えよう」（山下真史「『ダンス・ダンス・ダンス』論」宇佐美毅・千田洋幸編『村上春樹と一九八〇年代』おうふう　二〇〇八年十一月　八七頁）

＊17　坂本弁護士一家殺害事件（一九八九年十一月）、松本サリン事件（一九九四年六月二七日）、地下鉄サリン事件（一九九五年三月二十日）など。

＊18　「『スペイン戦争についての本。始まってから終わるまでくわしく書いてあるんだ。いろんな示唆に富んでいる』。スペイン戦争というのは本当にいろんな示唆に富んでいる戦争なのだ。昔はちゃんとそういう戦争があったのだ。」（『村上春樹全作品1979–1989⑦』講談社　一九九一年五月　一〇七頁）

第七章　統合に向かう意識と身体　『眠り』『人喰い猫』『タイランド』

＊1　講談社一九九一年七月。この作品で語られている二つの猫のエピソードは、一九九九年四月 講談社刊行の『スプートニクの恋人』第8章にほぼ同じ形で収められている。ギリシャの島の港のカフェで英字新聞の記事を読みながら翻訳して聞かせる場面も、「僕」と「イズミ」を「ミュウ」と「すみれ」に置き換えて同じく第8章に収められている。また、月明かりの夜半過ぎに山上から聞こえる音楽に誘われて「僕」が「イズミ」を探しに行く場面は、『スプートニクの恋人』第13章に「ぼく」が失踪した「すみれ」を探しにゆく設定に置き換えて収められているが、ここでも「ぼく」は意識が希薄化し「身体の中」に

「奇妙な乖離《かいり》の感覚」を経験し、三匹の猫たちに脳味噌をすすられて意識の薄れる幻覚を見ている。『蛍』(一九八三)が『ノルウェイの森』(一九八七)に発展したように、『人喰い猫』は幾つかのエピソードを『スプートニクの恋人』にちりばめる形で長編小説に発展したと見ることができる。

＊2　『English Review』一九一八年八月号掲載、『Bliss and Other Stories』Constable 社一九二〇年十二月(大澤銀作 編『マンスフィールド事典』文化書房博文社 二〇〇七年十月 三六八頁)

＊3　前項『マンスフィールド事典』三三頁

＊4　『幸福』大澤銀作・相吉達男・河野芳英・柴田優子訳『マンスフィールド全集』新水社 一九九九年六月 七六頁

＊5　前項『マンスフィールド全集』七〇頁

＊6　この夢は、『石山寺縁起絵巻』では、石山寺観音の霊験譚に作り変えられている。「傅大納言道綱母陸奥守藤原倫寧朝臣女、法興院の禅閤かれかれにならせ給し比七月十日余りの程にや当寺に詣てゝよもすからこのことを祈申けるがしはしうちまとろみたる夢に寺務と覚しき僧銚子に水を入れて右の膝にかくるとみてふとうちおとろきぬ佛の御しるへとたのもしくおほえけるに八月二日殿又おはして御ものいみなとゝてしはしおはすそれより又うとからぬ御中になりたまひけれはいよいよ信心をいたしてつねにこもりなとせられけるとなむ」(『石山寺縁起絵巻』巻二第三段詞書)

＊7　この夢に関しては、従来様々な解釈がなされてきたが、西木忠一博士が「『蜻蛉日記』における「夢」」(『研究叢書91蜻蛉日記の研究』和泉書院 一九九〇年九月 一八九〜一九〇頁)に展開された説に従いたい。岡一男『道綱母』(青梧堂一九四三年九月・復刊 有精堂 一九七〇年)、『日本文学者評伝集③紫式部・道綱母』(クレス出版二〇〇八年六月)、『日本古典文学大系20土左・かげらふ・和泉式部・更級日記』(岩波書店 一九五七年十二月 補注七三)等では、この夢を性夢として解説している。

＊8　一九八一年十一月発売開始された本田技研工業生産の3ドアハッチバックの小型自動車。発売時のコンセプトは、居住性のすぐれた背の高いトールボーイデザインとすぐれた燃費と動力性能。発売時の車両価格は、東京・名古屋・大阪で七十六万円〜七十八万円。(本田技研工業株式会社プレスインフォメーショ

ン、お客様相談センター）
＊9　一九五九年八月、日産自動車株式会社がマイカー時代に「幸せを運ぶ青い鳥」というコピーとともに、国産小型車初の5人乗りセダンとして発売開始。八十年代に発売されたU11、U12型は、1600cc、1800cc、2000ccの4ドアセダン、4ドアハードトップが主流であった。（日産自動車工業株式会社 NISSAN MUSEUM）
＊10　「現実としての夢──狩猟採集民エフェ・ピグミーの眠りと夢の経験」澤田昌人『眠りの文化論』吉田集而 平凡社 二〇〇一年二月 八七頁
＊11　『新潮』一九九九年十一月号（連作『地震のあとで』その四）、『神の子どもたちはみな踊る』新潮社二〇〇〇年二月
＊12　この夢に関しても、前掲の岡一男『道綱母』、『日本古典文学大系20土左・かげらふ・和泉式部・更級日記』補注七三等では、性夢と解釈している。
＊13　河合隼雄『無意識の構造』中公新書 一九七七年九月 一七八頁に、「緑色の蛇は多くのお話に登場する」、一七九頁には、「ユング自身も心の深層に自分を導いてくれるものとして、緑の蛇を描いている」とある。
＊14　河合隼雄『明恵 夢を生きる』京都松柏社 一九八七年四月 二〇頁

第八章　輻輳する物語　『ねじまき鳥クロニクル』

＊1　河合隼雄 村上春樹『村上春樹、河合隼雄に会いにいく』新潮文庫 一九九九年一月 九九〜一〇〇頁
＊2　「特集村上春樹ロングインタビュー」（『考える人』新潮社 二〇一〇年夏号 二四頁）
＊3　河合隼雄 村上春樹『村上春樹、河合隼雄に会いにいく』新潮文庫 一九九九年一月 一〇〇頁
＊4　『漱石文学作品集10』岩波書店 一九九〇年十一月 一八一頁など
＊5　前掲書、一八五頁など

＊6　前掲書、二二八頁
＊7　前掲書、一九頁など
＊8　前掲書、十頁
＊9　前掲書、一八五頁
＊10　『文藝春秋』一九九〇年六月号（ショート・バージョン）『村上春樹全作品1979〜1989⑧』講談社　一九九一年七月（ロング・バージョン）『レキシントンの幽霊』文藝春秋　一九九六年十一月所収（ロング・バージョンを微修正）
＊11　『村上春樹全作品1990〜2000④』講談社　二〇〇三年五月二九頁　三一頁
＊12　朝日出版社　二〇〇七年七月
＊13　『トニー滝谷』と『ねじまき鳥クロニクル』の関連については、ジェイ・ルービン『ハルキ・ムラカミと言葉の音楽』新潮社　二〇〇六年九月　四一〇頁にも、翻訳の際の削除と関連して言及されている。
＊14　『村上春樹全作品1979〜1989⑧』講談社　一九九一年七月　一六六頁
＊15　『ひとはなぜ服を着るのか』日本放送出版協会　一九九八年十一月　二九頁
＊16　『からだの意識』誠信書房　一九七九年九月　三二〜三三頁
＊17　『ひとはなぜ服を着るのか』前出　三十頁、E・ルモワーヌ＝ルッチオーニ　鷲田清一　柏木治　訳『衣服の精神分析』産業図書　一九九三年五月　Ⅷ章
＊18　妻の死後、彼女の遺した服がトニーに「妻が残していった影のように見えた」ように、岡田トオルにも、クミコ失踪後「クローゼットの中の彼女のワンピースやブラウスやスカート」が「彼女があとに残していった影」のように感じられているのも同じである。
＊19　『宝島』一九八二年八月、『中国行きのスロウ・ボート』中央公論社所収　一九八三年五月、『村上春樹全作品1979〜1989③』講談社　一九九〇年九月。『午後の最後の芝生』は、「芝刈り会社」でアルバイトしていた「十八か十九のころ」の自分を回想する「十四年か十五年」後の「僕」を主人公とする短編小説であるから、『午後の最後の芝生』の「僕」が『ねじまき鳥クロニクル』第1部で「三十と二ヵ月」になる岡

田トオルであるとは言えない。

＊20 笠原メイの死の想念への傾斜については、岩宮恵子が心理療法の立場から詳しく論じている。（『思春期をめぐる冒険』新潮文庫 二〇〇七年六月 第三章「死の側面とつながる」九六～一一三頁）

＊21 「特集村上春樹ロングインタビュー」前出、二四頁

＊22 「解題『ねじまき鳥クロニクル』1」（『村上春樹全作品1990～2000④』講談社 二〇〇三年五月）

＊23 "Kafka on the Shore" Philip Gabriel 訳 Knopf 2005/1/18

＊24 この文章は、二〇〇九年のエルサレム賞受賞スピーチにおいて村上が語った父の思い出を裏付けるものとして読むことができる。しかし、文中に「村上は父親のことを語るつもりはなかったのだろう。口にしてしまって心配になったらしい。翌日電話をかけてきて、あのことは書きたてないでくれと言った」という一節があることから、本人に書かないでくれと頼まれた内容を、実際には「書きたて」ているという意味で、インタビュアーとインタビュイーの信頼関係が不安定であることを感じさせる恨みがある。

＊25 「解題『ねじまき鳥クロニクル』1」前出、五四九頁

＊26 「解題『ねじまき鳥クロニクル』1」前出、五四九頁

＊27 『ねじまき鳥クロニクル』には、昭和十三年（一九三八年）「皮剝ぎ」の後、山本の死体が、ただの「肉のかたまり」としてハルハ河河畔にうち捨てられた光景が描かれているが、昭和五十九年（一九八四年）の東京にも、「ただの不安定で不器用な肉のかたまり」でしかない身体を描き出している。ある晩、同僚の「女の子」をアパートの部屋まで送って行った「僕」に、彼女が「人生のいちばん最初の記憶」を語る。それは、「二つか三つくらい」のとき、近所の子どもたちと遊んでいて「小さな船」に乗せられて農業用水に流され、もう少しで「暗渠に吸い込まれ」そうになったという、恐怖に満ちた記憶である。「体の電気が足りない」と訴える彼女に頼まれて、「僕」は彼女の身体を抱き締め、「充電」に協力する。しかし「僕」には、その時の彼女の身体が性的な意味すら持たない、「ただの温かい肉のかたまり」としか感じられない。その時「僕」は、自分たちが「職場という舞台の上で、それぞれに割り当てられた役割を演じていただけ」で、こうした「暫定的なイメージを取り去ってしまえば」、「僕らはみんな」「一揃いの骨格と、

消化器と心臓と脳と生殖器を備えたただの生温かい肉塊」に過ぎないことを直感する。「僕」に「充電」――他者の温もりに包まれ生の豊潤を取り戻すこと――を必死に求めた彼女の身体は、そのとき死に直面する恐怖に捉われ、生のもたらすあらゆる意味を喪失していたと言えよう。一九三八年の山本においては、彼の身体をただの「肉のかたまり」と化すためには、少なくとも「皮剝ぎ」という残虐を極める手段が必要であった。しかし、一九八四年の東京では、人々は生きながら自身の身体に生の実感を見失って、「ただの不安定で不器用な肉のかたまり」を引きずるようにして日々を過ごしているのではないか。作者はそう問いかけているようである。

＊28 『ちぐはぐな身体《からだ》』ちくま文庫 二〇〇五年一月 一三五頁

＊29 川村湊は、「ノモンハン事変が『国境』をめぐる紛争から始まったものであり、〈山本〉の行動は、この国境紛争としてのノモンハン事変におそらく直接的にかかわるものであっただろう」と述べた上で、「皮剝ぎ」の行われたのが、当時「日本側（満洲国側）」が国境線と考えていたハルハ河の左岸、すなわち外蒙古領土内であったことに注目し、国境と「皮剝ぎ」の関連について次のように考察している。「何もない平原に、一本の気紛れな曲線が引かれたような国境線であっても、それを無視し、黙殺しようとする者は、それ相応の罰を受けなければならない。〝皮剝ぎ〟という残虐な方法によって殺された〈山本〉は、間諜であり、重大な書簡を相手側に渡さなかったから殺されたというより、彼は「あちら側」と「こちら側」をあまりにもたやすく往復しようとしたため、自分の体の表と裏をくるっとひっくり返される（全身の皮を剝がれる）登場人物たらざるをえなかったのである」（「ハルハ河に架かる橋――現代史としての物語」『村上春樹をどう読むか』作品社 二〇〇六年十二月 九六頁）

＊30 『日本大百科全書』小学館 一九八八年一月

＊31 『ブリタニカ国際大百科事典』ティビーエス・ブリタニカ 一九七四年十二月

＊32 『第三の脳』朝日出版社 二〇〇七年七月 一七頁

＊33 『ひとはなぜ服を着るのか』前出

＊34 『村上春樹全作品1979〜1989⑦』講談社 一九九一年五月 四六八頁

＊35 What is the meaning of this metaphor? In some cases, it is all too simple and clear. Bombers and tanks and rockets and white phosphorus shells are that high, solid wall. The eggs are the unarmed civilians who are crushed and burned and shot by them. This is one meaning of the metaphor.

This is not all, though. It carries a deeper meaning. Think of it this way. Each of us is, more or less, an egg. Each of us is a unique, irreplaceable soul enclosed in a fragile shell. This is true of me, and it is true of each of you. And each of us, to a greater or lesser degree, is confronting a high, solid wall. The wall has a name: It is The System. The System is supposed to protect us, but sometimes it takes on a life of its own, and then it begins to kill us and cause us to kill others - coldly, efficiently, systematically. (Haruki Murakami's Jerusalem Prize acceptance speech (Mainichi Japan) March 3, 2009)

＊36 Haruki Murakami's Jerusalem Prize acceptance speech' 前出

＊37 『からだの意識』前出、三六頁

＊38 第3部39章、綿谷ノボルとの対決を終えた「僕」の夢の中に、「胸に赤ん坊を抱いて」出てきたクレタは、「クレタ島には行かず」「広島の山の中で間宮中尉と一緒に野菜を作りながら平和にひっそりと暮している」、「この子供の名前はコルシカで、その半分の父親は僕で、あと半分は間宮中尉《ちゅうい》なのだ」と告げ、トオルと間宮の人生を結びつけている。

＊39 当初、トオルは「加納クレタと寝たいと」「考えたことはただの一度もな」かったのに、どうして加納クレタとセックスをする夢を見て、「夢精」しなければならないのか不可解に思い、「電話の女」がクミコだとは気付かなかった。しかし、そこには「性欲や性的快感といったものを越えた何か」があり、「彼女の中の何かが、何か特別なものが、僕の性器を通って、少しずつ僕の中に忍び込んでくる」ことを感じ取っていた。

＊40 鈴木智之は、「『クレタ』の身体が『汚される』ということは、分節性が解消され、境界設定装置としての身体が『組成』を失った『肉のかたまり』に引き下げられるということを意味している」と述べている。

(『村上春樹と物語の条件』青弓社 二〇〇九年八月 二二九頁)

*41 クレタの「体つき」が「おどろくくらいクミコに似て」いると言ったのは岡田亨であるが、「肉体の娼婦」だったクレタを買った綿谷ノボルは、部屋に入ってきたクレタが「混乱して」「手に持っていたハンドバッグを床に落としてしま」うほど、彼女の身体に視線を「注ぎ続け」たと描写されているから、クレタの身体がクミコに酷似していることには、当然気付いたはずである。

*42 「今から六年前」一九七八年の五月二十九日に二十歳の誕生日を迎えたクレタは、その晩自殺を図って未遂に終り、その後借金返済のために「肉体の娼婦」になるが、その最後の客が綿谷ノボルであった。クレタの告白を聞きながら、「僕」は「一九七八年の五月は僕らが結婚した月だ。ちょうどそのときに加納クレタは自殺をはかり、加納マルタはマルタ島で修行をしていたのだ」と考えている。(『村上春樹全作品1990~2000④』講談社 二〇〇三年五月 一五二頁)

*43 笠原メイは、井戸の底で「僕とクミコの関係がいったいどこで損なわれてしまったのか」考えている「僕」に向かって、「『さあこれから新しい世界を作ろう』とか『さあこれから新しい自分を作ろう』」と考えて、それができたと自分では思っても、「そのうわべの下にはもとの」自分が「ちゃんといるし、何かあればそれが『こんにちは』って顔を出すのよ」、「あなたはよそで作られたものなのよ」と言う。この言葉には、歴史をかたちづくる「集合的な記憶」を描く『ねじまき鳥クロニクル』全編に底流する作者の歴史観が現れている。村上は、メイの口を通して、トオルもクミコも、結婚前の自分自身や家族の来歴はおろか、自らのよって来るところとしての歴史に無自覚であることに、足もとをすくわれた原因があると指摘している。これに続く、「きっとあなたは今、そのことで仕返しされているのよ。いろんなものから。たとえばあなたが捨てちゃおうとした世界から、たとえばあなたが捨てちゃおうと思ったあなた自身から」というメイの言葉は、トオルとクミコの夫婦関係のみならず、日中戦争の歴史に対する省察を欠いた現代日本人の精神的空洞を見事に言い当てている。

*44 『村上春樹全作品1990~2000⑤』講談社 二〇〇三年七月 四〇九頁

*45 「僕はこのあざによって、シナモンの祖父(ナツメグの父)と結びついている。シナモンの祖父と間宮

中尉《ちゅうい》は、新京という街で結びついている。間宮中尉と占い師の本田さんは満州と蒙古の国境における特殊任務で結びついて、僕とクミコは本田さんを綿谷ノボルの家から紹介された。そして僕と間宮中尉は井戸の底によって結びついている。間宮中尉の井戸はモンゴルにあり、僕の井戸はこの屋敷の庭にある。ここはかつて中国派遣軍の指揮官が住んでいた。すべては輪のように繋《つな》がり、その輪の中心にあるのは戦前の満州であり、中国大陸であり、昭和十四年のノモンハンでの戦争だった。でもどうして僕とクミコがそのような歴史の因縁の中に引き込まれて行くことになったのか、僕には理解できない。それらはみんな僕やクミコが生まれるずっと前に起こったことなのだ」(『村上春樹全作品1990~2000⑤』講談社 二〇〇三年七月 二三六~二三七頁)

*46 「第1部と第2部を書き終えた時点では、第3部を書く予定は僕の頭の中にはまったくなかった」という村上春樹は、「93年の末ごろ」から第3部を書き始めた心境の変化を次のように説明している。「従来の僕の小説のスタイルからいえば、第1部と第2部で小説は既に完成していたはずだった。謎は謎として諦観のうちに残る。しかしそこにはある種の穏やかな救済の予感のようなものが提示されている。僕はそのような象徴的でエニグマチックな(謎めいた)結末をむしろ好んでいた。しかし僕は『ねじまき鳥クロニクル』という作品に関して言えば、どうしてもそのあとが書きたくなったのだ。そこから何が起こるのか? どこまで謎は解明されていくのか? その答えは僕にもわからない。僕がそれを知るためには、実際に自分の手を動かして物語の続きを書くしかない」(「解題『ねじまき鳥クロニクル』2」『村上春樹全作品1990~2000⑤』講談社 二〇〇三年七月 四三〇~四三一頁)

*47 ナツメグが「激しく洋服に引きつけられた」のは、母親が着道楽だったことがきっかけではあったが、本章第1節で考察したとおり、日中戦争の悲惨な記憶に抗して現在を生き抜くために、社会との接点を成す「第二の皮膚」たる洋服をデザインし生み出すことに「私の輪郭を補強する技法として」のファッションを見出したからだったと考えられる。

*48 Haruki Murakami's Jerusalem Prize acceptance speech 前出

*49 クミコに会いに２０８号室に向かう「僕」を助ける「顔のない男」は、自分のことを「私は虚《うつ》ろな人間

です」と言う。暗闇の中で「僕」を「岡田さん」と呼び、「僕」の味方であると言う。「僕」も、「まるで抜《ぬ》け殻《がら》」のように「肉体の感触」が「奇妙に軽く希薄」な「顔のない男」に向かって、あなたが「誰か知っている」と答えている。カティーサークの瓶のある208号室へ「僕」を誘導する「顔のない男」は、カティーサークの空箱をトオルの自宅へ届け、ノモンハンの井戸の体験以降の人生を「歩く抜《ぬ》け殻《がら》」のように生きてきた間宮を思わせる存在である。

*50 「僕」は、第1部ではメイに自分を「ねじまき鳥」と呼ぶように言い、第2部ではクレタに対して自分の新しい名前は「ねじまき鳥」だと告げている。

*51 『村上春樹全作品1990〜2000④』講談社 二〇〇三年五月 三〇七頁

*52 コンピューター通信において、「僕」は綿谷ノボルに「**たとえば最近、あなたは嫌な夢を見ませんか?」「あなたには自分の見る夢を選ぶことができない。そうですね? ひとつ質問があります。あなたは毎晩いったい何度パジャマを取り替えているんですか? 洗濯《せんたく》が追いつかないくらいじゃありませんか?**」と問いかけて綿谷ノボルが悪夢に悩まされていることを示唆し、「**あなたは夢からは逃れられない**」「**僕にはその夢からあなたを解放してあげることができます。だいたいそのためにあなたは取引を持ち出してきたのでしょう。**」と、追い討ちをかけ、綿谷ノボルが「無意識のレベル」で、何かに追い詰められていることを暗示している。また、208号室における綿谷ノボルとの対決後は、「僕があそこで殴り殺したものと、綿谷ノボルの昏倒《こんとう》のあいだには、必ず何か相関関係はあるはずだった。僕は彼の中の何かを、あるいは彼と強い繋《つな》がりのある何かをあそこでしっかりと殴り殺した。おそらく綿谷ノボルはそれを前もって予感し、悪い夢を見続けていたのだ」と考えている。(『村上春樹全作品1990〜2000⑤』講談社 二〇〇三年七月 四〇四頁)

*53 「ねじを巻く」という表現は、『羊をめぐる冒険』、『ノルウェイの森』にも見られる。『羊をめぐる冒険』では、「時計のねじを巻く」は、柱時計のねじを巻くという具体的動作とともに、「時計のねじを巻」いて、時間の流れを「僕」に引き継がせるという意味が込められていた。「鼠は笑った。『まったく不思議なもんさ。だって三十年にわたる人生の最後の最後にやったことが時計のねじを巻くことなんだぜ。死んでいく

人間が何故時計のねじなんて巻くんだろうね。おかしなもんだよ』」(『羊をめぐる冒険』第八章12「時計のねじを巻く鼠」『村上春樹全作品1979~1989②』講談社 二〇〇五年六月 三五一頁) 一方、『ノルウェイの森』における「ねじを巻く」は、「今日も一日きちんと生きようと思う」ことの比喩として用いられている。「ときどきひどく淋しい気持ちになることはあるにせよ、僕はおおむね元気に生きています。君が毎朝鳥の世話をしたり畑仕事をしたりするように、僕も毎朝僕自身のねじを巻いています。ベッドから出て歯を磨いて、髭を剃って、朝食を食べて、服を着がえて、寮の玄関を出て大学につくまでに僕はだいたい三十六回くらいコリコリとねじを巻きます。さあ今日も一日きちんと生きようと思うわけです」(『ノルウェイの森』第七章『村上春樹全作品1979~1989⑥』講談社 二〇〇七年一二月 二八六頁)

参考文献

栗坪良樹・柘植光彦編『村上春樹スタディーズ01』若草書房　一九九九年六月
栗坪良樹・柘植光彦編『村上春樹スタディーズ02』若草書房　一九九九年七月
栗坪良樹・柘植光彦編『村上春樹スタディーズ03』若草書房　一九九九年八月
栗坪良樹・柘植光彦編『村上春樹スタディーズ04』若草書房　一九九九年九月
栗坪良樹・柘植光彦編『村上春樹スタディーズ05』若草書房　一九九九年十月
今井清人編『村上春樹スタディーズ2000—2004』若草書房　二〇〇五年五月
今井清人編『村上春樹スタディーズ2005—2007』若草書房　二〇〇八年三月
今井清人編『村上春樹スタディーズ2008—2010』若草書房　二〇一一年五月
加藤典洋『村上春樹論集』①若草書房　二〇〇六年一月
加藤典洋『村上春樹論集』②若草書房　二〇〇六年二月
川本三郎『村上春樹論集成』若草書房　二〇〇六年五月
大塚英志『村上春樹論—サブ・カルチャーと倫理』若草書房　二〇〇六年七月
塩濱久雄『村上春樹はどう誤訳されているか』若草書房　二〇〇七年一月
半田淳子『村上春樹、夏目漱石と出会う』若草書房　二〇〇七年四月
山根由美恵『村上春樹〈物語〉の認識システム』若草書房　二〇〇七年六月
塩濱久雄『『ノルウェイの森』を英語で読む』若草書房　二〇〇六年七月
山崎眞紀子『村上春樹の本文改稿研究』若草書房　二〇〇八年一月
塩濱久雄『村上春樹を英語で読む『海辺のカフカ』』若草書房　二〇〇六年七月
藤井省三編『東アジアが読む村上春樹』若草書房　二〇〇九年六月
ジェイ・ルービン編『1Q84スタディーズ BOOK 1』若草書房　二〇〇九年十一月

小森陽一編『1Q84スタディーズBOOK 2』若草書房　二〇一〇年一月
明里千章『村上春樹の映画記号学』若草書房　二〇〇八年十月
木股知史編『村上春樹』日本文学論文集成46　若草書房　一九九八年一月
『日本文学研究論文集成46村上春樹』若草書房　一九九八年一月
村上春樹研究会編『村上春樹 作品研究事典増補版』鼎書房　二〇〇七年十月
宇佐美毅・千田洋幸編『村上春樹と一九八〇年代』おうふう　二〇〇八年十一月
宇佐美毅・千田洋幸編『村上春樹と一九九〇年代』おうふう　二〇一二年五月
『Happy Jack 鼠の心 村上春樹の研究読本』北宋社　一九八四年一月
『群像 日本の作家26 村上春樹』小学館　一九九七年五月
『シーク&ファインド村上春樹』青銅社　一九八六年七月
柴田元幸 沼野充義 藤井省三 四方田犬彦 編『世界は村上春樹をどう読むか』文藝春秋　二〇〇六年十月
宮脇俊文『村上春樹ワンダーランド』いそっぷ社　二〇〇六年十一月
宮脇俊文『村上春樹を読む。』文庫ぎんが堂イーストプレス　二〇一〇年一〇月
川村湊『村上春樹をどう読むか』作品社　二〇〇六年十二月
川村湊『言霊と他界』講談社学術文庫　二〇〇二年十二月
加藤典洋『村上春樹イエローページ』1・2　荒地出版社　一九九六年十月、幻冬舎文庫二〇〇九年八月十月
加藤典洋『文学地図』朝日選書　二〇〇八年十二月
加藤典洋『村上春樹の短篇を英語で読む1979〜2011』講談社　二〇一一年八月
柴田勝二『中上健次と村上春樹』東京外国語大学出版会　二〇〇九年三月
柴田勝二『〈作者〉をめぐる冒険』新曜社　二〇〇四年七月
柴田勝二『村上春樹と夏目漱石』祥伝社新書　二〇一一年七月
井上義夫『村上春樹と日本の「記憶」』新潮社　一九九九年七月
小山鉄郎『村上春樹を読みつくす』講談社現代新書　二〇一〇年一〇月

小山鉄郎『空想読解なるほど、村上春樹』共同通信　二〇一二年十一月
石原千秋『謎とき　村上春樹』光文社新書　二〇〇七年十二月
芳川泰久『村上春樹とハルキムラカミ』ミネルヴァ書房　二〇一〇年四月
深海遥『村上春樹の歌』青弓社　一九九〇年十一月
村上啓二『「ノルウェイの森」を通り抜けて』宝島社　一九九一年十一月
酒井英行『村上春樹　分身との戯れ』翰林書房　二〇〇一年四月
酒井英行『「ノルウェイの森」の村上春樹』沖積舎　二〇〇四年二月
酒井英行『「ダンス・ダンス・ダンス」解体新書』沖積舎　二〇〇七年八月
酒井英行『村上春樹を語る　世界の終りとハードボイルド・ワンダーランド』沖積舎　二〇〇八年九月
横尾和博『村上春樹×九〇年代』第三書館　一九九四年五月
横尾和博『村上春樹とドストエーフスキイ』近代文藝社　一九九一年十一月
笠井潔・加藤典洋・竹田青継嗣『対話編　村上春樹をめぐる冒険』河出書房新社　一九九一年六月
平野芳信『村上春樹と《最初の夫の死ぬ物語》』翰林書房　二〇〇一年四月
平野芳信『日本の作家１００人　人と文学　村上春樹』勉誠出版　二〇一一年三月
今井清人『村上春樹――ＯＦＦの感覚――』国研選書　一九九〇年十月
松本健一『村上春樹　都市小説から世界文学へ』第三文明社　二〇一〇年二月
小林正明『村上春樹・塔と海の彼方に』森話社　一九九八年十一月
渡辺みえこ『語り得ぬもの　村上春樹の女性《レズビアン》表象』御茶の水書房　二〇〇九年六月
鈴木智之『村上春樹と物語の条件』青弓社　二〇〇九年八月
清水良典『村上春樹はくせになる』朝日選書　二〇〇六年十月
清水良典『ＭＵＲＡＫＡＭＩ』幻冬舎新書　二〇〇八年九月
佐藤幹夫『村上春樹の隣には三島由紀夫がいつもいる。』ＰＨＰ新書　二〇〇六年三月
風丸良彦『村上春樹短篇再読』みすず書房　二〇〇七年三月

風丸良彦『越境する僕』試論社　二〇〇六年五月
吉田春生『村上春樹、転換する』彩流社　一九九七年十二月
吉田春生『村上春樹とアメリカ』彩流社　二〇〇一年六月
大塚英志『物語論で読む村上春樹と宮崎駿』角川 one テーマ21　二〇〇九年七月
岩宮恵子『思春期をめぐる冒険』新潮文庫　二〇〇七年六月
藤井省三『村上春樹のなかの中国』朝日新聞社　二〇〇七年七月
黒古一夫『村上春樹と同時代の文学』河合出版　一九九〇年十月
黒古一夫『村上春樹「喪失」の物語から「転換」の物語へ』勉誠出版　二〇〇七年十月
黒古一夫『戦争・辺境・文学・人間　大江健三郎から村上春樹まで』勉誠出版　二〇〇七年十月
黒古一夫『「1Q84」批判と現代作家論』アーツアンドクラフツ　二〇一一年二月
ジェイ・ルービン　畔柳和代 訳『ハルキ・ムラカミと言葉の音楽』新潮社　二〇一〇年三月
柘植光彦『村上春樹の秘密』アスキー選書　二〇一〇年四月
とよだもとゆき『村上春樹と小阪修平の1968年』新泉社　二〇〇九年八月
鈴村和成『未だ／既に』洋泉社　一九八五年十月
鈴村和成『テレフォン』洋泉社　一九八七年九月
鈴村和成『村上春樹クロニクル1983-1995』洋泉社　一九九四年九月
鈴村和成『村上春樹とネコの話』彩流社　二〇〇四年五月
鈴村和成『村上春樹・戦記』彩流社　二〇〇九年八月
内田樹『村上春樹にご用心』アルテスパブリッシング　二〇〇七年十月
内田樹『もういちど村上春樹にご用心』アルテスパブリッシング　二〇一〇年十一月
清眞人『村上春樹の哲学ワールド』はるか書房　二〇一一年四月
浦澄彬『村上春樹を歩く』彩流社　二〇〇〇年十二月
松本健一『村上春樹　都市小説から世界文学へ』第三文明社　二〇一〇年二月

松本健一『ドストエフスキイと日本人』上下　第三文明社レグルス文庫　二〇〇八年八月
尾高修也『近代文学以降「内向の世代から見た村上春樹」』作品社　二〇一一年九月
マサオ・ミヨシ 佐復秀樹 訳『オフ・センター』平凡社　一九九六年三月
蓮實重彦『小説から遠く離れて』日本文芸社　一九八九年四月
柄谷行人『定本柄谷行人集5　歴史と反復』岩波書店　二〇〇四年七月
福田和也『「内なる近代」の超克』ＰＨＰ研究所　一九九三年七月
福田和也『村上春樹の12の長編小説』廣済堂出版　二〇一二年三月
上野千鶴子・小倉千加子・富岡多恵子『男流文学論』筑摩書房　一九九二年一月
千石英世『アイロンをかける青年』彩流社　一九九一年十一月
馬場重行 佐野正俊編『〈教室〉の中の村上春樹』ひつじ書房　二〇一一年八月
王海藍『村上春樹と中国』アーツアンドクラフツ　二〇一二年三月
市川真人『芥川賞はなぜ村上春樹に与えられなかったか』幻冬舎新書　二〇一〇年七月
ポール・セロー『ゴースト・トレインは東の星へ』講談社　二〇一一年十一月
湯浅泰雄『現代の宗教④　宗教経験と身体』岩波書店　一九九七年一月
河合隼雄『河合隼雄著作集2　ユング心理学の展開』岩波書店　一九九四年五月
河合隼雄『河合隼雄著作集5　昔話の世界』岩波書店　一九九四年三月
河合隼雄『河合隼雄著作集9　仏教と夢』岩波書店　一九九四年八月
河合隼雄『河合隼雄著作集　第Ⅱ期7　物語と人間』岩波書店　二〇〇三年三月
河合隼雄『無意識の構造』中公新書　一九七七年九月
河合隼雄『河合隼雄対談集 こころの声を聴く』新潮社　一九九五年一月
河合俊雄『村上春樹の「物語」』新潮社　二〇一一年八月
市川浩『身体の現象学』河出書房新社　一九七七年一月
市川浩『精神としての身体』勁草書房　一九七五年三月

養老孟司『日本人の身体観の歴史』法蔵館　一九九六年八月
養老孟司『身体の文学史』新潮社　一九九七年一月
三浦雅士『身体の零度』講談社メチエ　一九九四年十一月
鷲田清一『ひとはなぜ服を着るのか』NHKライブラリー　一九九八年十一月
鷲田清一『ちぐはぐな身体』ちくま文庫　二〇〇五年一月
波平恵美子『からだの文化人類学』　二〇〇五年三月
兵藤裕己『琵琶法師』岩波新書　二〇〇九年四月
兵藤裕己『平家物語―〈語り〉のテクスト』ちくま新書　一九九八年九月
兵藤裕己編著『思想の身体 声の巻』春秋社　二〇〇七年三月
西成彦『ラフカディオ・ハーンの耳』同時代ライブラリー　岩波書店　一九九八年四月
河東仁『日本の夢信仰』玉川大学出版部　二〇〇二年二月
秋山さと子『科学と仏教の謎』自然学ミニエンサイクロペディア9　大和書房　一九八七年七月
鎌田東二『身体の宇宙誌』講談社学術文庫　一九九四年六月
オットー・ベッツ 西村正身 訳『象徴としての身体』青土社　一九九六年十月
A・コルバン／J―Jクルティーヌ／G・ヴィガレロ『身体の歴史Ⅲ20世紀まなざしの変容』藤原書店　二〇一〇年九月
立花隆『臨死体験』上・下　文藝春秋　一九九四年九月
五十嵐恵邦『敗戦の記憶』中央公論新社　二〇〇七年十二月
C・ブラッカー 秋山さと子 訳『あずさ弓』岩波現代選書　一九七九年十二月
西郷信綱『古代人と夢』平凡社ライブラリー　一九九三年六月
ブルーノ・ベッテルハイム 波多野完治・乾侑美子共訳『昔話の魔力』評論社　一九七八年八月
マドンナ・コルベンシュラーグ　野口啓子・野田隆・橋本美和子訳『眠れる森の美女にさよならのキスを』柏書房　一九九六年十一月

M・L・フォン・フランツ『おとぎ話のなかの救済』日本評論社　二〇〇四年九月
小此木啓吾『対象喪失』中公新書　一九七九年十一月
鑪幹八郎『夢分析入門』創元社　一九七六年十二月
岡真理『記憶／物語』岩波書店　二〇〇〇年二月
赤坂憲雄・玉野井麻利子・三砂ちづる『歴史と記憶』藤原書店　二〇〇八年四月
小松和彦『日本人の異界観』せりか書房　二〇〇六年十月
小松和彦『異界と日本人』角川選書　二〇〇三年九月
真木悠介『時間の比較社会学』岩波書店　一九九七年十一月
木村敏『自覚の精神病理』紀伊國屋書店　一九七八年一月
竹内敏晴『ことばが劈かれるとき』思想の科学社　一九七五年八月
竹内敏晴『「からだ」と「ことば」のレッスン』講談社現代新書　一九九〇年十一月
高橋秀実『素晴らしきラジオ体操』小学館　一九九八年九月
黒田勇『ラジオ体操の誕生』青弓社　一九九九年十一月
ラジオ体操七五周年記念誌編集委員会『いつでも、どこでも、だれでも』簡易保険加入者協会　二〇〇四年十一月
『岩波講座宗教5言語と身体』岩波書店　二〇〇四年五月
『岩波講座近代日本の文化史4感性の近代』岩波書店　二〇〇二年二月
『岩波講座精神の科学4精神と身体』岩波書店　一九八三年八月
『岩波講座宗教と科学1』岩波書店　一九九二年九月
李敏子『心理療法における言葉と身体』ミネルヴァ書房　一九九七年四月
森山公夫『和解と精神医学』筑摩書房　一九八九年九月
森山公夫『統合失調症』ちくま新書　二〇〇二年八月
吉本隆明　森山公夫『異形の心的現象』批評社　二〇〇三年十二月、批評社　二〇〇九年九月
イヴ・K・セジウィック『男同士の絆　イギリス文学とホモソーシャルな欲望』名古屋大学出版会　二〇〇一年二月

古東哲明『他界からのまなざし』講談社選書メチエ　二〇〇五年四月
計見一雄『統合失調症あるいは精神分裂病』講談社選書メチエ　二〇〇四年十二月
島薗進『新新宗教と宗教ブーム』岩波ブックレット　一九九二年一月
島薗進『オウム真理教の軌跡』岩波ブックレット　一九九五年七月
ミッシェル・ジュヴェ 著 北浜邦夫 訳『睡眠と夢』紀伊國屋書店　一九九七年七月
金塚貞文『眠ること 夢みること』青土社　一九九〇年六月
吉田集而『眠りの文化論』平凡社　二〇〇一年二月
根元美作子『眠りと文学』中公新書　二〇〇四年六月
大澤銀作・相吉達男・河野芳英・柴田優子訳『マンスフィールド全集』新水社　一九九九年六月
野淵昶 編『Short Stories of To-day』平野書店　一九二九年二月
大澤銀作 編『マンスフィールド事典』文化書房博文社　二〇〇七年十月
秋山虔『蜻蛉日記』弘文堂アテネ文庫　一九五六年一月
古川哲史『夢　日本人の精神史』有信堂　一九六七年十二月
長谷川政春・今西祐一郎・伊藤博・吉岡曠『新日本古典文学大系24土佐日記　蜻蛉日記　紫式部日記　更級日記』岩波書店　一九八九年十一月
柿木奨『日本古典評釈・全注釈叢書　蜻蛉日記全注釈』角川書店　一九六六年
犬養廉『新潮日本古典集成蜻蛉日記』新潮社　一九八二年十月
木村正中　伊牟田経久『完訳日本の古典蜻蛉日記』小学館　一九八五年八月
『論集日記文学日記文学の方法と展開』笠間書院　一九九一年四月
『日本文学研究資料新集3　かげろふ日記・回想と書くこと』有精堂　一九八七年十月
『今井卓爾博士古稀記念　物語・日記文学とその周辺』桜楓社　一九八〇年九月
『研究叢書91蜻蛉日記の研究』和泉書院　一九九〇年九月
『女流日記文学講座　第二巻　蜻蛉日記』勉誠社　一九九〇年六月

『日本文学研究資料叢書 平安朝日記II』有精堂　一九七五年十一月
大胡田若葉・早川誓子 編集・翻訳協力『心をゆさぶる平和へのメッセージ』ゴマ・ブックス　二〇〇九年五月
伊藤桂一『静かなノモンハン』講談社　一九八三年二月
『国文学 解釈と教材の研究』中上健次と村上春樹 学燈社　一九八五年三月号
『国文学 解釈と教材の研究』村上春樹――予知する文学 学燈社　一九九五年三月号
『国文学 解釈と教材の研究』ハイパー・テクスト村上春樹 学燈社　一九九八年二月臨時増刊号
『国文学 解釈と教材の研究 別冊』村上春樹　テーマ・装置・キャラクター　学燈社　二〇〇八年一月
『ユリイカ』臨時増刊 総特集 村上春樹の世界 青土社　一九八九年六月
『ユリイカ』臨時増刊 総特集 村上春樹を読む 青土社　二〇〇〇年三月
『考える人』新潮社　二〇一〇年夏号
飯塚恒雄『ぼくは「村上春樹」と旅をした』愛育社　二〇〇八年十月
飯塚恒雄『ぽぴゅらりてぃーのレッスン』シンコーミュージック　二〇〇〇年八月
飯塚恒雄『村上春樹の聴き方』角川文庫　二〇〇二年十二月
兼松光『音楽家たちの村上春樹』シンコーミュージック　二〇〇六年十月
小西慶太『村上春樹の音楽図鑑』ジャパンミックス　一九九八年三月
小西慶太『村上春樹を聴く』阪急コミュニケーションズ　二〇〇七年四月

初出一覧

第一章　「村上春樹・耳という身体宇宙」（「法政大学大学院紀要」第64号　二〇一〇年三月）
第二章の1　『村上春樹の中国──『中国行きのスロウ・ボート』という視点から』（『異文化』11　二〇一〇年四月）
第三章　「自己回復へ向かう身体──『世界の終りとハードボイルド・ワンダーランド』」（「法政大学大学院紀要」第68号　二〇一二年三月）
第四章　「『ノルウェイの森』の身体と言葉」（「法政大学大学院紀要」第65号　二〇一〇年十月）
第七章　「村上春樹・意識と肉体の統合へ向かう『眠り』」（「法政大学大学院紀要」62号　二〇〇九年三月、『村上春樹スタディーズ2008─2010』若草書房　二〇一一年五月所収）

あとがき

本書は、二〇一〇年度、法政大学大学院国際文化研究科に提出した博士論文「村上春樹論――身体性の希求」に、第三章「自己回復へ向かう身体」を加えた上、全章にわたって加筆・訂正を施し、改題したものです。

まずこの場をお借りして、本書出版に際し、法政大学大学院博士論文出版助成金制度による助成をいただきましたことに心から感謝を申し上げたいと存じます。

また博士論文執筆に際し、終始温かいまなざしで見守り続けてくださいました川村湊先生、ご多忙の中、論文審査を快くお受けくださりご指導を賜りましたリービ英雄先生、修士論文に続いて今回も論文審査をお受けくださいました酒井英行先生、そして論文完成までの三年間、ご指導を賜りました法政大学大学院国際文化研究科の諸先生方に、厚く御礼申し上げます。

なお、翰林書房様には、博士論文刊行にご理解を賜り、こうして本書の出版を実現することができました。ありがとうございました。

私は、もともと村上春樹の熱心な読者ではありませんでした。が、『ねじまき鳥クロニクル』を読んでから、村上春樹は、私にとってどうしても避けて通れない作家になりました。「文学は人をより良く生かす力になり得るか」という、心の底に長年わだかまり続けていた問いが、私をおのずと村上文学に向かわせたのだと思います。

私にとってとりわけ興味深く思われたのは、意識（言葉）と無意識（身体）の乖離に悩む現代人を描く村上春樹が、つねに無意識（身体）の側に立って書いていることでした。目に見えず言葉にもできないことを言葉で表現しようとするのが文学作品であるなら、村上春樹の、夢や眠りやセックスなど意識（言葉）を超えた通路《チャネル》を通じて、混沌とした無意識（身体）に到達しようとする「物語」は、読者の心に直接訴えかける方法としてもっとも有効だと言えるのではないでしょうか。村上春樹の「物語」は、無意識（身体）の深奥に忘却されていた自分自身を呼び覚まし、むなしく空回りしていた意識（言葉）を新たな意味で満たし、〈いまここ〉にいる自分という身体的存在に確かな手応えを取り戻そうとする試みではないかと思えるのです。

そのために、村上作品の「物語」は絶えず内界に向かい、過去に向って遡及しようとします。しかしそれは、必ずしも内閉——社会の現実に背を向け自己の世界にのみ生きること——を意味するものではありません。村上の「物語」は、人が現実社会の中で自立し、自己と向かい合い、自分を取り戻そうと努めるときに、必ず経なければならない成長と成熟のための精神的沈潜を意味しています。

村上春樹は、一九七九年のデビュー作『風の歌を聴け』冒頭で、「完璧な文章などといったものは存在しない」、「僕たちが認識しようと努めるものと、実際に認識するものの間には深い溝が横たわっている。どんな長いものさし（どんな巧みな言葉）をもってしてもその深さを測りきることはできない」（括弧内筆者）という言葉への絶望を述べつつも、「今、僕は語ろうと思う」と宣言し、「うまくいけばずっと先に、何年か何十年か先に、救済された自分を発見することができるかもしれない」「そして、その時、象は平原に還り僕はより美しい言葉で世界を語りはじめるだろう」という、世界との一体感へ向かう希望を語ってもいました。

現代人は、乖離してしまった意識（言葉）と無意識（身体）を自己存在の下に統合し得る「物語」を求めているのではないでしょうか。実際、村上春樹の「物語」は、すでに一人一人の読者の深層において言葉ならぬ言葉として機能し、意識と無意識、言葉と身体を結びつけ、統合に導く力を発揮し始めているのではないかと、私は想像します。なぜなら、日本人作家として世界中に未曾有の読者数を獲得している村上文学の根底には、揺るぎなき生の肯定と、より良き生を求め続けるディーセントな姿勢が力強く脈打っているからです。

本書では、村上春樹が職業的作家として立つことを決意して書き始めた『羊をめぐる冒険』から、「僕」を主人公とする小説の到達点である『ねじまき鳥クロニクル』に至る五つの長編小説を中心として、主に身体という視点から、それぞれの「物語」のあり方に焦点を合わせて論を進めて来ました。しかし現在、『海辺のカフカ』以降の村上春樹は、すでに「僕」を主人公とする一人称小説から離陸し、三人称による総合小説という新たなステージに向かっています。したがって、私の次なるテーマは、『海辺のカフカ』から『1Q84』、そして二〇一三年四月刊行予定の新作長編に至る小説世界――『海辺のカフカ』や『1Q84』には、無意識（身体）から疎外され、過去の歴史を忘却した現代日本人に現象する諸問題、すなわち、親子を断絶させ家族の絆を破壊するカルト教団や、テロリズム、家庭内暴力・虐待、そして性的放埓・性的暴力など、暴力にまつわる問題が浮き彫りにされています――の論考に取り組むことであると考えています。

末筆となりましたが、本書を最後までお読みくださいました方々に、心からお礼を申し上げ、ご叱正を賜りますようお願い申し上げます。

二〇一三年三月三日

浅利文子

本書は二〇一二年度法政大学大学院博士論文出版助成金によって刊行された。

た

な

は

索　引

【著者略歴】
浅利文子（あさり・ふみこ）
2011年法政大学大学院国際文化研究科博士後期課程修了
博士（国際文化）
静岡県立静岡東高等学校教諭・法政大学大学院兼任講師

村上春樹 物語の力

発行日	2013年3月20日　初版第一刷
著　者	浅利 文子
発行人	今井 肇
発行所	翰林書房
	〒101-0051 東京都千代田区神田神保町2-2
	電 話 (03)6380-9601
	FAX (03)6380-9602
	http://www.kanrin.co.jp
	Eメール● Kanrin@nifty.com
装幀	須藤康子＋島津デザイン事務所
印刷・製本	シナノ

落丁・乱丁本はお取替えいたします

ISBN978-4-87737-345-0